크
리
에
이
터

이신조 연작장편소설

크리에이터

펴낸날 2015년 4월 20일

지은이 이신조
펴낸이 주일우
펴낸곳 ㈜**문학과지성사**
등록번호 제1993-000098호
주소 121-894 서울 마포구 잔다리로7길 18(서교동 377-20)
전화 02) 338-7224
팩스 02) 323-4180(편집) / 02) 338-7221(영업)
전자우편 moonji@moonji.com
홈페이지 www.moonji.com

© 이신조, 2015. Printed in Seoul, Korea.
ISBN 978-89-320-2743-2

이 도서의 국립중앙도서관 출판예정도서목록(CIP)은 서지정보유통지원시스템 홈페이지
(http://seoji.nl.go.kr)와 국가자료공동목록시스템(http://www.nl.go.kr/kolisnet)에서
이용하실 수 있습니다. (CIP제어번호: CIP2015010081)

크리에이터

CREATOR

이신조 연작장편소설

2015
문학과지성사

차례

CREATOR

1

화가는 어느 날 ……

오스카어 코코슈카

화가, 오스트리아, 1886~1980

1919년 9월 X일, 독일 드레스덴

살인이 일어났다는 신고가 접수된 것은 밤 9시 무렵이었다. 출동한 경찰관들의 표정은 잔뜩 경직되어 있었다. 그도 그럴 것이 절단된 여자의 머리가 이웃집 정원의 잔디 위를 뒹굴고 있다는 것이 신고의 내용이었기 때문이다. 누군가 그 머리통을 발로 걷어찼다는 것은 그 이상으로 믿기 어려운 얘기였다. 급하게 연락이 닿은 민병대원 몇몇까지 출동에 합류한 참이었다.

신고를 하러 케이프를 뒤집어쓰고 밤길을 달려온 앳된 하녀는 당직 경찰관 앞에서 겁에 질린 채 연신 말을 더듬어댔다. 하녀를 경찰서에 보낸 것은 얼마 전 죽은 은행가의 미망인이었다. 하녀는 늙은 미망인과 늙은 하녀장 모두 기절 직전이라 자신이 올 수밖에 없었다는 것을 토로하느라, 정작 사건의 정황에 대해서는 횡설수설이었다.

문제의 저택은 십수 개의 창문 모두 환히 불을 밝혀두고 있었다. 여러 사람들의 움직임이 포착되었다. 그러나 우아한 저녁 만찬이 열리고 있는 것 같지는 않았다. 끔찍한 범죄 현장의 불길한 기운이 감지되는 것은 아니었지만, 뭔가 수상쩍은 것은 분명하다고 출동한 무리의 리더 격인 경찰은 생각했다.

경찰들 대부분 그 저택이 어느 가문의 소유인지 알고 있었다. 오페라극장을 지어 시에 기증하기도 한 그 집안은 대대로 독일

동부의 명문가로 꼽혀온 귀족 가문이었다. 드레스덴 곳곳에 그 가문 소유의 건물이 여러 채 있었다. 이 저택은 그 집안 막내아들이 주로 사용한다는 얘기가 나돌았다.

여자들 뒤꽁무니를 쫓아다니느라 정신이 없다는 그 젊은 놈이 조각가라 했던가 판화가라 했던가. 경찰 리더는 부하들을 의식하며 단호한 태도로 초인종을 눌렀다. 연미복 차림의 젊은 남자 하인이 문을 열었다. 리더는 고압적인 말투로 신고 사실과 수색 용건을 전했다. 당황한 하인이 누군가를 부르러 간 사이, 그는 부하들과 집 안으로 들어갔다.

"빨리 후원 쪽으로 나가봐! 발코니 통로를 찾아보라고."

허둥지둥 달려온 집사의 제지를 무시하며, 리더는 사람들이 모여 있다는 응접실로 향했다.

고급스러운 가구들이 즐비한 넓은 홀이었다. 남자가 열 명쯤, 여자는 넷. 벌컥 문을 열고 들어섰음에도 경찰 쪽으로 시선을 던진 것은 그들 중 절반 정도였다. 모두 취해 있었다. 술에도, 다른 무엇에도 취해 있었다. 화려한 샹들리에 아래 여기저기 와인병, 유리잔, 은쟁반, 체스판, 치즈와 과일이 담긴 접시 등이 어지럽게 놓여 있었다. 바이올린, 실크모자, 깃털부채, 식민지풍의 조각품들. 축음기에서는 미국에서 들여왔을 게 분명한 음반이 돌아가고, 그 재즈 연주에 맞춰 두 남녀가 춤을 추고 있다. 불콰하게 달아오른 얼굴들, 체취와 뒤섞인 독한 향수 냄새, 벽난로의 불길과 홍청거림이 자아내는 끈끈하고 나른한 열기,

그리고 시가 연기가 그 모든 것을 베일처럼 감싸고 있었다.

"뭐야!"

흐트러진 차림새로 소파에 늘어져 있던 남자가 미간을 찌푸리며 말했다. 남자 옆에는 시폰드레스 차림의 여자가 다리를 꼬고 앉아 있었다. 리더는 그가 예의 귀족 도련님임을 바로 알아차렸다. 흐리멍덩한 그의 눈을 잠시 노려본 뒤, 리더는 문을 열어준 하인에게 했던 말을 모두를 향해 반복했다. 몇몇은 이내 야유 섞인 웃음을 터뜨렸고, 몇몇은 제각각 지껄여대며 알아들을 수 없는 잡담을 이어갔다. 자신의 발언이 긴장감을 형성하지 못했다는 사실에 리더는 마음이 상했다. 소파 위의 도련님이 뭐라 혼잣말을 하며 자리에서 일어서려 했다. 그러나 이내 다리가 풀렸다. 옆자리의 여자가 히죽거리며 그의 팔을 잡아끌었다.

축음기 바로 옆 카우치에 앉아 있던 남자가 기계의 작동을 멈추고 경찰에게 다가갔다. 키가 작고 통통한 몸집에 콧수염을 기른 남자였다. 남자는 그나마 덜 취해 보였다. 누군가 음악이 중단된 것에 대해 큰 소리로 불만을 표했다.

남자가 리더에게 가식적인 미소를 지어 보이며 말했다.

"무슨 오해가 있으셨나 봅니다. 저희는 축하 파티를 위해 모인 사람들입니다. 이 집 주인이 어떤 분들인지는 잘 아시죠?"

"당신은 누구요?"

리더는 남자를 쏘아보았다. 남자는 자신의 이름을 밝힌 뒤, 빠르게 말을 이었다.

"전 출판업자입니다. 드레스덴 시에서 발행하는 신문 제작에 관여하고 있고 거기에 종종 삽화도 그리죠. 제 이름이야 들어본 적 없으시겠지만, 여기 계신 다른 분들은 그렇지 않을걸요."

남자가 홀을 둘러보며 제 자랑거리라도 늘어놓듯 말했다. 남자의 설명에 의하면 응접실 안의 그들 대부분은 드레스덴을 대표하는 예인이며 명사라는 것이었다. 시인, 화가, 희곡작가, 오페라가수, 피아니스트, 화상 그리고 조각가이자 그들의 물주인 귀족 도련님. 내가 경멸하는 부류의 작자들만 모여 있군,이라고 생각하며 리더는 출판업자에게 냉랭하게 말했다.

"어쨌든 살인 사건 신고가 들어왔기 때문에, 우리는 수색을 해야 할 의무가 있소."

마침 부하 경찰이 달려와 저택의 후원에서는 아무것도 발견하지 못했다는 보고를 했다. 밖이 어두워 수색이 쉽지 않다는 부하의 말에 리더는 버럭 소리를 질렀다.

"위층에 있는 방도 전부 샅샅이 뒤져봐!"

부하는 제가 정말 잘린 여자의 머리라도 찾게 될까 겁먹은 얼굴로 뛰어나갔다.

리더는 자신이 경멸하는 종류의 작자들을 훑어보며, 뒷짐을 지고 홀 안 이곳저곳을 살피기 시작했다. 그와 친분이 있는 민병대원이 다가와 귓속말을 했다.

"저 여자는 유명한 매춘부예요. 고위층만 골라 상대한다더군요. 들어보셨을 텐데, 왜 그……"

테이블에 기대서서 길고 얇은 파이프 담배를 피우고 있던 여자는 리더와 민병대원의 게슴츠레한 시선을 피하지 않았다.

잠시 후, 리더는 지금껏 가장 큰 소리를 질렀다.

"뭐, 뭐야? 이자는!"

그는 반사적으로 허리춤에 차고 있던 곤봉을 빼들었다.

응접실 구석, 커다란 책장 앞에 네 폭짜리 라탄 파티션이 펼쳐져 있었다. 리더가 소리를 지른 것은 파티션 뒤편 바닥에서 바깥으로 뻗어 나온 남자의 두 다리를 발견했기 때문이었다. 그리고 그 남자가 움켜쥔 잘린 여자의 머리.

밤이 깊어가고 있었다. 파티션은 걷히고, 바닥에 널브러져 있던 남자는 소파로 옮겨졌다. 술과 잠에 취해 제대로 몸을 가누지 못하면서도 남자는 여전히 제 두 손으로 여자의 머리를, 아니 '여자 인형'의 머리를 움켜쥐고 있었다. 진짜 여자의 머리 같은 여자 인형의 머리. 리더는 손에 곤봉을 쥔 채 목소리를 높였다. 출판업자가 그를 진정시키느라 애를 먹었다. 이에 화상과 시인과 희곡작가가 합세했다.

"저게 진짜 사람 머리가 아니라 해도, 이건 분명 경찰서에 가서 수사를 받아야 할 일이오. 저 이상한 게 도대체 뭐란 말인지!"

흥분한 리더의 얼굴이 벌겋게 달아올라 있었다.

"아아, 놀라신 거 이해합니다. 당연히 이상하다 생각하시겠죠. 하지만 저건 저 친구한테는 아주 소중한 물건이라서요. 물건이 아니라 마치 사람 같죠. 아니, 아닙니다. 절대 사람은 아니에요. 사람 같아 보이지만, 당연히 사람은 아니고, 뭐랄까, 사람처럼 소중한……"

출판업자를 거들고 나선 화상은 애써 진지하려 했지만, 부러 경찰을 놀리는 것 같은 모양새가 되었다.

"너무 소중해서 드디어 오늘 머리통을 박살내고 말았지."

빨간 곱슬머리 시인이 잠꼬대처럼 중얼거렸다.

"이봐, 그런 말은 지금 전혀 도움이 되질 않는다고."

고개를 젓는 희곡작가는 전형적인 유대인의 외모였다.

"저 친구가 생각보다 일찍 술에 취하는 바람에 약간의 문제가 있었지만, 범죄니 살인 사건이니 할 만한 일은 전혀 없었습니다. 저희는 그저 음악을 듣고, 시를 낭송하고, 축배를 들었죠."

다시 출판업자가 나섰다.

"오늘 이 자리가 축하 파티라고 말씀드렸죠? 바로 저 친구를 축하해주기 위해 저희가 이렇게 모인 겁니다. 저 친구가 이번에 드레스덴 미술학교의 교수로 부임했거든요."

"교수? 저런 미친 자가?"

리더는 소파 위 넋이 나간 표정의 남자를 다시금 바라보았다.

그가 움켜쥐고 있는 해괴망측한 여자 인형의 머리—계집아이들이 가지고 노는 장난감 인형 따위와는 비교조차 할 수 없었다. 누가 만든 것일까, 무엇으로 만든 것일까, 어찌 저리 사람 머리와 비슷할 수 있을까, 사람과 비슷하다 해도 그 느낌은 거리의 동상이나 미술관의 조각상과는 아주 다른 것이었다. 엉망으로 헝클어진 인형의 갈색 머리칼은 실제 사람의 머리칼을 사용한 것 같았다. 인형의 얼굴은 지저분한 얼룩이 가득했는데, 피처럼 불그스름한 것은 포도주 얼룩인 듯했다. 얼룩이 번진 눈과 코와 입술이 실제 어떤 표정을 짓고 있기라도 한 것처럼 섬뜩했다. 그 얼굴을 자세히 살펴보고 싶지 않다는 점이야말로, 인형의 얼굴이 정말 어떤 여자의 얼굴처럼 느껴지는 가장 큰 이유였다. 이웃에 사는 늙은 미망인이 어두운 창문 너머 자신이 살인을 목격한 거라 착각한 것은 전혀 무리가 아니었던 셈이다.

"저자, 혹시 유대인이요?"

리더가 못마땅하다는 듯 출판업자에게 물었다. 희곡작가는 짐짓 시선을 피했다. 출판업자가 손사래를 쳤다.

"아닙니다. 오스트리아 제국의 게르만이에요. 저 친구는 빈에서 온 화가입니다. 아주 유명한 화가예요. 빈에 사는 사람치고 저 친구를 모르는 사람은 아마 없을 겁니다. 우리 드레스덴과도 인연이 깊죠. 자신이 부임하게 된 바로 그 드레스덴 미술학교에서 학창 시절을 보냈으니까요."

"흥, 저 괴상한 인형 머리통 때문에라도 모를 수가 없겠군."

리더는 곤봉을 허리춤에 차며 경멸 조로 말을 받았다.

"그는 지난 전쟁에 장교로 참전했습니다."

15

계속 끼어들 눈치를 보고 있던 화상이 나섰다.

"몇 년간 죽을 고비를 숱하게 넘긴 사람이에요. 우크라이나 전선에서는 머리에 총상을 입고 가슴까지 총검에 찔려 폐에 큰 부상을 당했죠. 잔인한 러시아 놈들! 그야말로 죽지 않은 게 기적이었다 하더군요."

화상은 리더가 자신을 주목하기 시작한 것이 만족스러웠다.

"오랫동안 군 병원 신세를 지고, 다음 해 다시 이탈리아 전선으로 보내졌답니다. 그런데 거기서는 또 수류탄 유탄을 맞고 말았죠. 다시 군 병원으로, 여기저기 요양소로…… 지금이야 회복됐다지만, 상이군인들이 다들 그렇듯, 어디 후유증까지 없다고야 할 수 있겠습니까?"

순간, 다시 한 번 소동이 벌어졌다. 응접실 문이 열리고 경찰 몇 명과 침울한 표정의 키 큰 여자가 나타났다. 키 큰 여자의 품 안에는 머리가 잘려 나간 여자의 몸뚱어리가 들려 있었다.

"저건, 도대체……"

그게 여자의 몸통이 아니라 여자 인형의 몸통일 수밖에 없음을 알면서도 리더의 얼굴에 핏기가 가셨다.

그러니까, 등신대 인형이었다. 머리가 떨어져 나간 여자 인형의 몸통—팔과 손, 다리와 발, 어깨, 등, 가슴, 배, 엉덩이—역시 자세히 살펴보고 싶지 않을 정도로 진짜 여자의 몸과 닮은 여자 인형의 몸이었다. 잔뜩 구겨지고 뜯긴 채였지만, 한눈에도 값비싸 보이는 고급 드레스가 입혀져 있었다.

"저, 위층에서 시체를 찾긴 찾았는데, 시체가, 시체가 아닙니다."

상황을 설명하기에 적합한 표현을 찾지 못한 부하 경찰이 쩔쩔매며 말했다.

리더는 잘린 인형 머리통을 발견한 데 놀라 그 머리가 달려 있었을 인형의 몸통을 미처 생각하지 못한 자신이 한심하게 여겨졌다.

"당장 죽여버리라니까!"

갑자기 짐승처럼 으르렁거리며 고함을 지른 것은 리더가 아니었다. 모두가 화가를 바라보았다.

어느새 소파에서 몸을 일으킨 화가가 움켜쥐고 있던 인형의 머리를 벽난로를 향해 힘껏 내던졌다. 불이 붙은 장작더미를 아슬아슬하게 빗겨난 머리통이 다시 난로 밖으로 튕겨 나와 홀의 바닥을 데구르르 굴렀다. 화가는 괴성을 지르고 눈알을 희번덕거리며 키 큰 여자가 안고 있는 인형의 몸통을 향해 달려들었다. 좀 전까지 맥없이 늘어져 있던 사람이라고는 믿기지 않았다. 정말 누굴 죽이기라도 할 기세였다. 그 기세에 눌려 경찰들은 돌처럼 굳어버린 듯 누구 하나 움직이지 못했다. 시인과 희곡작가, 다른 손님 몇몇이 화가에게 달려들어 그의 팔다리를 하나씩 잡고 늘어졌다. 두어 시간 전, 등신대 여자 인형의 머리를 포도주병으로 내리치고 발로 걷어찬 화가를 역시 같은 방식으로 뜯어말렸을 거라 리더는 생각했다.

17

테이블 밑으로 굴러 들어간 인형의 머리통을 조심스럽게 끄집어낸 것은 침울한 표정의 키 큰 여자였다.

경찰은 모두 돌아갔다. 손님들도 대부분 돌아갔다. 리더는 끝내 못마땅한 표정을 거두지 않았지만, 어쨌든 법을 어겼다 할 만한 사람은 아무도 없었다. 머지않아 이웃집 미망인을 시작으로 드레스덴 전역에 오늘 밤 소동에 대한 소문이 파다하게 퍼질 터였다. 머리통이 떨어져 나간 등신대 여자 인형이란 소재가 충분히 자극적임에도, 소문은 더욱더 자극적으로 부풀려질 게 뻔했다. 화가가 드레스덴으로 오기 전, 오스트리아 빈에서도 신고를 받고 경찰이 출동한 것이 이미 여러 차례였다.

지인과 약속이 있어 카페에 갔어요. 먼저 도착해 자리를 잡았죠. 건너편 테이블에 남자와 여자가 마주 앉아 있었어요. 남자는 손바닥만 한 종이에 뭔가를 적고 있었는데, 아니 뭔가를 그리고 있던 것 같기도 하고. 아무튼 테이블에 엎드리다시피 한 채 열중한 모습이었어요. 어느 순간 남자가 갑자기 손길을 멈추고 상체를 똑바로 세우더니, 뭔가 열심히 끼적이던 그 종이를 박박 찢어버리는 거예요. 그러더니 이번엔 커피잔을 집어 들어 마치 술을 마시듯 단숨에 커피를 들이켰어요. 남자가 마셔버린 건 여자의 커피였어요. 남자의 잔은 이미 비어 있었고요. 왜 그제야 남자와 마주 앉은 여자가 어딘가 이상하다 느껴졌는지,

여자는 내 것보다 훨씬 값비싸 보이는 드레스를 입고 있었어요. 리본과 진주와 깃털이 섬세하게 장식된 고급 모자를 쓰고 있었고요. 여자는 사람이 아니라 인형이었어요. 남자는 여자 인형을 카페에 데려와 커피를 마시고 있었던 거예요. 맙소사, 그게 여자가 아니라 인형이란 걸 내가 어떻게 단번에 알아볼 수 있었겠어요. 그런 인형은 본 적도 없고, 그런 인형이 있다는 걸 들은 적도 없어요. 사람을 쏙 빼닮은 인형이 카페의 한 자리를 차지하고 앉아 있다니, 상상조차 해본 적 없는 일이에요. 난 약속이고 뭐고 혼비백산 카페를 빠져나오고 말았죠. 정말 술에 취한 사람처럼 낯빛이 붉고 눈동자가 풀린 남자가 내게 말이라도 걸어올까 두려웠거든요.

아이들과 함께 공원을 산책하고 있었어요. 날씨가 아주 화창하고 좋았죠. 공원에 사람들이 제법 많았어요. 연못가로 향하는 산책길을 걷고 있었는데, 길 저편에서 한 커플이 우리 쪽으로 걸어오고 있었어요. 햇빛에 눈이 부셔 난 뭔가 이상하다는 걸 제대로 눈치채지 못했어요. 열두 살인 제 아들이 먼저 걸음을 멈췄죠. 이상한 걸음걸이, 이상한 흔들림, 이상한 어울림, 뭔가 이상했어요. 남자의 팔이 여자의 허리를 두르고 있었는데, 어느새 우리에게 가까이 다가온 남자는 미소 띤 얼굴로 제게 목례를 건넸어요. 나도 남자에게 반사적으로 목례를 건네고 말았죠. 근사하게 차려입은 커플이 우리 곁을 스쳐 지나갔고, 그 순간 나는 내가 본 걸 제대로 이해할 수가 없었어요. 여자는 사람이 아니라 인형이었어요. 한껏 멋을 부린 진짜 여자 같은 인형이요. 갑자기 남자가 우리를 향해 돌아섰어요. 그러더니 내 손을 잡고 있던 아홉 살 딸아이를 향해 여자 인형의 손을 흔들어 보이며 안녕 날씨가 참 좋지, 하고 말했어요. 세상에, 그런 다음 아이들이 쏟아낸 질문에 내가 뭐라고 대답을 했는지 기억이 안 나요. 그런데 정말 이상한 말이지만, 그 남자랑 여자 인형은 꽤나 잘 어울려 보였어요. 진짜 커플처럼 말이에요. 하지만 아무리 그렇다 쳐도, 이건 너무 난처한 일이에요. 아이들에게 교육적으로 좋지 않은 일이라고요.

여느 때처럼 마차로 시내를 일주하자는 부름이 있어 가보니, 글쎄 어떤 남자가 드레스를 입힌 커다란 인형을 데리고 자기 집 앞에 서 있더군요. 인형은 진짜 여자 같았어요. 나는 20년 가까이 이 도시에서 마차를 몰면서 수많은 사람들을 태워봤어요. 지체 높으신 귀족 나리부터 천하고 가엾은 매춘부들까지. 빈을 처음 방문한 유럽 여러 나라의 외국인들은 물론 아랍인과 흑인 이교도를 태운 적도 있어요. 화려하게 치장을 한 무용수, 오만하게 거들먹거리는 관리, 근엄한 성직자, 새침한 숙녀, 철부지 어린애들, 쇠약한 노인네들, 개와 고양이, 앵무새도 태운 적 있지만, 진짜 여자처럼 보이는 인형은 처음이었죠. 남자는 조심조심 여자 인형을 마차 안의 의자에 앉혔어요. 인형이 신은 구두, 인형이 쓴 모자, 인형의 팔에 걸린 양산 모두 실제 여자들이 사용하는 것과 같은 것들이었어요. 남자는 선뜻 정해진 요금의 두

배를 주겠다고 하더군요. 시내 일주가 만족스러우면 돈을 더 주겠다고도 했어요. 그는 대뜸 자신이 군에서 제대한 지 얼마 되지 않았다고 말하더군요. 전장에서 머리에 총을 맞았다고 했어요. 칼에 찔렸다고도 했어요. 남자는 제정신이 아닌 듯 횡설수설했지만, 나는 그의 말이 왠지 모두 사실일 거란 느낌이 들었어요. 나는 수많은 남녀를 마차에 태워봤어요. 젊은 부부, 늙은 부부, 불륜인 연인, 불륜이 아닌 연인, 행복해 보이는 연인, 불행해 보이는 연인, 내가 마차를 모는 동안 그들이 마차 안에서 무엇을 하는지 사실 나는 알고 있답니다. 보고도 못 본 척, 알고도 모르는 척, 말을 최대한 아껴야 해요. 분위기를 살펴가며 코스를 정하고 적당히 속력을 조절하는 건 나 같은 마차꾼들에게는 꼭 필요한 기술이죠. 아무튼 난 처음으로 여자 같은 인형을 연인처럼 애지중지하는 남자를 마차에 태우고 빈 시내를 달렸어요.

오페라를 관람하러 아내와 함께 극장에 갔었죠. 공연 시작 시간에 빠듯하게 극장에 도착했는데, 이미 극장은 사람들로 가득했습니다. 아내와 난 서둘러 우리에게 배당된 좌석을 찾아 무대와 가까운 앞쪽 객석으로 향했습니다. 그날따라 극장 안이 유난히 소란스럽더군요. 그제야 우리는 극장에 큰 소동이 벌어졌다는 걸 알게 되었습니다. 우리가 앉을 좌석의 바로 뒷줄에서 실랑이가 한창이었어요. 극장 안의 다른 사람들처럼 연미복과 드레스를 차려입은 노부부가 노발대발하며 목소리를 높이고 있었습니다. 저는 직감적으로 상황을 파악했어요. 그 미친 화가와 이상한 여자 인형에 대한 소문을 이미 들은 참이었거든요. 하지만 오페라극장에서 그 소문을 사실로 확인하게 될 줄은 정말 몰랐습니다. 언젠가 제가 그 소문을 전하자, 아내는 말도 안 되는 얘기라며 코웃음을 쳤죠. 아내에게 바로 저게 그 여자 인형이라 일러줬어요. 아내는 어리둥절해하다 이내 큰 충격을 받은 듯했습니다. 점점 더 많은 사람들이 몰려들고, 극장의 지배인이 달려왔어요. 그러나 화가는 눈 하나 꿈쩍하지 않고 태연스럽게 인형과 나란히 앉아 있었어요. 노부부는 저런 해괴망측한 인형 옆자리에 앉아 오페라를 감상할 수는 없다며 계속 항의했지만, 화가는 자신은 분명 두 사람분의 관람료를 내고 극장에 들어왔다며 단호하게 맞서더군요. 결국 오페라 공연은 예정보다 한참이나 늦게 시작되었습니다. 노부부는 별수 없이 여자 인형 옆자리에 앉아 오페라를 보았고, 우리 부부는 그들 앞자리에 앉아 내내 뒤통수로 미친 화가와 이상한 인형을 의식하며 오페라를 보았습니다.

신고가 계속되자 빈의 경찰은 출동하는 대신, 신고자에게 남자의 신원을 알려주고 법적으로 처분할 명분이 없다는 말을 반복해 고지했다. 이어 믿을 수 없지만 그 믿을 수 없음에 흥분하지 않을 수 없는 소문들이 꼬리를 물고 사람들의 입에 오르내렸다. 남자가 병원 치료를 받을 때면 반드시 인형을 대동한다든지, 남자가 인형에게 입힐 옷을 파리의 최고 디자이너에게 특별 주문한다든지, 남자가 매일 밤 인형과 함께 잠자리에 든다든지, 인형의 알몸이 훨씬 더 진짜 여자 같다든지 등.

시간이 흘러, 빈의 사람들은 문제의 인형이 누구를 모델로 만들어졌는지 알게 되었다. 인형의 모델이 된 여자는 빈 사교계의 여왕이라 불리는, 유명 작곡가의 미망인이었다. 그녀의 아버지는 화가였고, 그녀의 남편은 천재라 칭송받던 유대인 작곡가였다. 그녀 역시 어려서부터 그림과 음악에 재능을 보였지만, 매혹적인 뮤즈로서의 재능에 비할 바가 아니었다.

전쟁이 일어나기 전, 스물여섯의 화가는 서른셋의 미망인에게 열광적으로 빠져들었다. 2년 반 남짓 화가는 4백여 통의 러브레터를 그녀에게 보냈다. 함께 밀월여행을 떠났고, 그녀를 모델로 그림도 그렸다. 그러나 그녀는 화가를 애송이 취급했고, 화가 외에 다른 남자들과도 복잡한 관계를 이어갔다. 그녀는 결국 유명 건축가와 재혼했다. 그즈음 화가는 군에 입대했다. 촉망받는 젊은 예술가이자 떠들썩한 스캔들의 주인공이었던 화가는 장교 제복이 잘 어울린다는 이유로 군 입대 권유를 받았다. 화가가 제복을 입고 포즈를 취한 모습을 누군가 그림엽서로 만들어 팔기도 했다. 전선에 투입된 직후 심각한 부상을 입은 화가는 오랜 시간 전쟁터보다 더 전쟁터 같은 군 병원을 전전해야 했다. 빈으로 돌아온 화가는 독일의 유명 재봉사를 찾아가 자신을 버린 그녀와 신체 치수가 똑같은 등신대 인형을 만들어달라 주문했다.

시간은 이제 자정에 가까웠다. 드레스덴이 아닌 먼 곳에서 온 손님들이 저택 2층의 방을 하나씩 차지하고 잠자리에 들 준비를 하고 있었다. 저택의 주인인 귀족 도련님은 화가가 드레스덴 미술학교의 교수로 재직하는 동안 그중 제일 좋은 방을 화가의 거처로 내주기로 했다. 딱히 촉망받는다고 할 수 없는 조각가이기도 한 귀족 도련님은 전설적인 스캔들의 주인공이자 생사를 넘나드는 무용담의 주인공인 화가를 자신의 우상으로 여겼다.

화가의 방은 어두컴컴했다. 화가는 침대에 걸터앉아 있었고, 침대에서 조금 떨어진 의자에 침울한 표정의 키 큰 여자가 앉아 있었다. 여자는 슈투트가르트에서 왔으며, 독일 남부에서 솜씨가 제일인 재봉사로 통했다. 그녀는 어려서부터 화가가 되고 싶었으나 이런저런 이유로 꿈을 이룰 수 없었다. 그녀는 대신 옷과 침구 등을 만드는 데 재능을 보였다. 그녀가 만든 모자와 장신구도 인기를 끌었다. 그리고 그녀는 오스트리아 최고의 뮤즈, 작곡가의 미망인이자 건축가의 아내, 화가의 전 애인과 꼭 닮은 등신대 인형을 만들기에 이르렀다. 언제부턴가 그녀는 예의 인형을 자신이 창조해낸 최고의 예술품이라 생각하게 되었다. 머리통이 떨어져 나간 그 인형은 지금 그녀의 침실에 있었다.

"당신은 분명히 후회할 거예요. 내게 다시 그녀를 만들어달라 애원하게 될 거예요. 편지를 써서 나를 이곳까지 초대할 때

24

도 그녀를 수선해달라 부탁했던 거잖아요. 당신이 얼마나 그녀를 아끼는지 나보다 더 잘 알고 있는 사람은 없어요."

여자의 단호한 말에 화가는 잔뜩 가라앉은 목소리로 답했다.

"당신은 내가 계속해서 미친놈으로 살길 바라는군. 사람들한테 손가락질 받으며 말이야. 인형과 함께 병원에 가는 놈! 인형과 밥을 먹고 차를 마시는 놈! 인형과 밤마다 같이 자는 놈!"

"그런 건 아무래도 상관없다 했잖아요. 당신은 그녀 덕에 행복하다고 했어요. 그건 나도 마찬가지예요. 나는 내가 그녀를 만들었다는 걸 자랑스럽게 생각해요."

그렇게 받아치는 여자를 화가는 초점 없는 눈빛으로 바라보았다.

"내가 처음 당신을 찾아가 그녀를 만들어달라고 했을 때, 그녀의 눈동자 색깔과 손가락 길이와 젖가슴 크기를 실제 그녀와 똑같이 해달라 주문했을 때, 나를 미친놈 취급한 건 당신도 마찬가지였어."

불편한 긴장 속에 둘은 잠시 말이 없었다.

"당신, 정말 몸통에서 떨어져 나간 사람 머리 본 적 있나?"

갑작스러운 화가의 물음에 여자의 눈꺼풀이 움찔거렸다.

"나는 봤지, 여러 번 봤어. 그 저주받은 전쟁터에서 말이야. 말 대가리가 잘린 것도 몇 번이나 봤어. 바로 내가 그 꼴이 날 뻔 했거든. 당신도 내가 머리에 총을 맞았다는 거 알고 있지? 실제로 살이 찢기고 뼈가 부서지고 피가 솟구쳐 나오고, 난 그게 뭔지 알아."

아까와는 달리 화가에게서는 술기운도 잠기운도 전혀 느껴지지 않았다.

"아아, 그 냄새! 또 그 빌어먹을 냄새가 생각나. 화약 냄새, 참호 냄새, 야전병원 냄새, 지독한 피고름 냄새, 썩어가는 붕대 냄새, 똥오줌 진창 냄새, 가끔 꿈속에서도 그 지긋지긋한 냄새를 맡을 정도야. 전쟁이란 말이지, 지독하게 더럽고 고약한 악취가 풍겨. 아, 참 내가 당신한테 총검에 찔린 자국 보여줬던가? 이 집 철부지 조각가는 술만 마시면 이 상처를 보여달라 하더군."

화가가 셔츠 자락을 풀어 헤치자, 왼쪽 가슴 아랫부분 검붉게 변색된 사선의 칼자국이 드러났다. 여자는 미간을 찌푸렸으나 고개를 돌리진 않았다.

"나는 그때 전쟁터에서 죽었어. 머리에 총을 맞고 가슴을 칼에 찔리고, 눈앞에서 포탄도 터졌지. 사람들은 죽지 않은 게 기적이니 뭐니 하지만, 아냐, 난 그때 죽었어. 분명히 확실하게 죽었지. 사실 그녀가 날 버렸을 때도 나는 바로 죽었는데, 바보같이 이미 죽은 줄도 모르고 전쟁터로 갔지 뭐야. 그러고도 계속해서 죽었어. 무지막지한 수술과 끔찍한 통증, 이 병원 저 병원 짐짝처럼 끌려다니고. 어때, 당신 눈에는 내가 지금 살아 있는 걸로 보여? 난 죽은 사람이야. 벌써 몇 년째, 그냥 죽은 채로 살고 있는 거지. 죽은 채로 산다는 게 어떤 건지, 당신 알 수 있나?"

화가는 맥없이 셔츠 자락을 떨구고 계속해서 중얼거렸다.

"아까 술을 마시다 문득 그런 생각이 들더군. 이제 내가 그녀를 죽일 차례인데 하는. 혹시 그녀를 죽이면 죽은 내가 다시 살아나지 않을까. 그래! 바로 그거다. 그래서 그녀의 머리를 와인병으로 내려친 거야. 총으로 쏴버리고 싶었지만 총이 없었으니…… 그녀의 머리통을 뽑아 정원에서 발로 걷어차는데 정말 신이 났어! 그래서 칼로 가슴을 찌르려던 건 깜빡 잊어버리고 말았지. 포탄이 터지던 게 생각나 마지막엔 그녀를 완전히 불태워버리려고 했는데, 당신과 경찰이 훼방을 놓는 바람에……"

화가는 어깨를 들썩이며 발작이 시작된 광인처럼 웃기 시작했다.

어두운 방, 화가는 이제 혼자가 되었다. 방을 나서기 전 재봉사 여자는 화가에게 내일 아침 깨어나면 인형이 곁에 없다는 사실을 받아들이기 힘들 거라 말했다. 일주일이면 인형을 다시 새로 만들 수 있다고도 했다. 화가는 아무런 대답도 하지 않았다. 어쨌든 누군가는 죽었다.

불현듯, 화가의 머릿속에 떠오른 것은 바람이 몹시 불던 어느 밤이었다. 숲 속의 외딴 별장은 오랫동안 비어 있었다고 했다. 그녀와 함께 그곳에 도착하길 바라며 얼마나 전전긍긍 조바심을 냈던가. 폭풍우의 밤이 찾아왔다. 습기와 냉기가 사람들의 눈을 피해 외딴곳으로 숨어든 연인들의 벗은 몸을 감쌌다. 어둠과 바람이 결투를 벌이듯 충돌했다. 숲의 모든 나뭇잎들이 들썩이며 요동쳤다. 걷잡을 수 없이 부풀어 소용돌이치는 열망, 뒤틀리고 일그러진 환희, 발광하고 경련하는 사랑, 그토록 전력질주하는 연인. 낡고 허술한 유리창이 밤새 깨질 듯 덜컹거렸다. 짙푸른 어둠 속에서 그녀는 잠들었다. 그는 잠들지 못했다. 난파선 같은 침대가 폭풍우에 휩쓸려 끝없이 어딘가로 떠내려가고 있었다. 그는 결코 잠들 수 없었다. 어둠과 바람이 끝내 그러하듯 그녀가 사라져버릴까 두려웠기 때문이었다.

그녀 없이, 인형 없이, 화가는 온전히 혼자가 되었다. 깊은 밤, 어두운 방. 문득, 어둠 속에서 흰빛이 다가왔다. 그녀가 사라진 뒤, 그는 이미 죽은 채로 전쟁터에 탄피처럼 부려졌다. 살이 찢기고 뼈가 부서지고 피가 솟구쳐 나오고. 정신을 잃은 후 막사 안 야전침대에서 며칠 만에 깨어나던 순간, 귓전을 울리는 섬뜩한 포탄 소리는 결코 환청이 아니었다. 흰빛이 일렁이며 가까이 다가왔다. 화가는 어둠과 바람이 끝내 그러하듯 사라져버린 그녀를 생각했다. 이내 흰빛이 그에게 닿았다. 그러자 그가 사라지기 시작했다. 그는 이 사라짐의 기분 좋은 공포를 잘 알고 있었다. 그는 푸른 어둠 속에 누워 있는 자신과 그녀를 그렸다. 폭풍우 속을 떠내려가면서도 평온히 잠든 그녀의 얼굴, 붓을 움켜쥔 손아귀에서 맹렬하게 심장이 뛰었다. 그녀 없이, 인형 없이, 화가는 온전히 혼자가 되었다. 흰빛이 눈처럼 그에게 내렸다. 결국 그곳에 가 닿는다는 것. 끝내 산산이 흩어진다는 것. 깊은 밤이었다. 화가는 머지않아 그녀가 아닌 그녀의 인형을 그리게 될 것 같다 생각했다.

CREATO

2   여자는 어느 날……

애니 리버비츠
사진가, 미국, 1949~

1980년 12월 XX일, 미국 뉴욕

전화벨이 울렸다.

여자는 벨이 울리는 전화기를 멍하니 바라보았다. 전화벨이 울렸다. 전화벨이 울리다니, 이상한 일이었다. 전화벨이 울렸다. 분명히 코드를 뽑아버리지 않았던가, 전화벨이 울렸다. A일 것이다, 아니면 B일 것이다, 여자는 생각했다. 궁금하지 않았다. 다른 누구일 수도 있었다. 역시 궁금하지 않았다. 전화벨이 울렸다. 여자는 소파 위 쿠션 더미에 파묻힌 채 발가락을 꼼지락거렸다. 전화벨이 울렸다. 전화벨이 멎었다. 여자는 벨이 멎은 전화기를 멍하니 바라보았다.

다시금 조용해졌다. 이 아파트가 이렇게 조용한 곳이었나, 여자는 생각했다. 여자가 집에 혼자 머무는 시간은 극히 적었다. 아침 일찍 혹은 밤 늦게. 그 시간을 제외하고는 동료나 친구들로 북적일 때가 많았다. 그 시끌벅적함 속에서 여자는 제집의 고요 따위는 생각해본 적이 없었다. 여자는 아무도 없는 자신의 빈집을 떠올려보았다. 바로 이처럼 고요할 터였다. 이 고요함을 사진으로 찍고 싶다, 여자는 생각했다. 지금 이 집의 사진을 찍는다면, 그것은 빈집을 찍은 사진이라 할 수 있을까, 아무도 찍히지 않은 빈집의 사진. 그러나 빈집에서 자신이 찍은, 결국 빈집이 아닌 빈집의 사진. 생각이 넝쿨처럼 뻗어 나갔다. 혹시 나는 지금 내가 없는 빈집에 들어와 있는 게 아닐까, 혹시 나는 지금 사무실에 가 있는 게 아닐까, 스튜디오에 가 있는 게 아닐까, 어쩌면 그럴지도, 여자는 생각했다.

그러고 보니, 방금 전 전화벨이 실제로 울린 것이라 확신할 수 없었다. 꿈을 꾸었거나, 환청을 들었거나, 전화벨이 울리는 상상을 했거나, 여자는 기억을 더듬어보았다. 신경질적으로 전화 코드를 잡아 뺀 것은 분명했다. 그러나 그게 몇 시간 전의 일인지, 며칠 전의 일인지, 몇 달 전의 일인지, 분명하지 않았다. 어젯밤 통화를 했다. 그건 분명한 기억이었다. A와의 통화였다, 아니라면 B였을 것이다, 다른 누구였을 수도 있다, 사실 궁금하지 않았다. 사진, 여자는 사진가였다. 그러나 사진으로는 온전히 빈집을 찍을 수도 없고, 빈집에서 울리는 전화벨 소리를 찍을 수도 없다, 여자는 생각했다. 여자는 코드를 뽑아버린 것도 같고, 요란하게 울려대는 것도 같은 전화기를 멍하니 바라보았다. 이제 무슨 생각을 해야 하나, 여자는 소파 위 쿠션 더미에 파묻힌 채 손가락을 꼼지락거렸다.

커튼을 걷고 창문을 열어야겠다, 여자는 생각했다. 우선 분명한 것을, 분명하다고 할 수 있는 것들을 꼽아보기로 했다. 거실의 벽시계는 11시 53분을 가리키고 있었다. 커튼 너머가 뿌옇게 밝았으므로, 밤 11시 53분이 아닌 것은 분명했다. 곧 정오가 될 터였다. 정확한 날짜와 요일은 알지 못했다. 그러나 크리스마스가 며칠 남지 않았다는 것은 분명했다. 간간이 티브이를 본 기억도, 라디오를 들은 기억도 분명했다. 그 밖에 분명한 것들, 여자가 내내 집 밖으로 나가지 않았다는 것, 집 밖으로 나가지 않은 것이 일주일쯤 되었다는 것, 3년 전 여자가 뉴욕으로 온 이래, 이 집에 살기 시작한 이래, 가장 오랫동안 집 안에 처박혀 있다는 것은 분명한 사실이었다.

그리고 L이 죽었다는 것, L이 죽은 지 열흘이 넘었다는 것.

여자는 소파에서 몸을 일으켰다. 쿠션 몇 개가 카펫 위로 떨어졌다. 여자는 창가로 다가가 커튼을 걷고 창문을 열었다. 12월의 차가운 공기가 집 안으로 밀려 들어왔다. 눈이 내릴 듯 낮은 잿빛 구름이 하늘을 뒤덮고 있었다. 여자는 나이트가운 주머니에서 담배를 꺼내 물었다. 둔하게 현기증이 일었다. 여자는 손으로 창턱을 짚었다. 담배 연기를 뿜으며 7층 아래 거리를 무심히 내려다보았다. 코트를 입고 털모자를 쓴 십대 소년이 걸어가고 있었다. 아니, 코트를 입고 털모자를 쓴 십대 소녀일지도 몰랐다. 여자는 눈가를 찡그리고 소년인지 소녀인지 알 수 없는 십대 아이를 유심히 바라보았다. 아이는 이내 건물 모퉁이를 돌아 사라져버렸다. 아이가 소년인지 소녀인지 영영 알 수 없게 됐다. 소년인지 소녀인지 알 수 없게 된 아이가 어떤 모양의 코트를 입었고, 무슨 색깔의 모자를 썼는지 전혀 기억나지 않았다. 찬바람에 몸이 떨려왔다. 여자는 생각했다. 어쩌면 십대 아이가 아니었을지도.

분명한 것은 L이 죽었다는 것, L이 죽은 지 열흘이 넘었다는 것.

여자는 창문을 닫고 소파로 돌아왔다. 바닥에 떨어진 쿠션을 집어 올리지 않았다. 어지럽고 지저분한 탁자 위, 재떨이에는 이미 담배꽁초가 수북했다. 어떻게 담배를 끄는 게 좋을지 생각나지 않았다. 목이 말랐다. 무엇을 마셔야 갈증을 가시게 할 수 있을지 생각나지 않았다. 둔한 현기증은 예리한 두통으로 대체되었다. 분명한 것은 또 있었다. 집 안에 남아 있던 약이 다 떨어졌다는 것, 하루, 이틀, 어쩌면 사흘, 약 없이 지내고 있다는 것, 술과 담배마저 떨어져간다는 것.

L의 죽음에서 L이 죽었다는 것과 죽은 지 열흘이 넘었다는 것 외에 분명한 것은 아무것도 없어 보였다. L이 총알을 다섯 발이나 맞고 숨진 것은 분명했지만, 하와이에서 비행기를 타고 뉴욕으로 날아온 범인이 어떻게 권총을 소지한 채 무사히 공항 검색대를 통과했는지는 오리무중이었다. 범인이 무엇 때문에 L을 죽였는지, 왜 하필 L의 집 앞에서 L을 죽였는지, 왜 총을 쏘고 그 자리에서 도망치지 않았는지, 왜 L은 가짜 L이며 자신이 진짜 L이라 주장했는지, 그 모든 게 과연 사실인지, 무엇도 분명하지 않았다. L이 죽었고, L이 죽은 지 열흘이 넘었고, 곧 크리스마스였다.

집에 처박혀 있는 동안 여자가 티브이를 켤 때마다 L에 대한 뉴스가 화면을 메웠고, 라디오를 켤 때마다 스피커에서 L의 음악이 흘러나왔다. 여자는 어쩐지 견딜 수 없는 기분에 이내 전원을 껐고, 역시 같은 이유로 이내 전원을 켰다 끄는 것을 반복했다. L은 세계적인 유명 인사였다. 20년 가까이 그러했다. 티브이에서, 라디오에서, 사람들은 쉴 새 없이 죽은 L이 어떠한 존재였는지 떠들어댔다. L은 기타리스트였고, 싱어송라이터였고, 팝스타였고, 행위예술가였고, 반전운동가였다. 엄청난 팬덤의 주인공, 해체된 유명 밴드의 멤버, 마녀라 불리는 여성 예술가의 남편, 대중문화계의 거물, 영원한 청춘의 우상, 보수주의자들의 눈엣가시, 그리고 여자의 모델, 여자의 피사체였던 L. 그날, 살해당하기 불과 다섯 시간 전, 여자는 L의 마지막 사진을 찍었다. 촬영 내내 여자도 L도 깨닫지 못했지만, 그것은 L 인생의 마지막 사진 촬영이었다. 여자는 L의 마지막 사진가가 되었다.

전화벨이 울렸다.

여자는 벨이 울리는 전화기를 멍하니 바라보았다. 코드가 뽑힌 채 전화벨이 울리고 있는 건 아닐까, 여자는 문득 두려워졌다. 전화벨이 울렸다. A일 것이다, 아니면 B, 다른 누구일 수도 있었다. 여자는 궁금해졌다. 전화기 너머 혹시 L의 목소리가 들려오진 않을까, 몹시 궁금했다. 전화벨이 울렸다. 여자는 전화를 받았다.

전화를 걸어온 것은 캘리포니아에 살고 있는 여자의 자매였다. 여자는 전화기 너머 L의 목소리가 들려오지 않은 것에 안도했고, 또 실망했다.

—어떻게 집에 있어? 연휴는 내일부터잖아, 전화받을 거라

기대 안 했는데, 휴가 낸 거야? 목소리가 왜 그래, 언니, 어디 아파?

여동생은 다감하게, 또 수다스럽게 물었다. 여자의 여섯 남매 중 바로 아래 두 살 터울의 동생이었다. 여자와 달리 일찍 결혼해 세 아이를 낳아 키우고 있었다. 여동생은 지금껏 부모와 가까운 곳에 살며, 제각각 떨어져 지내는 남매들의 소식과 안부를 서로에게 전하는 데 제일 열심인 여자의 가족이었다. 여동생은 어려서부터 사랑스럽고 따뜻한 성품의 소유자였다. 그렇지만 늘 근심이 많았고 어찌해볼 수 없이 지루한 구석이 있었다.

—미안해, 비행기 표는 구하지 못했어.

목소리가 이상하게 들리지 않도록 애쓰며 여자가 말했다. 물론 여자는 비행기 표를 구해볼 생각도 시도도 하지 못했다.

—작년 추수감사절에 봤으니, 1년이 훨씬 넘었네, 엄마 아빠도 많이 보고 싶어 하셔, 우리 여섯이 다 모인 건 벌써 3년 전 일이니……

이어 여동생은 자신이 알고 있는 남매들의 소식과 안부를 여자에게 전했다. 긴 얘기의 사이사이 여자는 응, 그랬구나, 아, 정말 등의 짧은 대꾸를 했다. 그러나 여동생의 용건은 정작 따로 있는 듯했다.

—언니, 괜찮은 거야?

—뭐가.

—L 말이야, 여기도 언니가 찍은 이번 표지 사진 때문에 다

들 난리야. 너무 충격적이야. L이 죽은 것도, 언니 사진도. 크리
스마스에 오지 못할 거라 짐작하고 있었어. 사실 그것 때문에
걱정돼서 전화한 거야. 이번 표지, 정말 L이 죽은 날 촬영한 거
야?

　—응, 그날 오후에……

　—세상에.

여자는 전화를 끊고 싶어졌다. 머리가 아팠다. 목이 말랐다.
여자는 나이트가운 주머니에서 다시 담뱃갑을 꺼냈다. 세 개비
가 남아 있었다. 여동생은 할 말이 더 남은 듯했다. 여자가 라
이터를 찾는 동안, 여자의 이름을 몇 번이나 혼잣말처럼 중얼거
리더니, 이윽고 정색을 하며 말했다.

　—언니, 약은 이제 안 돼.

라이터는 거리를 내려다봤던 창턱에 놓여 있었다. 여동생은
작정을 한 듯 단호하게 말했다.

　—약은 더 이상 안 돼, 부탁이야, 이제 정말 그만했으면 좋
겠어. 예전 그때, 샌프란시스코 시절엔 누구나 다 약을 했지, 나
조차 말이야, 그렇지만 시간이 십몇 년이나 흘렀어. 지금도 많
이들 약을 한다고는 하지만, 언니도 나도 이제 삼십대 나이잖
아. 나 진심으로 언니가 걱정돼, L의 뉴스를 보면서 너무 무서
웠어.

　—무슨 소리야, L은 약을 하지 않았어.

　—L이 약을 했다는 게 아니라, 언니가 속해 있는 세계가 너

무 무섭다는 거야. 언제나 화려하고 강렬하고 새롭고. 하지만 거긴 너무 무섭고 위험한 곳이야.

여자는 담배 연기를 깊숙이 빨아들였다.

—언니가 우리에게서 한없이 멀리 떨어져 있는 것 같아.

—캘리포니아에서 뉴욕은 멀어.

—그런 얘기가 아니란 걸 알잖아.

여자는 생각했다. 여동생은 제 언니인 여자를 어려서부터 활발하고 독창적이었다 생각하고 있을 터였다. 그런 한편 괴팍한 고집불통에 어찌해볼 수 없이 이기적인 면이 있다고도 생각할 터였다.

—아주 괜찮은 약물중독 재활센터를 찾아냈어. 엄마랑 상의도 했고. 치료 과정도 체계적이고 전문적이고, 시설도 좋아 보여, 암튼 믿을 만한 곳 같아. 12주, 16주 코스가 있다고 해. 재활센터는 뉴욕보다 여기가 나을 거야, 여긴 할리우드 사람들이 많으니까. 언니, 잠시만이라도 캘리포니아로 돌아와, 뉴욕의 겨울은 너무 춥다며……

그러지 않는 게 좋다고 생각했지만, 여자는 다시금 커튼을 여몄다. 적당히 어두워졌다. 전화벨은 울리지 않았다. 다시금 조용해졌다. 빈집의 고요함은 사진으로 찍을 수 없는 걸까, 여자는 생각했다.

전화를 끊기 전 여자가 여동생에게 물었다.

─근데 혹시, 좀 전에도 전화하지 않았니?

─아니, 언제?

─30분 전? 아니, 한 시간 전쯤? 아, 아냐, 별거 아냐, 신경 쓸 거 없어……

자매는 서로에게 같은 인사말을 건넨 뒤 전화를 끊었다. 메리 크리스마스.

크리스마스, 여자는 생각했다. 작년 크리스마스엔 무엇을 했었나, 궁금하지 않았다. 틀림없이 동료나 친구들과 떠들썩하게 지냈을 것이다. 기억나지 않았다. 새삼 몹시도 궁금해진 건 이번 크리스마스였다. 과연 약 없이 크리스마스를 넘길 수 있을까.

약에 취해 있을 때는 차라리 문제될 게 없었다. 모든 게 뚜렷했고, 확실했고, 결코 지치지 않았다. 약에서 깨어나려 할 때, 약 기운이 사라지려 할 때, 지금처럼 현실에 발이 닿으려 할 때가 가장 혼란스러웠다. 모호했고, 지긋지긋했고, 불쾌했다. 그리고 두려웠다. 낯선 도시에 혼자 방치된 어린아이 같은 기분. 여자는 다시 소파에 몸을 뉘였다. 쿠션 더미 속으로 고양이처럼 파고들었다.

약을 구할 수 있는 지인의 전화번호 몇 개쯤은 알고 있었다. 그들의 상황이 여의치 않다 해도 누군가를 통해 믿을 만한 중개상을 소개받는 것은 결코 어려운 일이 아니었다. 그러나…… 거긴 너무 무섭고 위험한 곳이야.

전화벨이 울렸다.

얼마쯤 잠들었던 여자는 다시 눈을 떴다. 전화벨이 울렸다. 여자는 벨이 울리는 전화기를 멍하니 바라보았다. 여동생이 다시 전화를 건 것은 아닐 것이다, 여자는 생각했다. 전화벨이 울렸다. 이번엔 진짜 코드를 뽑아버려야겠다, 여자는 생각했다. 혹시 누군가 약이 떨어진 것을 알고 약을 구해주겠다고 전화를 한 것은 아닐까, 여자는 생각했다. 전화벨이 울렸다. 실제 벨이 울리고 있는 것이 아닐지도 모른다, 여자는 생각했다. 여자는 소파에서 몸을 일으켰다. 전화벨이 울렸다. 코드를 뽑아버리려 손을 뻗은 여자는, 전화를 받았다.

A였다. 여자는 대뜸 A에게 물었다.

—아까 나한테 전화했었어?

—아까라니, 무슨 소리야? 너랑 통화한 건 사흘 전 잡지 나왔을 때였잖아. 아아, 빌어먹을, 시간이 정말 어떻게 지나간 건지…… 기사 교체하느라 내내 밤새고, 잡지 나오고도 여기저기 시달리고, 오늘 새벽에야 기어들어와 지금껏 자고 일어났어, 깨어보니 마누라랑 아들 놈은 크리스마스 쇼핑 간다는 메모만 남겨놓고, 집 안에 고양이 새끼 말고는 아무도 없네. 맙소사, 크리스마스라니, 그새 정말 크리스마스가 된 거야?

A는 여자가 지난 10년간 일해온 잡지사의 편집장이었다. 그보다 몇 년 앞서 A는 그 잡지를 직접 창간했다.

모든 건 여동생이 말한 '샌프란시스코 시절'에 시작되었다.

42

당시 예술대학에 재학 중이던 여자는 친구 손에 이끌려 포트폴리오를 들고 A의 잡지사를 찾았다. 뒤죽박죽 정신없는 사무실 구석에서 여자는 발행인 겸 편집장인 A를 처음으로 만났다. 콘서트장의 록밴드, 거리의 반전시위, 히피촌의 젊은이들을 찍은 여자의 흑백사진을 A는 꽤나 오만한 표정으로 살펴보았다. A 역시 갓 대학을 졸업한 이십대 애송이에 불과했다. 그러나 샌프란시스코 시절이란 사회 모든 분야에서 이십대 애송이들이 실제로 훗날 '대사건'이라 불릴 만한 사고를 치던 시절을 의미했다. A가 이끄는 잡지의 구성원 대부분이 비슷한 또래였고, 자신들이 젊은 세대를 대변한다는 의욕과 자부심에 차 있었다. 대중음악을 중심으로 새로운 시대정신이 담긴 문화를 발견하고 선도한다는 것이 잡지가 지향하는 목표였다. 여자는 인턴 사진기자로 종종 자신이 찍은 사진을 잡지에 싣기 시작했다. 몇 개월 만에 여자의 사진이 처음으로 잡지의 표지를 장식했다. 10년 전의 일이었다. 여자는 그사이 10년이란 시간이 흘렀다는 것이, L이 죽은 지 열흘이 넘었다는 것만큼이나 비현실적으로 느껴졌다.

전화기 너머 A가 말했다.

—예상은 했지만, 이 정도일 줄은 몰랐어. 티브이 신문 할 것 없이 이번 호에 대한 기사가 거의 모든 뉴스에 나온 것 같아. 어제 가판대 앞을 지나는데 타블로이드들이 우리 표지를 그대로 자기들 1면 사진으로 실었더군. 가판대에 우리 잡지만 잔뜩 꽂혀 있는 줄 알았다니까. 판매 부수, 재판, 전부 신기록을

세울 게 분명해. 사진 촬영 때 L이 어땠느냐고 묻는 전화가 어찌나 걸려오던지, 네게 직접 얘기를 듣고 싶어 하는 작자들도 많았어.

잡지는 2주에 한 번 발행되는 시스템이었다. 원래 이번 호는 솔로 전향 이후 L의 음악 세계를 집중 조명하는 기사들이 특집으로 준비되어 있었다. L이 아내와 함께 촬영하고 싶어 한 사진은 표지 사진으로 기획된 것이었다. 그러나 사건 이후, A가 직접 진행한 L의 인터뷰를 제외하고, 나머지 기사들은 일주일 새 전부 추모 기사로 대체될 수밖에 없었다. 그 과정에서 편집장인 A는 한바탕 전쟁을 치른 것이다.

—L이 죽은 것에 대해 이제 음모론까지 등장했어.

여자는 말없이 계속 A의 얘기를 들었다. L의 반전운동을 못마땅하게 여기고 있던 권력자들이 이번 사건에 개입되었다느니, 국가 정보기관에서 L을 사찰한 모종의 문서가 발견되었다느니, 범인의 정신 병력이 가짜로 판명되었다느니, 피로에 찌들어 있음에도 A의 목소리에선 숨길 수 없는 흥분과 활기가 느껴졌다. A는 타고난 저널리스트였다. 더 이상 샌프란시스코의 반항적이고 저돌적인 애송이가 아니었다. 사무실에서 A의 별명은, 선장, 캡틴이었다. 그 유명한 소설 속 흰 고래를 쫓는 미치광이 캡틴, 더없이 적절한 별명이었다. A는 야심가였고, 완벽주의자였고, 일 중독자였다. 3년 전 회사를 LA에서 뉴욕으로 옮기는 모험을 감행한 후, A는 자신이 노련한 비즈니스맨으로의 변신까지 완수해야 한다는 것을 알고 있었다. 창간 후 13년째 이끌고 있는 잡지는 바로 A, 자기 자신이었다. 캘리포니아 지역의 히피 문화를 다루던 인디 음악 잡지가 불과 10년 사이 미국 내에서 가장 영향력 있고, 나아가 세계적으로도 유명세를 떨치는 대중문화 잡지로 성장했다는 것. 아웃사이더에서 메인스트림까지, A가 아니었다면 결코 불가능했을 일이었다.

돌연 음모론에 대한 장황한 얘기를 멈추고, A가 여자에게 물었다.

—근데 너, 혹시 집 안에 틀어박혀 약만 빨고 있는 거야?

—아냐, 약 없어……

—이런 젠장, 그러라고 쉬라고 한 줄 알아?

—정말이야, 약이 다 떨어졌다니까!

L이 총을 맞고 쓰러진 시각, 여자는 스튜디오 촬영 팀과 어울려 저녁 식사 후 술잔을 기울이고 있었다. 뉴스 속보가 나오기도 전 한 종합병원 응급실에 L로 보이는 남자가 실려 왔다는 소식을 여자에게 맨 처음 전해준 것은 A였다. L의 장례식 이후 여자가 유난히 충격에서 헤어나지 못하는 듯하자, 비상 상황 속에서도 별 말 없이 휴가를 내준 것도 A였다. 물론 역사적이라 할 만한 표지 사진에 대한 포상이기도 했다. 여자는 나이트가운 주머니를 뒤졌다. 담뱃갑이 없었다. 탁자 위에도 없었다. 여자는 긴 전화선을 이리저리 흔들며 담뱃갑을 찾았다. 소파 위 쿠션을 전부 헤집어 기어이 담뱃갑을 찾아냈다.

—제발 좀, 너 X와 Y가 지금 어떤 꼴인지 몰라?

　A는 넌더리가 난다는 듯 말했고, 여자는 담배에 불을 붙였다. 남은 담배는 이제 한 개비. X와 Y는 그 시절 잡지의 창간 멤버였고, 인턴 기자였던 여자에게 잡지와 예술과 인생의 모든 것을 가르쳐주겠다고 허풍을 떨며 오랜 시간을 함께 어울린 선배들이었다. X와 Y 모두 뛰어난 기사와 칼럼을 썼다. X는 1960년대 대중문화를 다룬 논픽션을 출간한 작가이기도 했고, Y는 유명 포크 가수의 노래 몇 곡을 직접 작사하기도 했다. 그러나 둘 다 지독한, 또 전형적인 약물 중독자들이었다. 알코올과 섹스는 말할 것도 없었다. X는 회사를 뉴욕으로 옮기는 데 끝까지 반대하다 르포르타주 작가로 전업했다. Y는 뉴욕에 온 지 넉 달 만에 LA로 돌아가 프리랜스 음악 평론가가 되었다. 그러나 둘 다 심각한 중독 증세로 현재 어떤 활동도 제대로 이어가지 못하고 있다는 소식이 들려왔다. 여자가 신경질적으로 담배를 빨며 말했다.

　—난 일을 하고 있잖아, 일! 매일같이, 열심히, 엄청나게 찍어대고 있잖아. 그 잘난 L의 사진도 내가 찍은 거라고, 내가!

　—바로 그러니까, 그러니까 하는 소리 아니야, 넌 앞으로 계속 일을 해야 하니까!

　언제나 그렇듯 결국 A의 얘기가 옳다는 것은 여자도 알고 있었다. 샌프란시스코 시절 A도 이런저런 약에 손을 댔지만, 한번도 중독자 수준의 문제를 일으킨 적은 없었다. A 역시 잡지사의 그 누구 못지않게 괴팍하고 특이한 구석이 있었지만, 살인적인 업무량과 스케줄을 소화하며, 어떤 문제가 생겨도 13년간 빠짐없이 잡지를 발행했다. 뉴욕으로 온 이후, A는 이혼의 위기를 겪었고, 변화에 대한 강박에 좌충우돌했고, 광고주들과의 트러블도 잦아졌지만, A는 캡틴, 소설과 달리 끝내 흰 고래를 잡고야 말 선장이었다.

—L이 죽기 전 얘긴데, B가 내게 전화를 걸어 따로 좀 만나자고 하더군. 너에 대해 얘기하고 싶대. 너와 나, B까지, 사실 무슨 얘기가 오고 갈지는 알고 있지만 말이야.

여자는 A와 B가 바 테이블에 마주 앉아 자신에 대해 얘기하는 모습을 상상해보았다. 기억이 났다! 어젯밤 전화를 걸어온 것은 B였다. 여자는 생각했다, 어쩌면 그제 밤일 수도 있지만, B와 통화를 했던 것은 분명했다.

—크리스마스 때는 어떻게 할 거야?

흥분이 가라앉은 듯 심드렁한 목소리로 A가 물었다. 여자는 피우던 담배를 빈 음료수 캔 속에 집어넣었다. 다시 창문을 열어야겠다, 여자는 생각했다.

—집으로 와, 크리스마스 케이크 맛이라도 봐야 할 거 아냐.

여자는 다시 커튼을 걷고 창문을 열었다. 여전히 낮고 흐린 구름이 가득했지만, 눈이 시작된 것은 아니었다. 현실에 도착했다, 여자는 생각했다. 집 밖으로 나가야겠다, 여자는 생각했다.

담배나 술이든, 빵이나 우유든, 아니면 약이라도, 집 밖으로 나가 무엇이든 사가지고 돌아와야 한다, 여자는 생각했다. 후줄근한 나이트가운 틈새로 차가운 바람이 파고들었다.

여자는 알몸으로 따뜻한 물이 쏟아지는 샤워기 아래 섰다. 눈을 감고 정수리부터 발끝까지 뜨겁게 젖어드는 감각을 느꼈다. B에게 전화가 온 것은 어젯밤이 아닌, 그제 밤이었다. B는 그날 나온 잡지의 표지를 보고 전화를 걸었다고 했다. 여자는 마지막 남아 있던 약에 취해 있었다. B의 얘기는 언뜻언뜻 기억이 났지만, 자신이 B에게 무슨 대꾸를 했는지, B의 얘기에 어떤 반응을 보였는지 전혀 기억나지 않았다.

B는 여자보다 10살쯤 연상의, 뉴욕 잡지업계에서 손꼽히는 실력자로 통하는 여성 아트디렉터였다. B는 패션잡지에서 경력을 시작해서 사회, 문화, 예술 등의 분야를 망라하는 유명 종합지를 이끌고 있었다. B는 세련된 여피였고, 카리스마 넘치면서도 온화한 포용력을 갖춘 양성적인 매력의 소유자였다. A는 뉴욕으로 회사를 옮긴 후, 업계 인사들과 적극적으로 교류를 시도했다. 그 과정에서 업계의 베테랑인 B와 인연을 맺었다. B의 잡지와 협업 프로젝트를 진행하기도 했다. A는 다혈질의 캡틴, 그러나 B 앞에서는 곧잘 고분고분한 학생 같은 태도를 보이곤 했다. B는 A와 여자에게 냉철하고 사려 깊은 조언을 아끼지 않았다.

─로큰롤 사진! 오랫동안 록 밴드나 팝 가수를 촬영해서가 아니라, 네 자신이 다분히 로큰롤스럽기 때문에 네가 찍은 건 결국 모두 로큰롤 사진이 되는 거야. 그 누구를, 그 무엇을 찍어도 말이야. 그건 아주 근사한 일이지. 하지만 네 안에, 이 세상에 과연 로큰롤스러운 것만 존재할까?

언젠가 B는 여자에게 그렇게 말했다. 자신에 대해, 자신의 사진에 대해 그런 말을 해준 사람은 B가 처음이었다. 아니, 여자는 오직 B만이 자신에게 그런 말을 해줄 수 있다는 것을 깨달았다. 지난 10년, A를 비롯해 잡지사에서 만난 동료와 선후배, 여자의 모델이 되었던 수많은 스타들, 여자는 그들과 친구가 되었고, 때론 가족 이상의 긴밀한 영향을 주고받았다. 그러나 그들 중 여자의 스승은 없었다.

─감각과 감성은 풍부하게 누리되, 무드에 빠져 허우적거리면 안 돼. 무드는 젖어드는 거고 사로잡히는 거야. 언제나 야릇하게 들떠 있거나, 야릇하게 가라앉아 있는 상태. 이리저리 나부끼는, 그건 자유롭게 날아다니는 게 아니라, 중심 없이 어지럽게 휘둘리는 거야. 끝내 우울이나 중독의 늪으로 갈 수밖에 없어. 로큰롤은, 음악은 결국 무드이기 때문에 위대한 거고, 또 그만큼 위험한 거야. 모든 예술 중 제일이지. 하지만 잊어버리지 마, 애당초 인간은 늘 엑스터시 상태로는 살 수 없게 만들어졌어.

긴 통화 중에 B가 말했다. 그제 밤의 통화에서 했던 말은 아

닐 것이다, 여자는 생각했다. 그제 밤의 통화에서는 B 역시 죽
은 L에 대해, 죽기 직전의 L을 찍은 여자의 사진에 대해 말할
수밖에 없었다.

　　―수십 년, 아니 그 이상, 사람들은 네가 찍은 L의 사진에
대해 얘기하게 될 거야.

　B가 여자에게 다른 종류의 작업을 권한 것은 이미 여러 차례
였다. A의 허락 하에 여자는 B가 소개해준 다큐멘터리 작업에
참여하기도 했다. 얼마 전부터 B는 여자에게 자신의 잡지로 옮
겨올 것을 진지하게 제안했다. 단순히 여자의 커리어를 탐내서
가 아니라는 것을 여자는 잘 알고 있었다. A 역시 그것을 알고
있었다.

　　―빛나는 대상을, 경이로운 순간을, 그저 발견하는 것만으로
는 계속 작업을 해나갈 수 없어. 이번 L의 사진, 네가 발견하기
만 한 게 아니었잖아.

　전화기 너머 B가 그렇게 말했다는 것을 여자는 분명히 기억
했다. 자신이 무어라 말했는지는 기억나지 않았다. 여자는 따
뜻한 물이 가득 찬 욕조에 몸을 담갔다. 그날, 촬영의 막바지, L
역시 지금의 여자처럼 알몸이 되었다.

　예의 샌프란시스코 시절, 그 애송이 시절에 여자는 처음으로
L의 사진을 잡지 표지에 실었다. A가 오래 공을 들인 끝에 L과
의 단독 인터뷰가 성사되자, 여자는 자신이 L의 사진을 찍겠다

며 몇 날 며칠 A를 졸라댔다. 유명 베테랑 사진가가 아닌 히피
풍의 여대생 같은 사진가가 자신들을 촬영하는 것에 L 부부는
흥미롭다는 반응을 보였다. 그리고 10여 년의 시간이 흘러, 여
자는 다시 사진 촬영을 위해 L과 재회했던 것이다. L 부부는 여
자를 반겼다. 아니, 여자를 대견해했다는 표현이 더 어울릴 터
였다. L은 그사이 여자가 유명 베테랑 사진가가 된 것이 자랑스
럽다고 말했다.

여자의 렌즈 앞에서 L 부부는 충만해 보였다. 모든 것이 결국
제자리를 찾았고, 부드럽게 맞물려 조화롭게 돌아가고 있다는
느낌을 주었다. 오래전 여자가 처음 L을 만났을 당시, L은 자신
의 인생에서 험난한 전환기를 맞고 있었다. 이혼과 재혼 과정은
혼란스러웠고, 악의적인 루머와 모함에 시달렸으며, 새로운 활
동에 대한 갈등과 부침을 겪었다. L 역시 B처럼 여자보다 10살
쯤 연상이었다. 10년의 시간, L은 더 이상 해체된 유명 밴드의
멤버가 아닌 온전한 L 자신으로 보였다. 여자는 그렇게 느꼈다.
L도, L의 아내도, 그들을 촬영하는 여자도, 모든 것이 알맞고
편안했다.

어떠한 계획이나 특정한 의도는 없었다. 여자가 문득 L에게
물었다.

"당신이 얼마나 아내를 사랑하는지 내게 보여주겠어요?"

L은 옷을 벗고 알몸이 되었다. 그리고 바닥에 누워 있는 아
내의 곁으로 다가갔다. 꿈을 꾸듯 자연스러웠다. 아내의 풍성

한 검은 머리칼이 융단처럼 펼쳐졌다. 아내는 옷을 입은 채였다. L은 측면에서 천천히 아내를 끌어안았다. 문득, 어둠 속에서 흰빛이 다가왔다. 여자는 뷰 파인더에서 눈을 떼지 않았다. 어디선가 흰빛이 일렁이며 가까이 다가왔다. 어둠도 흰빛도 조명이나 초점에 문제가 생긴 것이 아니라는 것을 여자는 바로 깨달았다. L은 태아처럼 웅크린 자세로 아내를 끌어안았다. 흰빛이 일렁였다. L은 눈을 감고 아내의 얼굴에 입을 맞추었다. 여자는 셔터를 눌렀다. 흰빛이 일렁였다. 이내 흰빛이 L에게 닿았다. 여자에게 닿았다. 그러자 그 순간이, 그 모습이 사라지기 시작했다. 여자는 이 사라짐의 기분 좋은 공포를 잘 알고 있었다. 물론 L도 잘 알고 있을 터였다. 여자는 셔터를 눌렀다. 흰빛이 사진에 눈처럼 내렸다. L도 자신과 같은 것을 경험하고 있다는 것을 여자는 분명히 알 수 있었다. 여자는 사진을 찍었다.

여자는 욕조에서 몸을 일으켰다. 욕조를 넘쳐 오른 물이 바닥으로 흘렀다. 그 사진을 찍은 5시간 뒤, L은 총을 맞고 사망했다.

여자는 집 밖으로 나왔다. 이미 어둑어둑해지고 있었다. 하늘엔 여전히 구름이 가득했지만, 끝내 눈은 쏟아지지 않을 모양이었다. 마지막 담배 한 개비는 젖어버린 나이트가운 속에서 뭉그러져 피울 수 없게 되었다.

집을 나서려 현관 앞에 섰을 때, 전화벨이 울렸다. 코드는 뽑지 않았다. 분명 전화벨이 울리고 있었다. 잠시 망설였지만, 여자는 그대로 문을 열고 밖으로 나왔다. 전화벨이 울렸다. 열쇠로 문을 잠갔다. 빈집에 전화벨이 울렸다. 어쩌면 언젠가 빈집에서 울려대는 전화벨 소리를 사진으로 찍는 법을 알아낼 수도 있지 않을까, 여자는 생각했다. 멈추지 않고 전화벨이 울렸다. 여자는 복도를 걸었다. 멀어지는 빈집, 작아지는 전화벨 소리.

여자는 거리를 걸었다. 코트를 입고 털모자를 쓴, 소년인지 소녀인지 알 수 없었던 누군가 모습을 감춘 건물의 모퉁이를, 여자도 돌았다. 여자는 코트를 입고 있었고 털모자를 쓰고 있었다. 대로변으로 나오자, 화려한 크리스마스 장식이 어둠 속에 반짝이며 거리를 빛내고 있었다. 여자는 거리를 걸었다. 여자의 왼쪽 어깨에는 외출할 때 휴대하는 작은 크기의 수동 카메라가 걸려 있었다.

한 달 전쯤의 어느 날, 여자는 렌트했던 차를 고속도로 입구의 갓길에 세워둔 채 귀가했다. 다음 날 사무실로 출근하니 렌트한 차를 돌려받지 못했다는 렌트카 회사의 독촉 연락이 도착해 있었다. 어떻게 된 일이냐 묻는 A에게 여자는 아무런 대답도 할 수 없었다. 촬영 장소 헌팅을 위해 차를 렌트했던 기억은 분명히 있었다. 그러나 자신이 차를 어디에 두었는지, 어떻게 집으로 돌아갔는지, 전혀 기억이 나지 않았다. 그날 오후, 신고를 통해 고속도로 입구에서 차를 찾았다는 연락이 왔다. A는 불같이 화를 냈다. 약에 취한 채 고속도로로 진입해 사고라도 났으면 어쩔 뻔했냐며 소리를 질렀다. 당장 약을 끊지 않으면 해고

해버리겠다고 마구 소리를 질렀다. 다음 날 렌트카 회사의 직원이 조수석에서 발견했다는 여자의 작은 수동 카메라를 사무실로 직접 가져다주었다. 직원은 여자의 표지 사진을 좋아한다며 잡지를 내밀고 수줍게 사인을 청했다. 되찾은 카메라 속의 필름은 사라지고 없었다. 도둑을 맞아야 했다면, 카메라가 사라지고 필름이 남아 있어야 했다. 기억이 필름처럼 사라진 한나절, 여자는 자신이 그 카메라로 무엇을 찍었는지 전혀 기억해낼 수 없었다.

상점가 여기저기에서 캐럴송이 들려왔다. 여자는 거리를 걸었다. 날은 어두웠고, 크리스마스 장식은 빛났고, 쇼핑백을 든 사람들은 종종걸음으로 여자 곁을 스쳐갔다. 블록을 지날 때마다 들려오는 캐럴이 달라졌다.

여자는 계속해서 걸었다. 아직 담배나 술, 빵이나 우유, 혹은 약, 무엇도 사지 못한 채였다. 여자는 어느 사거리의 횡단보도 앞에 멈춰 섰다. 그제야 불현듯 목적지를 정할 수 있었다. L의 집, L이 총을 맞고 숨진 그의 아파트가 가까운 곳에 있었다. 횡단보도를 건넌 여자는 잡화점에 들어가 카메라에 넣을 필름을 한 통 샀다. 잡화점 실내의 스피커에서도 잔잔한 캐럴이 흘러나오고 있었다. 여자는 그 자리에서 바로 필름의 포장을 뜯었다. 카메라에 필름을 넣으려다 여자는 스피커에서 들려오는 음악이 캐럴이 아니라 L의 노래라는 것을 깨달았다. 내 눈이 크게 열리고, 내 마음이 크게 열리고, 나는 볼 수 있고, 나는 느낄 수 있고, 마음속 모든 것이 선명해지고, 세상 속 모든 것이 선명해지고, 나는 슬픔을 느끼고 꿈을 느끼고, 나는 삶을 느끼고 사랑을 느끼고, L이 노래하고 있었다. 여자는 L의 목소리를 들으며 지난 10년간 수도 없이 반복했던 일, 카메라에 필름을 넣었다.

아파트 입구의 철제 담장에는 여전히 꽃이 꽂혀 있었다. L이 죽은 후 저녁마다 이곳에 사람들이 모여들었다. 사람들은 누가 먼저랄 것도 없이 함께 L의 노래를 불렀다. 담장 여기저기에 촛불이 타오르고 있었고, L을 추모하는 메모와 편지가 가득 쌓여 있었다. 그리고 그 속에 알몸의 L이 자신의 아내를 끌어안고 있는 사진, 여자가 찍은 바로 그 사진도 함께 있었다. 내내 집 안에 틀어박혀 있었던 여자는 그제야 처음으로 이번 호 잡지를 보았다. 여자는 새로 필름을 넣은 작은 수동카메라를 꺼내들었다. 눈과 마음이 크게 열렸다. 여자는 처음으로 자신이 찍은 사진을 찍었다.

밤이 되었다. 크리스마스가 가까웠다. 눈은 더 깊은 밤에야 시작될 모양이었다. 집으로 돌아가야겠다, 여자는 생각했다. 집으로 돌아가 전화를 걸어야겠다, 여자는 생각했다. 꽤 늦은 시간이지만, 캘리포니아의 여동생은 기꺼이 전화를 받아줄 것이다, 여자는 생각했다. 좀처럼 눈이 내리지 않는 캘리포니아에서 포근한 겨울을 보내고 돌아오겠다 한다면 A와 B는 흔쾌히 고개를 끄덕여줄 것이다, 여자는 생각했다. 여자는 사진을 찍었다. 슬픔을 느꼈고, 꿈을 느꼈고, 삶을 느꼈고, 사랑을 느꼈다.

3

아
버
지
는 어
느 날
……

오에 겐자부로
소설가, 일본, 1935~

1999년 12월 XX일, 일본 도쿄

10:13 p.m.

만년필의 펜촉에서 더 이상 잉크가 나오지 않자, 아버지는 글 쓰기를 멈췄다. 잉크를 채워둔 똑같은 제품의 카트리지가 책상 서랍 속에 여러 개 들어 있었지만, 아버지는 글쓰기를 멈췄다. 아버지는 시계를 보았다. 오늘은 이만하면 됐다고 생각했다. 아 버지는 만년필의 뚜껑을 닫고, 쓰고 있던 글에 연필로 마저 몇 글자를 덧붙였다.

아버지는 의자 등받이 깊숙이 몸을 기댔다. 눈을 감고 자신의 몸 상태를 찬찬히 점검해보았다. 독일에서 돌아온 지 8일째, 몸 도 일상도 이제야 원래의 리듬을 되찾은 듯했다.

늦여름 이후 약 석 달간, 아버지는 베를린의 한 대학에 머물 렀다. 객원교수 신분으로 학교 측이 제공한 숙소에서 지내며 일 주일에 한 차례씩 학생들에게 문학 강의를 했다. 매번 영어로 진행하는 강의가 다소 부담스러웠지만, 3년 전 미국 대학에 머 물렀던 경험이 많은 도움이 되었다. 유럽의 역사적인 도시에서 가을을 보낼 수 있다는 것은 분명 행운이었다. 고층 빌딩 숲을 찾아볼 수 없는 고풍스러운 도시는 가을이라는 계절과 협연하 듯 어우러져 깊은 정취를 자아냈다. 가을 내내 베를린의 기온은 도쿄보다 낮았지만, 대체로 쾌청한 날씨가 이어졌다. 얼마간 짬을 내 프랑스와 이탈리아에 다녀오기도 했다. 당연히 태풍이나 지진은 한 차례도 경험하지 않았다. 입맛에 맞는 생선 요리를 쉽게 먹을 수 없다는 것이 그나마 아쉬운 일이었다. 그러나 시내에 위치한 일본 식당의 대구 요리는 썩 훌륭한 편이었다. 문어 요리까지 바란다는 것은 분명 사치였다. 빵과 감자에 훈제연어를 곁들이는 간단한 요리쯤은 아버지 스스로도 얼마든지 만들 수 있었다. 맥주에 불만을 가질 일은 물론 없었다.

강의를 듣는 학생들의 태도는 진지했고, 세 차례 열린 낭독회 모두 성황을 이루었다. 아버지는 독자들이 자신에게 던지는 질문이 세계 어디서나 비슷비슷하다는 것을 이번 독일 체류를 통해서도 실감했다. 당신의 글쓰기에서 아들은 어떤 존재인가, 아들의 음악을 당신은 어떻게 생각하는가, 장애인 아들과 함께 지내는 일상은 어떠한가. 그 같은 질문의 비슷비슷한 변주였다. 노벨문학상 수상 이후 추가된 것이 있다면, 왜 천황이 주는 훈장을 거절했나 하는 정도.

대학의 몇몇 교수들이나 자신처럼 레지던스 숙소에 머물고 있는 외국 학자들과의 만남은 좀더 흥미로웠다. 특히 미국에서 온 삼십대 후반의 젊은 영문학자와는 많은 시간 얘기를 나누었다. 그는 19세기 영미시와 독일시를 비교 연구하는 학자로, 아버지가 좋아하는 시인들에 대해 몇 시간이고 대화할 수 있는 상대였다. 일종의 예의라고 생각하는 듯 그는 대화에 종종 하이쿠를 인용했다.

방금 전까지 아버지가 쓰고 있던 것은 독일에서의 이런저런 일들을 정리하는 글이었다. 강의 내용과 행사 일정, 독서와 대화와 메모로부터 비롯된 여러 생각들, 석 달의 시간을 나름대로 간추리고 정돈할 필요가 있었다. 석 달 만에 돌아와 접한 일본 내의 화제는 단연 '밀레니엄'에 관한 것이었다. 신흥종교의 단골 메뉴인 종말론은 물론, 밀레니엄 버그라는 Y2K 오류에 대한 담론들이 하루도 빠지지 않고 신문과 티브이에 등장하고 있었다. 물론 '새 천년'이란 테마를 마구잡이로 상품화시키는 지극히 일본다운 유행도 빼놓을 수 없었다. 베를린에서 수시로 도쿄와 연락을 취했음에도, 막상 돌아와 보니 직접 처리해야 할 잡무가 쌓여 있었다. 내년 초부터 시작될 신문의 칼럼 연재도 준비가 필요했다. 컴퓨터 오류로 인해 대재앙이 일어날지도 모른다는 세기말의 밀레니엄 시즌을 이런저런 밀린 일들을 하며 보내야 할 듯싶었다.

　아버지는 의자에서 몸을 일으켜 서재의 창가로 다가갔다. 커튼을 걷고 두 개의 스탠드 조명을 차례로 껐다. 실내가 어두워지자 2층 아래 마당이 내려다보였다. 석 달 전과 달리 낙엽을 모두 떨군 검은 나뭇가지들, 아버지는 창문을 열었다. 초겨울의 차가운 밤공기가 서재 안으로 밀려 들어왔다. 아버지는 베를린의 숙소 근처 '여행자의 오솔길'을 떠올렸다. 규모가 그리 크지 않은 공원이면서도 울창하다 싶을 만큼 깊은 숲이 있었다. 이른 아침이나 해질 무렵, 아버지는 그곳의 오솔길을 즐겨 산책했다.

그 길의 이름이 실제 그러하다 말해주는 팻말 같은 것은 보이지 않았지만, 사람들 모두 그 산책길을 여행자의 오솔길이라 불렀다. 그 숲은 아버지로 하여금 아득히 오래전 고향 마을의 숲을 기억나게 했다. 묘한 기시감 같은 것이 느껴졌다. 아버지가 '숲의 아이'처럼 자라난 일본 남부 시코쿠 섬의 깊은 숲. 두 곳의 기후가 크게 다른 만큼 수종(樹種) 역시 전혀 달랐음에도, 베를린의 숲과 시코쿠의 숲은 이상하리 만치 비슷한 느낌을 주었다. 어째서 비슷하게 느껴지는 것인지 스스로도 이해하기 어려웠다. 60년 전 소년의 숲과 세기말 여행자의 숲, 독일에 머무는 동안 아버지는 자주 여행자의 오솔길을 걸었다. 숲은 가을 내내 아름답고 평화로웠다.

어두운 2층 서재에서 역시 어둠에 감싸인 마당의 정원을 내려다보며, 아버지는 자신이 아련한 고향의 숲도, 평온한 여행지의 숲도 그리워하고 있지 않다는 사실을 깨달았다. 자신의 장소는 이 서재가 있는, 이 마당이 있는, 바로 이 집이었다. 그리움이나 향수, 동경 같은 것이 딱히 중요한 일로 작용조차 하지 않는 곳. 확고한 자신의 자리, 명백한 자신의 세계. 아들이 있고, 아내가 있고, 책과 원고지와 만년필이 있는, 바로 이 집.

일본으로 돌아온 지 8일째, 여덟 시간의 시차 적응은 끝났고, 몸도 일상도 이제야 원래의 리듬을 되찾은 듯했다. 아들은 1층의 제 침실에서 막 잠이 들었을 터였다.

10:21 p.m.

아버지는 발소리에 주의를 기울이며 거실로 이어진 계단을 내려왔다. 매일 밤, 거의 같은 시간, 빼놓을 수 없는 일과를 위해서였다. 지난 석 달 간의 공백을 비롯하여 가끔 집을 떠나 있는 일이 있었지만, 20년이 훨씬 넘는 시간 동안 반복해온 일이었다.

아버지는 주방 입구의 선반에서 위스키 병을 꺼냈다. 글라스에 술을 따르고 다시 병을 제자리에 두었다. 아버지는 술잔을 들고 자신의 자리라 할 수 있는 거실의 카우치로 향했다. 카우치의 왼쪽에는 아내가 밝혀둔 스탠드 조명이 있었고, 카우치의 오른쪽에는 책과 필기구가 놓인 작은 원탁이 있었다. 아버지는 카우치에 앉아 싱글몰트 위스키를 조금씩 들이켰다.

이 낡은 카우치야말로 지구 전체를 통틀어 가장 완벽한 자신의 자리라 할 수 있었다. 아버지는 거의 언제나 이 의자에 앉아 있었다. 아버지는 글을 쓸 때 워드프로세서나 컴퓨터를 사용하지 않았다. 밀레니엄 버그 따위를 걱정해서가 아니었다. 아버지는 의자에 앉아 무릎 위에 화판을 올려놓고, 그것을 받침대 삼아 원고지에 만년필로 글을 썼다. 물론 서재의 책상에서 글을 쓸 때도 있었지만, 30년 넘게 수만 장의 원고지는 화판 위에서 그 네모난 빈 칸이 채워졌다.

아버지가 처음 작가가 되었을 당시부터 그렇게 글을 쓴 것은 아니었다. 아직 아버지가 아니었던 아버지는 대학 재학 중 소

설가로 데뷔했다. 권위 있는 문학상을 수상하며 세간의 큰 주목
을 받은 것은 불과 스물세 살 때의 일이었다. 아직 아버지가 아
니었던 아버지는 작가가 되기 전부터 수면 장애를 겪고 있었다.
소설 습작은 불면의 밤을 보내기 위한 하나의 방편으로 시작된
것이었다. 작가가 된 이후 아버지가 아니었던 아버지는 다른 많
은 작가들이 그러하듯 주로 깊은 밤에 글을 썼다. 한동안 수면
제를 복용하기도 했지만 불면증은 크게 나아지지 않았다. 결혼
을 하고도 아직 아버지가 아니었던 아버지는 밤을 지새우며 홀
로 깨어 있다는 감각에 의지해 글을 썼다. 정오 무렵 일어나 아
내가 준비해준 식사로 하루를 시작하던 생활은, 뇌와 두개골에
선천성 기형을 가진 아들이 태어나며 달라지기 시작했다.

뇌의 일부가 종양의 형태로 머리 밖으로 튀어나와 마치 머리
가 두 개인 것처럼 보이는 아들의 탄생으로 아버지는 아버지가
되었다. 아들이 태어나고 두 달 반이 지나, 머리 뒤쪽에 혹처럼
달린 '죽은 뇌'를 제거하는 수술이 결정되었다. 수술은 아들의
생명과 수명을 보장할 수 없었고, 후유증으로 인해 식물인간이
될 가능성이 높았으며, 식물인간이 되지 않는다 하더라도, 발달
장애, 정신지체, 시각 손상, 자폐, 간질 등의 장애가 나타날 것
이 확실하다 여겨졌다. 아버지는 의료진의 긴 설명을 듣고 수술
동의서에 서명했다.

수술 직후 아들은 사망하지 않았다. 식물인간이 되지 않았다.
이후 아들은 발달 장애, 정신지체, 시각 손상, 자폐, 간질 등의

장애를 안고 성장했다. 성인이 된 이후에도 증상은 지속되었다. 아들의 지능지수는 65정도였고, 뇌의 일부를 떼어낸 머리 뒤쪽에 항상 플라스틱 덮개를 고정하고 있었다. 밀레니엄이 지나 새해가 밝으면 아들의 나이는 서른일곱이었다.

아들이 다른 아이들보다 뒤늦게 걸음마를 시작하자, 아버지는 아들을 지켜볼 수 있도록 방 한 구석에 의자를 놓고 그곳에 앉아 책을 읽고 글을 쓰기 시작했다. 이런저런 시도 끝에 화가들이 야외 스케치에 사용하는 화판이 글쓰기에 가장 적합하다는 걸 알게 되었다. 아버지는 매일 거실의 카우치에 앉아 화판에 원고지를 놓고 글을 썼다. 30년 전에도 20년 전에도 10년 전에도, 석 달 전에도 사흘 전에도 그렇게 글을 썼다. 아버지는 글을 쓰다 화판에서 눈을 떼고 수시로 아들을 살폈다.

아들을 돌보기 위해서는 또한 아침 일찍 일어나야 했다. 아버지는 수면제를 대신하길 바라며 매일 밤 일정량의 술을 마셔 잠을 청했다. 아버지가 되기 전의 아버지는 곧잘 사람들과 어울려 적지 않은 양의 술을 마셨고, 술기운에 때로 치기 어린 싸움판에 휘말리기도 했다. 그러나 아버지가 된 아버지는 집 밖에서 술을 마시지 않게 되었다. 아버지가 아니었던 시절이었다면 가장 집중해 글을 썼을 시간에 아버지는 하루를 마무리하는 의식처럼 술을 마시고 잠이 들었다. 그리고 다음 날 아침 6시쯤 일어나 한 컵 가득 차가운 물을 마신 다음, 거실의 카우치에 앉아 점심 무렵까지 아들을 지켜보며 글을 썼다.

술잔의 위스키를 모두 비우고, 아버지는 다시 주방으로 향했다. 냉장고에서 캔 맥주를 꺼냈다. 매일 밤 적게는 두 캔, 많게는 네 캔의 맥주가 필요했다. 위스키와 다른 느낌의 알코올이 목 안으로 넘어갔다. 독일 맥주가 크게 아쉬울 건 없었다. 아버지는 맥주 캔을 들고 거실의 카우치로 돌아왔다. 석 달 동안 단절되었던 일상을 지난 일주일간 차분히 되풀이했다. 오늘에서야 비로소 자신을 둘러싼 세계의 톱니바퀴들이 제대로 맞물려 돌아가는 느낌이었다.

아버지는 거실 벽의 시계를 보았다. 아들은 한 시간 안에 깨어날 터였다.

10:46 p. m.

─작가들이란 보통 은둔하듯 외딴 방에 들어앉아, 책상을 앞에 두고 창밖을 바라보며 글을 쓰지 않던가. 작가가 창을 등지고 가족들이 오가는 거실에서 화판을 놓고 글을 쓴다니, 매우 부자연스러운 연출처럼 보인다.

국영방송에서 제작한 아버지와 아들의 삶을 다룬 다큐멘터리가 티브이에서 방송된 후, 익명의 시청자가 집으로 보내온 편지에는 그런 문구가 적혀 있었다. 아버지는 편지를 보내온 사람이 자신을 익명의 독자가 아닌, 익명의 시청자라 밝힌 점이 무엇보다 유감스러웠다.

작가 생활을 시작한 이래 이런저런 공격과 비난을 받는 일에는 이골이 나 있었다. 아버지는 줄곧 극우주의자들의 신경을 건드리는 글을 발표해왔고, 반전반핵 운동에 적극적으로 참여해왔다. 심각한 장애를 가진 아들의 존재를 공개적으로 드러내고, 장애인을 차별하고 격리시키는 사회 분위기에 맞서는 태도 역시 보수주의자들의 불만을 샀다. 언제부턴가 테러를 경고하는 편지가 집으로 날아들었고, 전화를 걸어 협박을 하거나 직접 찾아와 궤변을 늘어놓는 치들도 있었다. 정치적 성향에 대한 공격은 작가인 아버지가 장애인 아들을 이용한다는 비난으로 이어졌다. 아들이 작곡가가 되어 발표한 앨범이 뜻밖의 성공을 거두자, 아들의 음악을 폄하하는 목소리가 불거졌다. 아버지의 유명세를 아들이 이용하고, 다시 아들의 유명세를 아버지가 이용한다는 것이었다. 그런 비난이 정점에 이르고 있던 5년 전, 아버지의 노벨문학상 수상이 결정되었다.

물론 아버지와 아들에 대한 세상의 반응 중 그토록 부정적인 것은 전체의 5퍼센트를 넘지 않았다. 대부분의 사람들은 세계적인 작가이자 장애인 아들을 헌신적으로 보살피는 아버지에게 경외심을 표했다. 그들이 건네는 대화나 편지에는 깊은 공감과 따뜻한 배려가 담겨 있었다. 아들 역시 장애인에 대한 인식을 크게 변화시킨 인물로 평가 받았고, 집으로 정성스러운 팬레터와 선물이 도착하곤 했다. 국영방송의 다큐멘터리는 속편이 제작되었고, 일본뿐 아니라 해외 여러 나라에서 방영되었다. 노벨문학상 수상에도 부정적인 5퍼센트는 변함이 없었다. 천황제를 반대하는 아버지가 천황이 수여하는 문화훈장을 거부한 이후 오히려 그 수치가 다소 늘어난 듯했다. 세계에서 가장 유명한 문학상을 수상한 덕에 아버지를 향한 극우단체의 비난 협박은 한층 열렬해졌고, NGO단체의 도움 요청 역시 한층 열렬해졌다.

아버지와 아들은 이미 대중적으로 꽤 알려진 사람들이었지만, 예의 수상 직후 부자는 거리를 나다닐 수 없을 정도의 요란한 유명세를 치렀다. 얼마 뒤 한동안 외국에서 지낼 수 있는 기회가 생긴 것은 크게 다행스러운 일이었다.

독일에서 돌아와 살펴본 우편물 중에도 여지없이 아버지를 공격하는 편지가 포함되어 있었다. 베를린에서 일본 신문에 기고한 칼럼을 비난하는 내용이었다. 아버지는 주변국에 대한 사과를 포함해, 같은 2차 대전 패전국인 독일과 일본의 전후 처리 문제를 비교하는 글을 쓴 터였다. 사실 5퍼센트라는 수치는 그리 중요한 것이 아니었다. 악의와 몰이해와 폭력은 0.5 혹은 0.05퍼센트의 존재만으로도 상대에게 얼마든지 치명적인 상처를 입힐 수 있었다.

24년 전, 열두 살의 아들이 아버지를 협박하던 누군가에 의해 납치된 일이 있었다. 전화를 걸어온 납치범은 아들의 몸값을 요구하지 않았다. 대신 장애인 아들이 죽어야만 소설가 아버지가 현실을 직시할 수 있게 될 거란 말만 늘어놓았다. 사건 발생 열 시간 만에 아버지는 아들을 도쿄 역의 한 승강장에서 발견했다. 아들은 차가운 돌덩이처럼 굳어 오줌을 싼 채 서 있었고, 오줌은 고스란히 신고 있던 장화 속에 고여 있었다. 아버지에게 지속적으로 위협을 가하던 몇몇이 용의자로 경찰 조사를 받았지만, 모두 무혐의 처분을 받았다. 범인은 신원조차 파악할 수 없었고, 끝내 검거되지 않았다. 아버지는 납치범이 아들을 죽이지 않고 도쿄 역에 버린 것은 양심의 가책 때문이 아니라, 복합 장애를 가지고 있는 아들을 다루기가 버거웠기 때문임을 직감했다. 납치사건은 아버지는 물론 아들과 아내에게도 지울 수 없는 상처를 남겼다. 아버지는 24년이 흐른 지금까지도 종종 아들이 납치를 당하는 꿈을 꾸었다. 감히 악몽의 원형이라 해도 좋을 만큼 괴로운 꿈이었다.

아들에게는 여동생과 남동생이 있었다. 아버지의 하나뿐인 딸은 어려서 장애인 오빠가 있다는 빌미로 집단 괴롭힘을 당해 사립학교로 전학을 가야 했다. 딸은 이미 네다섯 살 무렵부터 스스로 오빠를 보호하고 돌보려 했다. 딸은 줄곧 아들의 세 번째 부모 노릇을 기꺼이 해왔지만, 사춘기 무렵 아버지의 유명세에 가족들의 사생활이 공개되는 것을 몹시 힘겨워했다. 아버지를 집요하게 괴롭히던 편집증적 전직 저널리스트가 여고생이던 딸을 상대로 폭언을 퍼붓는 행패를 부린 적도 있었다. 딸은 대학에서 사회복지 분야를 전공으로 선택했다. 졸업 후에는 도서관에서 근무하며 장애인 단체에서 봉사 활동을 했다. 그러나 딸이 자신의 직업을 오빠를 돌보는 일보다 우선시한 적은 없었다.

2년 전 결혼한 딸은 친정과 가까운 곳에 살며 여전히 오빠를 보살폈다. 아들은 아직까지도 여동생이 결혼했다는 개념을 정확하게 이해하지 못했다. 딸은 아들의 주요 관심사인 클래식 라디오 프로그램의 선곡 리스트와 응원하는 프로 야구팀의 성적과 특정 스모 선수들의 경기를 화제 삼아, 제 오빠와 긴 통화를 하는 일과를 하루도 빼놓지 않았다. 장애인이 아닌 딸과 막내아들에게 아버지는 무거운 마음의 빚을 지고 있었다.

11:12 p. m.

아버지는 두번째 맥주 캔을 땄다. 독일에서도 이 시간이면 혼자 술잔을 기울이곤 했다. 그러나 하루의 마지막 일과를 완수할 수 없었으므로, 그것이 어떤 의식에까지 이르지는 못했다.

아버지는 다시 한 번 시코쿠 고향의 숲과 베를린 여행지의 숲을 떠올렸다. 문득 자신이 두 곳의 숲을 그리워하지 않는 이유를 알 것도 같다는 생각이 들었다. 그것은 아버지가 소년의 정체성과 여행자의 정체성을 더 이상 갖고 있지 않기 때문이었다. 예술가는 나이가 들어서도 내면의 소년 소녀를 간직한 채 살아가기 마련이었다. 그 소년 소녀는 때로 방황하고 실패하며 때로 반항하고 쟁취하며, 예술가로 하여금 창작의 에너지를 갈구하고 자아의 확장을 독려하게 만드는 존재였다. 여행자의 정체성 역시 마찬가지였다. 예술가는 미지의 땅을 찾아 길을 나서고 낯선 만남과 뜻밖의 모험에 자신을 내맡겨야 마땅했다. 그제야 비로소 눈은 볼 수 없었던 것을 보고, 귀는 듣지 못했던 것을 들을 수 있었다. 머물다 떠남을 반복하는 예술가의 삶 자체가 곧잘 여행에 비유되는 것은 얼마나 일반적인 일이던가.

아버지 역시 불면증을 겪던 젊은 작가 시절, 소년으로 살며 세상을 여행했다. 고향의 숲을 그리워했고, 여행지의 숲을 동경했다. 그러나 아버지는 아버지가 된 이래, 더는 소년일 수 없었다. 더는 여행지를 떠돌 수 없었다. 아버지는 아버지여야만 했다. 고향을 그리워하는 대신 아들의 고향이 되어주어야 했고, 여행지를 동경하는 대신 아들의 여행지가 되어주어야 했다. 고향을 그리워하고 여행지를 동경했던 기억이 아득했다. 상실의 안타까움이나 아쉬움의 회환도 시나브로 잦아든 지 오래였다.

소년과 여행자의 삶이 불가능해진 아버지의 생활이 체념과 피로 속에서도 끝내 황폐해지지 않은 것을 설명하기란 쉽지 않은 일이었다. 육아와 간병의 경험이 전혀 없는 젊은 부부가 발달 장애와 정신지체 등의 복합 장애를 가진 아들을 키워야만 했다. 현실은 언제나 급박하고 압도적인 것이었다. 선천적으로 눈물샘이 없는 아들은 다른 아기들처럼 울음으로 의사 표현을 할 수 없었다. 오랜 병원 생활에 면역력이 약해져 쉽게 감염 증세를 보였다. 극도로 시력이 나쁜 아들이 무엇을 볼 수 있고 무엇을 볼 수 없는지, 제대로 된 언어를 구사하지 못하는 아들이 무엇을 느끼고 무엇을 원하는지, 모든 것을 세심히 살펴 반드시 알아내야 했다. 그런 아들과 함께하는 일상 속에서 신세 한탄을 할 만한 여유는 거의 없었다. 아버지가 되어야만 했던 아버지는 짐짓 어머니마저 되어야 했다. 아들은 어머니가 다섯쯤 필요한 아이였으므로.

몇 년 전, 한 과학 잡지는 '백치천재idiot savant'를 다룬 특집기사에서 아들을 '지구상에 존재하는 가장 특별한 서번트'라 칭했다. 기사는 먼저 '서번트증후군' 주인공이 등장하는 유명 헐리웃 영화를 거론했다. 서번트증후군이란 뇌기능장애를 가진 사람들 중 소수가 암기, 계산, 음악, 미술 등의 분야에서 일반인의 능력을 뛰어넘는 천재성을 발휘하는 것을 일컫는 용어로, 영화가 서번트에 대한 대중들의 이해와 관심을 높이는 데 큰 역할을 했다는 것이었다. 기사는 서번트가 발달 장애나 정신지체를 가진 이들 2천 명 중 1명꼴로 나타나는 극히 드문 현상이라 설명하고, 서번트의 실제 사례를 상세히 소개했다. 두꺼운 전화번호부와 수십 년치 달력을 통째로 암기하는 자폐증 환자, 복잡한 연산 문제 풀이를 놓고 전자계산기와의 대결에서 승리한 뇌성마비 소년, 그리고 수십 곡의 클래식 음악을 작곡한 아버지의 아들이 등장했다. 기사는 아들이 지구상에 존재하는 가장 특별한 서번트인 이유를 '창작' 능력 때문이라 설명했다. 서번트의 천재성은 놀라운 암기력이 그 바탕이었다. 전혀 들어본 적 없는 음악을 한 차례만 듣고도 곡 전체를 녹음기처럼 완벽하게 기억하고 재현하는 능력이 음악 분야 서번트의 전형적인 특징이었다. 그와 같은 능력을 일종의 묘기로 내세워 평생 순회공연을 하며 살았던 서번트도 존재했다.

아들은 달랐다. 아기 적부터 듣고 자란 클래식 음악을 놀라운 암기력으로 세세하게 기억하는 것은 일반적인 서번트와 같았지만, 아주 느린 속도로 피아노를 배우기 시작한 이래, 아들은 평균 3, 4분짜리 연주곡을 직접 작곡하기에 이르렀다. 과학 잡지의 기사는 아들이 단순 암기를 넘어 창작 활동을 하고 있는 서번트로는 세상에 알려진 유일한 사례라고 단언했다. 남미 출신의 어린 소녀가 특별한 색채 감각을 가진 서번트로 화가 활동을 하고 있었지만, 소녀의 그림이 우발적인 표현의 결과물인지, 아들의 경우처럼 자신의 감정과 생각을 예술적으로 승화시킨 것인지 정확히 판단하기 어렵다는 결론이었다.

이후 이어진 기사의 내용은 아버지가 이런저런 뇌 의학 관련 책을 통해 알고 있던 사실과 크게 다르지 않았다. 세상에 극히 이례적인 인간인 서번트가 존재하는 이유는 현재로서는 '좌뇌 손상에 따른 우뇌 보상 이론'이 가장 유력했다. 출생 당시나 어린 시절 좌뇌가 크게 손상된 사람들 중 일부의 경우, 손상되지 않은 우뇌가 완전한 뇌의 역할을 수행하기 위해 역설적으로 기능이 촉진된다는 것이었다. 다시 말해 부족한 좌뇌를 보완하려 우뇌의 보상작용이 강하게 일어나며 암기력 같은 특정 분야에서 천재성이 발휘된다는 설명이었다.

그러나 어떤 이론으로도 아들의 예외적인 창작 능력을 규명하긴 어려웠다. 아들은 단순히 음악을 암기하고 재현하는 서번트가 아닌 음악을 작곡하는 예술가 서번트였다. 아들은 자신의 곡으로 무엇을 표현하고 싶었는지, 어째서 자신의 곡에 그러한 제목을 붙였는지 스스로 설명할 수 있었다. 창작하는 서번트의 다른 사례는 아직 학계에 보고된 적이 없다고 기사는 밝혔다. 언론들은 아들을 소개할 때 곧잘 '수수께끼 같은 존재' '불가사의한 천재' 같은 수식어를 사용했다. 어떤 이들은 아들을 가리켜 '살아 있는 기적'이니 '인간 승리의 표상'이니 하는 표현을 쓰기도 했다. 물론 아버지가 유명 작가가 아니었다면 전혀 주목받지 못했을 '얼치기 사기꾼'이란 악평도 5퍼센트 정도 존재했다.

11:39 p. m.

잠을 자고 있던 아들이 깨어났다. 아들의 침실 쪽에서 기척이 나더니 이내 방문이 열렸다. 잠옷 차림의 아들은 잠기운이 묻어나는 무표정한 얼굴로 거실에 앉아 있는 아버지를 바라보았다. 아버지는 아들을 향해 고개를 끄덕이며 미소를 지어 보였다. 아들의 표정에는 딱히 변화가 없었지만, 36년간 아들을 지켜본 아버지는 아들이 아버지의 모습에 안심하고 있다는 것을 분명히 알 수 있었다.

매일 밤 10시쯤 잠이 드는 아들은 어째서인지 꼭 자정 무렵 깨어나 대변을 보았다. 자신이 정해놓은 틀에 맞춰 강박적인 반복 행동을 하는 것은 자폐증을 가진 이들의 대표적인 특징이었다. 아들은 주변 환경이 바뀌는 것을 좋아하지 않았고, 규칙적인 습관대로 생활하는 것을 고집했다. 그러나 주변 환경이나 생활 습관 같은 의식적인 측면이 아니라, 자정 무렵의 배변이라는 생리 현상까지 그러하다는 것은 분명 설명하기 어려운 무엇이었다. 십대 중반 무렵부터 아들은 매일 밤 잠을 자다 자정쯤 일어나 화장실로 향했다. 설명하기 힘든 측면은 또 있었다. 대변을 보고 다시 침대로 돌아오면 아들의 몸은 이상할 정도로 무기력해졌다. 제대로 팔다리를 움직일 수 없어 침대 위의 베개나 시트를 스스로 바로잡을 수 없었다. 처음엔 아들의 그러한 상태가 몹시 걱정스러웠지만, 다시 잠이 들어 다음 날 아침 일어나면 아무런 이상을 보이지 않았다.

그리하여 20년이 넘는 시간 동안 매일 밤 반복하고 있는 아버지의 마지막 일과는 그것이었다. 자정쯤 화장실에 가는 아들이 배변을 마치고 제 방으로 돌아오면, 아들을 편안히 침대에 눕히고 아들의 머리를 반듯하게 베개로 받쳐주고 담요로 포근히 몸을 감싸주는 것, 감기가 걸리지 않도록 시트와 담요의 끝자락을 잘 여며주는 것. 그것이 아버지의 마지막 일과였다.

아버지가 독일에 머물던 석 달간, 아내가 대신 한밤중 화장실에 다녀오는 아들의 잠자리를 정리해주었다. 그러나 그것은 아내와 아들에게, 무엇보다 아버지 자신에게 못내 부자연스럽고 허전한 일이었다. 그 일이 아버지 몫이라는 것을 세 사람 모두 잘 알고 있었다. 아들은 아버지와 떨어져 있는 것을 힘겨워했다. 언제부턴가 아버지는 자신이 아들과 떨어져 있는 것을 그보다 더 힘겨워한다는 것을 깨달았다. 아버지는 베를린의 대학에서 열린 낭독회에서 어느 독자의 질문에 다음과 같이 답했다.

"나에게 살아간다는 것은 아들과 함께 살아간다는 것을 의미합니다."

화장실을 가려 침실 밖으로 나왔을 때, 그전처럼 아버지가 거실에 있는 모습을 보는 것이 오늘로 8일째, 아들은 틀림없이 안심하고 있었다. 흡족해하고 있었다.

살아 있는 기적이나 인간 승리 같은 표현이 아버지의 마음에 와 닿은 적은 한 번도 없었다. 수수께끼 같은 존재니 불가사의한 천재니 하는 것이 때로 그럴 듯하게 느껴졌지만, 그 모두 아들의 삶을 설명하기에는 결국 투박하고 진부한 표현일 수밖에 없었다.

아들은 이제 화장실 안에 있었다. 아들이 화장실에 머무는 시간은 6분이나 7분, 그 역시 항상 같은 시간이었다. 아들을 기다리며 아버지는 두번째 맥주 캔을 비웠다.

11:47 p. m.

아버지는 아들의 턱 밑까지 담요를 끌어 올려주었다. 겨울에는 잠자리를 봐주는 일에 더욱 신경을 써야 했다. 안경을 벗으면 아들은 바로 눈앞에 있는 사물조차 분간하기 어려울 정도로 시력이 나빴다. 그러나 지금 안경을 벗은 채이면서도 침대에 누운 아들의 눈동자는 부지런히 아버지의 움직임을 쫓고 있었다.

"내일은 같이 이발을 하러 가자."

아버지가 말했다.

"신주쿠로?"

아들이 되물었다.

"그렇지, 이발을 하고 씨디를 사러 가야지."

"리스트를 적어두었어요."

"좋아. 점심을 먹고 출발하자. 옷을 따뜻하게 입고."

"점심을 먹고, 옷을 따뜻하게 입고, 전철을 타고, 이발을 하고, 씨디를 사고……"

아들은 이내 집에서 신주쿠 전철역까지의 노선표를 외우기 시작했다.

신주쿠 빌딩가 어느 지하 아케이드에 십수 년째 단골인 작은 이발소가 있었다. 한 달에 한 번 아버지는 아들과 함께 전철을 타고 그곳으로 가 이발을 했다. 아들의 머리를 손질하기 위해서는 수술 흉터를 가린 머리 뒤쪽의 플라스틱 덮개를 떼어내야 했다. 아버지 또래의 이발사는 신중하고 사려 깊은 사람이었다. 직접 서명을 받은 아버지의 책과 아들의 음반이 이발사의 이용 기술 자격증과 함께 이발소 입구 선반을 장식하고 있었다. 36년 전 갓난아기였던 아들의 뇌 수술이 결정되었을 때, 머리칼을 밀기 위해 병원 근처의 이발소에서 이발사를 데려왔다. 이발사는 뒷머리에 커다란 혹이 달린 아기를 본 순간부터 식은땀을 흘리며 손을 떨기 시작했다. 당황한 표정으로 주춤주춤 물러서는 이

발사에게서 빼앗 듯 면도칼을 받아든 것은 아버지의 어머니였다. 아버지의 어머니는 손자의 기괴한 머리통에 부드러운 거품을 바른 다음 대수롭지 않은 일인 양 태연한 동작으로 그 솜털같은 머리칼을 남김없이 밀었다.

이발을 하고 나면 아버지와 아들은 쇼핑가에 위치한 대형 레코드숍을 찾았다. 아들은 클래식 음반 코너에서 한 시간이고 두 시간이고 자신만의 속도로 음반을 골랐다. 아버지는 손님용으로 마련된 매장의 의자에 앉아 가져온 책을 읽으며 아들을 기다렸다.

집에서 장애인 복지센터까지의 지하철 노선표를 외우던 아들이 잠에 빠져들고 있었다. 아버지는 책상 위의 조명을 끄고, 침대 끄트머리에 잠시 그대로 앉아 있었다. 3분쯤 어둠 속에 머물다 아들 방을 나서야 한다는 것. 이 한밤중 의식의 마지막 순서였다. 잠든 아들의 희미한 실루엣을 내려다보며, 아버지는 오랜만에 돌아가신 어머니를 떠올렸다.

11:58 p.m.

아버지는 다시 거실의 카우치로 돌아왔다. 그리고 세 캔째 맥주를 마시기 시작했다. 오늘의 마지막 술이었다.

아들은 지난달에만 두 번의 간질 발작을 일으켰다. 아내는 독일에 있는 남편이 걱정하지 않도록 평상심을 유지하려 애쓰는 목소리로 전화를 걸어왔다. 언제나 그렇듯 아내가 침착하게 대처했으리란 것은 분명했다. 그러나 2주 전의 발작은 10분 이상 지속되어 결국 앰뷸런스를 불러야만 했다. 아버지는 도쿄로 돌아와서야 그 사실을 알게 되었다.

열다섯 살에 첫 간질 발작이 시작된 이래, 가족은 셀 수 없을 정도로 여러 차례 아들의 발작을 경험했다. 발작이 시작되면 서둘러 주변의 딱딱하고 날카로운 물건들을 치우고, 기도를 확보하기 위해 아들을 옆으로 뉘이고, 머리 아래 수건이나 담요를 깔고, 경련이 일어난 팔다리를 강하게 움켜잡지 않도록 주의하며 셔츠의 단추와 허리띠의 버클을 풀어야 했다. 초점을 잃은 눈동자, 잔뜩 일그러지는 얼굴, 알아들을 수 없는 괴성, 뒤틀림과 떨림, 경직과 마비, 발작이 잦아들면 거품 섞인 침을 닦아내고 요실금을 처리하는 일 역시 가족 모두 되풀이해 경험했다. 그러나 발작에 능숙하게 대처한다는 것이 발작 자체에 긍정적인 무언가가 생겨나게 하는 것은 결코 아니었다. 발작은 철저하게 부정적인 요소로만 가득한 사건이었다.

발작은 그 누구보다 아들 자신을 지치게 했다. 발작의 순간을 일일이 기억하는 것은 아니었지만, 발작 후에 아들은 더없이 지치고 의기소침해졌다. 발작 예방을 위해 복용하는 약은 컨디션을 저하시키고 우울감을 증가시켰다. 두번째 앨범을 발표한 후 아들은 오랜 기간 작곡에 흥미를 보이지 않고 있었다. 밀레니엄이 지나 새해가 밝으면 아들은 서른일곱, 완연히 중년에 접어드는 나이였다. 간질은 중년 이후 발작이 증가하는 경향이 있

었다. 아버지는 65세가 되는 내년부터 자신의 글쓰기를 '만년의
작업'이라 부르기로 결정한 참이었다. 화장실에 간 아들을 기다
리지 않았던 지난 석 달간의 밤, 아버지는 베를린의 숙소에서
술을 마시며 노년을 맞는 자신과 아내, 언젠가 혼자 남게 될 아
들에 대해 많은 생각을 했다.

기적이나 승리 같은 단어에는 역시 동의할 수 없었다. 지난
36년간, 하루하루 순간순간 지켜본 아들의 삶은 어쩌면 아버지
자신의 글쓰기와 닮아 있다 할 수 있었다. 이를테면 화판 위에
원고지를 올려놓고 만년필로 한 글자씩 써내려가는 수천 장 분
량의 장편소설 쓰기와도 같은 삶. 시력이 약한 아들이 유난히
민감한 청력을 가졌다는 것을 깨닫기까지의 과정, 그런 아들이
유독 클래식 음악에 집중한다는 것을 알아냈을 때의 반가움, 의
미 없는 감탄사 같은 것만을 쏟아내던 아들의 입에서 처음으로
단어와 문장이 들려왔을 때의 경이. 피아노를 치고 악보를 읽
고 쓰는 법을 배우고, 가족이 아닌 사람들과 대화를 나누고, 아
버지가 지켜보는 가운데 거실에 엎드려 음악을 듣고 그림을 그
리고 책을 읽던 시간들. 아들은 그렇게 살아왔다. 밥을 먹고, 옷
을 입고, 화장실에 간다는 작곡을 하는 일 이상의 기적. 전화를
받고, 스모 중계를 즐기고, 장애인 복지센터에 다닌다는 유명
세 이상의 승리. 마치 원고지의 작은 네모 칸을 한 칸 한 칸 채
워나가듯, 병원에 가서 정기 검사를 받고, 여동생의 생일을 축
하하기 위해 곡을 쓰고, 통제 불능의 난폭한 돌발 행동을 하고,

자신의 음악이 연주되는 콘서트를 관람하고. 마음에 들지 않는 문장을 고치고 또 고치듯, 잘못된 표현과 단어를 일일이 바로잡듯, 떠오르지 않는 아이디어에 조바심을 내듯, 이런 실패를 하고 저런 시도를 하듯, 지금까지 쓴 글을 모두 찢어버리듯, 그리고 다시 쓰기 시작하듯. 아들은 그렇게 살아왔다. 그렇게 아버지처럼 살아왔다.

00:14 a.m.

졸음이 밀려왔다. 이제 아버지가 잠들 시간이었다. 아버지는 스탠드의 조명을 끄고 카우치에서 몸을 일으켰다. 문득, 어둠 속에서 흰빛이 다가왔다. 아버지는 반사적으로 아들의 방이 있는 쪽을 바라보았다. 어디선가 흰빛이 일렁이며 가까이 다가왔다. 어쩌면 당연한 일이었다. 36년 전 아버지는 아들의 뇌 수술을 앞두고 출생신고를 해야 했고, 그때 아들의 이름을 '빛'이라 지었기 때문이었다. 흰빛이 일렁였다.

아버지가 정작 수수께끼처럼 불가사의하게 느끼는 부분은 아들이 꿈을 꾸지 않는다는 점이었다. 아들은 지금껏 한 번도 꿈에 대해 말한 적이 없었다. 가족 모두 오랜 시간 집요하게 설명하고 물어보았지만, 아들이 잠을 자는 동안 꿈을 꾸는지에 대해 끝내 알아낼 수 없었다. 또 한 가지, 선천적으로 눈물샘이 없는 아들은 지금껏 한 번도 울어본 적이 없었다. 눈물 없는 마른 울음마저 불가능한 것인지 역시 알 수 없는 일이었다. 아버지는 눈물을 흘리지 않고 꿈을 꾸지 않는 인간인 아들에 대해 생각했다. 여전히 흰빛이 일렁였다. 아버지는 아들의 방을 등지고 어두운 거실을 지나 아내가 기다리고 있는 침실로 향했다. 일렁이는 흰빛 속에서 아버지는 생각했다. 아들이 한 번도 흘려보지 못한 눈물이, 한 번도 꿔보지 못한 꿈이, 때로 오선지 위의 선율로, 때로 걷잡을 수 없는 발작으로 나타나는 것은 아닐지. 이내 흰빛이 아버지의 어깨에 닿았다. 그러자 아버지가 사라지기 시작했다. 아버지는 이 사라짐의 기분 좋은 공포를 잘 알고 있었다. 아버지는 오래전 자신의 아들 이름을 빛이라 지었다. 흰빛이 눈처럼 아버지에게 내렸다. 이제, 깊은 잠을 잘 수 있을 것 같았다.

내일 아침, 아버지는 차가운 물 한 컵을 마시고 거실의 카우치에 앉아 책을 읽고 글을 쓸 터였다. 그 전에 잉크를 가득 채운 카트리지를 새로 만년필에 끼워 넣어야 했다. 내일 밤에도 아들은 화장실에 가기 위해 자정쯤 깨어날 터였다. 아버지는 오래전의 숲이, 먼 곳의 숲이 그립지 않았다. 아버지는 이곳이 바로 자신의 자리임을, 자신의 세계임을 분명히 알고 있었다.

CREATOR

4

시인은 어느 날······

김수영
시인, 한국, 1921~1968

1950년 10월 XX일, 평안남도 대동군

 가까이 포탄이 터지는 소리, 전투기가 날카롭게 하늘을 가르는 소리, 마구잡이로 갈겨대는 기총 사격 소리, 그리고 기함하며 내지르는 남자의 비명 소리.

 시인의 발버둥에 썩은 가마니가 거칠게 들썩거렸다. 잠에서 깨어난 시인은 자신이 계속 비명을 지르고 있음을 인지하지 못했다. 반사적으로 상체를 일으켜 엉덩이를 뒤로 밀며 물러나자 이내 흙벽에 등이 닿았다. 비명이 잦아드니 한동안 달음박질이라도 한 것처럼 숨이 찼다. 시인은 가쁜 호흡을 고르며 주위를 두리번거렸다.

 이곳이 어디인지, 지금은 언제인지 바로 알아차릴 수가 없었다. 꿈인지 생시인지조차 분간이 되지 않았다. 포탄을 퍼붓는 비행기의 굉음, 폭발음과 총소리, 무언가 무너지는 소리, 불에 타는 소리. 시인은 눈을 감고 귀를 막고 몸을 수그렸다. 모든 소리가 환청이라는 것을 깨닫기까지 한참이나 시간이 걸렸다. 무슨 꿈을 꿨던가. 비행기가 날고 포탄이 터지고 총알 세례가 쏟아지는 것은 결코 꿈이 아닌, 벌써 몇 개월째 계속되고 있는 일상 그 자체였다.

 창도 없는 흙집의 좁은 방. 시인은 차츰 정신을 가다듬었다. 허리를 굽혀야 들고 날 수 있는 작고 낮은 문은 문짝이 통째로 떨어져 나간 상태였다. 어젯밤 가마니와 나무토막으로 얼기설기 그 문을 막고 어둠 속에 누워 추위에 떨던 기억이 떠올랐다. 집의 절반쯤이 불에 타 무너진 초가집이었다. 날이 저물기 전, 집이라 하기도 어려운 이 집을 발견한 것은 그나마 행운이었다. 산기슭 외딴집이었지만 유탄을 맞았는지도 몰랐다. 한동안 집 뒤편 전나무 숲에 숨어 인적을 살폈다. 완벽하게 버려진 집이었다. 세간이나 먹을 것은커녕 썩어가는 가마니 몇 장 빼고는 아무것도 남아 있지 않았다. 어떤 사람들이 살았는지, 죽임을 당한 건지, 피난을 떠난 건지 짐작조차 할 수 없었다. 문이 뜯겨 나간 좁은 방은 당장이라도 무너져 내릴 것처럼 위태로워 보였다.

추웠다. 정확한 시간은 알 수 없었지만 벌어진 문틈으로 새벽빛이 새어 들고 있었다. 곧 동이 틀 무렵인 것 같았다. 시인이 마지막으로 달력의 날짜를 확인한 것은 닷새 전이었다. 어느덧 10월 하순이었다. 추웠다. 북쪽의 가을은 서울과는 비교조차 할 수 없이 추웠다. 날이 밝았으니 잠깐 불을 피울 수 있을 터였다. 몸을 녹이고 다시 부지런히 길을 나서야 했다. 갈수록 해가 짧아지고 있었다. 어두워진다는 것은 추워진다는 것이었고, 움직일 수 없다는 것이었고, 몸을 숨겨야 한다는 것이었다. 추웠다. 시인은 벌레처럼 몸을 웅크렸다. 자칫 북쪽에서 겨울을 나게 된다면, 생각만으로도 끔찍했다.

배가 고팠다. 조금이라도 추위를 가시게 하기 위해서는 몸을 움직이고 불을 지펴야 했다. 그러나 그럴 힘이 없었다. 배가 고팠다. 어제 먹은 옥수수 한 줌이 시인의 마지막 식사였다. 돌처럼 단단하게 굳은 옥수수 알갱이를 몇 개씩 입안에 넣고 한참을 우물거리며 불렸다. 그래야 간신히 씹을 정도가 되었다. 옥수수 알갱이는 비릿한 날내를 풍겼고 야박하다 싶을 만큼 살짝 단맛이 났다. 옥수수는 사흘 전 민간인 옷을 얻어 입은 농가의 아낙이 내어준 것이었다. 그 집에서는 찐보리가 엉긴 차가운 메밀떡을 얻어먹었다. 배 속으로 따뜻한 음식이 들어간 기억이 아득했다. 배가 고팠다. 북으로 온 이후 내내 굶주렸던 시간을 되짚다. 시인은 기어코 서울에 있는 어머니 가게의 설렁탕과 빈대떡을 떠올리고 말았다. 폭발음과 총소리의 환청이 실제로 귓속을 울리듯, 뜨거운 김을 뿜는 뽀얀 고기 국물과 노릇하게 익은 녹두전의 고소함이 입안 가득 머금어졌다. 다시 비명이 터져 나올 것만 같았다. 흡사 잔인한 칼날처럼 온몸을 난자하는 배고픔. 시인은 쓴 침을 삼키고 이를 악물었다.

몸이 아팠다. 손가락부터 발가락까지 뼈의 모든 마디마디가 뒤틀리듯 쑤셨다. 너무 오래 걸은 탓이었다. 등허리와 정강이에는 피멍이 가득했다. 너무 많이 얻어맞은 탓이었다. 여기저기 찔리고 까진 상처는 딱지가 앉을 새도 없이 덧나고 있었다. 몸이 아팠다. 어깻죽지가 욱신거리고 눈알이 따끔거리고 속이 쓰렸다. 열이 났고 현기증이 났고 구역질이 났다. 몸 안에 서서히 독이 퍼지고 있는 것만 같았다. 시인은 어려서 몹시 병약했다.

갓난아기 적엔 차례로 폐렴과 백일해에 걸려 태어나자마자 죽을 고비를 넘겼다. 십대 초반의 지독했던 병치레를 지금껏 생생히 기억하고 있었다. 장티푸스에 뇌막염까지 겹쳤다. 석 달을 넘게 앓았고 머리칼이 전부 빠졌다. 혼자서는 밥을 먹을 수도 변소에 갈 수도 없었다. 학년 전체 우등상 수상이 예정되어 있었지만 졸업식에도 참석하지 못했다. 민머리에 피골이 상접해 치른 상급학교 시험에는 낙방하고 말았다. 시인은 통증에 무력하게 자신을 내어준다는 것이 어떠한 것인지 잘 알고 있었다.

잠이 왔다. 모든 것이 나른하게 마비되는 느낌. 추위도 배고픔도 통증도 몽롱한 안개 속으로 물러나는 것만 같았다. 의외로 간단한 일일지 몰랐다. 멈추고 싶었다. 잠이 왔다. 폐허나 다름없는 산기슭의 외딴 흙집, 이 어두컴컴한 동굴 같은 방이 그대로 무덤이 된다 해도 나쁘지 않을 것 같았다. 시인은 미군 전투기에 애원하고 싶었다. 기도하며 하느님을 찾듯, 하늘 위 폭격기에게, 정확히 조준해 포탄을 떨어뜨려주소서, 지금 이대로 끝을 내주소서. 잠이 왔다. 자지러질 듯 오래 기침을 한 뒤 포대기 속에 감싸인 아기가 보였다. 수도 없이 설사하고 기진해 누워 있는 소년이 보였다. 모든 것이 아닌 곳으로, 모든 것이 없는 곳으로, 정말 그럴 수만 있다면, 순식간에 간단히 끝날 일이었다.

두 번의 탈출 시도 전, 시인은 평안남도 개천군의 야영훈련소에서 한 달간 군사훈련을 받았다. 어느 새벽 긴 행렬에 섞여 서울을 떠난 것은 8월 하순의 일이었다.

전쟁 발발 직후 두 달 동안의 서울은 혼란 그 자체였다. 한강 다리가 끊어지고, 인민군이 진주하고, 깃발이 뒤바뀌어 펄럭이고, 요란하게 전투기가 날고, 대피 사이렌이 울리고, 여름의 무더운 열기 속에 도시의 모든 것이 소용돌이쳤다. 시인은 새로 조직을 꾸렸다는 '문학가동맹' 사무실을 찾았다. 그곳에 드나드는 것이 망설여졌지만, 그곳에 드나들지 않을 수 없었다. 피난을 가지 못하고 서울에 남아 있던 많은 문인들이 그곳을 통해 사상 교육을 받고 집회에 참석했다. 그러는 것이 망설여졌지만, 역시 그러지 않을 수 없었다. 노선이 분명한 몇몇을 제외하고는 모두가 말을 아끼고, 눈치를 보고, 애매한 포즈를 취하고, 그럴듯한 시늉을 했다. 그러지 않을 수 없었다.

막막한 삼복더위가 끝나갈 즈음, 단체의 간부들은 '종군작가단'에 지원할 것을 문인들에게 권유했다. 인민군의 영웅적인 전투를 직접 시찰한 뒤, 그것을 혁명적인 문장으로 기록해야 한다는 것이었다. 모두가 그것이 권유라기보다 종용이며, 결국 종용이라기보다 명령이란 것을 알고 있었다. 허울뿐인 지원서를 작성하고 시인은 동료 문인들과 함께 한 학교의 운동장에 집결했다. 날이 저물고 밤이 깊도록 여기저기서 강제 지원된 사람들이 운동장 안으로 꾸역꾸역 밀려 들어왔다.

모두가 그곳에서 밤을 지새우고 새벽부터 무리 지어 걷기 시삭했다. 방향은 북쪽이었다. 문인들 대부분은 시찰하고 싶은 전투 지역을 남부 전선으로 적어냈지만, 북으로 향하는 것에 누구도 선뜻 항의하지 못했다. 무장한 인솔 군인들을 따라 여명 속에 미아리고개를 넘고, 정오 전에 의정부에 닿았다. 다시 종일토록 걸어 저물녘엔 임진강의 물살을 맨몸으로 건넜다. 이내 해가 졌다. 젖은 몸을 파고드는 여름답지 않은 한기가 북에 왔다는 걸 실감하게 했다. 문인들은 어느새 종군작가단이 아닌 '의용군'이라 불리고 있었다.

그때부터는 공습의 연속이었다. 미군 전투기는 그들 대부분이 남쪽에서 끌려온 민간인임을 알지 못하는 듯했다. 설사 안다해도 그게 무슨 상관이냐는 듯 가차 없는 폭격과 기총 사격이 이어졌다. 전투기에게 그곳은 명백한 적지였다. 서울에서의 공습과는 비교조차 할 수 없는 무차별 공습이었다. 모두가 그 무시무시한 기세에 충격을 받았고 공포를 느꼈다. 일본에 원자폭탄을 떨어뜨린 게 바로 저 비행기라고 일행 중 누군가 불길하게 중얼거렸다. 산과 들이 파이고 나무가 불타고, 부서진 집과 폭파된 건물의 살풍경이 시인의 눈앞을 메웠다. 일행 중 누구도 자신들의 목적지가 정확히 어디인지 알지 못했다. 갑갑하고 지루한 기다림과 몇 시간이고 계속되는 고단한 행군, 그리고 비행기의 섬뜩한 굉음에 혼비백산 되풀이되는 줄행랑과 피신. 며칠새 굶주림과 피로와 위축과 근심이 그들 모두를 장악해버렸다.

개천훈련소에 도착하기까지는 그러고도 일주일이 더 소요됐다. 고생스러운 여정 끝에 도착한 수백 명은 그저 거지 떼처럼 보일 뿐이었다. 허깨비처럼 서성대는 그들 앞에 내무성 소속의 앳된 소년병들이 나타났다. 그들이 입고 있는 것과는 모양새가 조금 다른 군복이 지급되었다. 모두 땀과 흙과 때에 전 옷을 벗고 군복으로 갈아입었다. 지독한 악취가 풍겼다. 문인들은 몇몇으로 갈려 각 분대에 소속되었다. 군복을 나눠준 17, 18세의 소년병들이 분대장을 맡았다. 소대장이라 해봐야 이십대 초반의 청년들이었고, 중대장도 서른 즈음으로밖에 보이지 않았다. 그들은 원리원칙을 따지며 의용군을 거칠게 다뤘다. 특히 소년병들은 소위 혁명의식에 한껏 고취되어 있었고, 전쟁이란 사건에 흥분하고 군인이란 신분에 으스대며 광기어린 태도를 보였다. 대부분 자신들보다 한참이나 연장자인 의용군 훈련병들을 질나쁜 죄수나 적군 포로 대하듯 했다. 종간나새끼, 썩어빠진 반동분자, 더러운 미제앞잡이란 욕설을 쉴 새 없이 내뱉었다.

훈련소 입소 후 시인은 극도로 말수가 줄었다. 커다란 눈이 움푹 꺼졌고 광대가 유난히 도드라졌다. 시인은 오랜 버릇대로 눈앞에 보이는 것들의 영어 단어를 두서없이 떠올렸다. 자신이 일어와 영어에 능통하다는 것을 소년병들이 알게 된다면 어떤 반응을 보일지 불을 보듯 뻔했다. 인민, 공화국, 내무성, 혁명, 투쟁, 해방, 가장 부조리하게 느껴지는 단어는 '의용군'이었다. 의용군의 영어 표현은 '볼런티어 아미volunteer army', 볼런티어는 자원봉사자란 뜻이었다. 목숨의 위협을 받으며 힘겹게 끌

러온 자원봉사자, 무엇을 위해 누구를 위해 어떤 방식으로 봉사를 한다는 것인지 터무니없고 생급스러울 뿐이었다.

의용군에게는 총은 물론 탄약도 지급되지 않았다. 그 수가 현저히 부족한 것이 이유인 듯했다. 제대로 된 전투 훈련이라고는 느껴지지 않는 원시적인 제식 훈련이 숨 가쁘게 이어졌다. 가학적인 기합과 굴욕적인 체벌도 빠지지 않았다. 의용군들은 매일같이 사상 교육을 받고 소년병들을 따라 혁명가를 불렀다. 그러지 않을 수 없었다. 또 그 이상으로 많은 시간 연병장 공사 같은 노역에 동원되었다. 시인은 허리가 끊어질 듯 방공호를 팠다. 언제부턴가 의용군들은 치 떨리게 두려웠던 미군 전투기의 공습을 간절히 기다리게 되었다. 공습이 시작되면 그 시간만큼은 훈련과 노역에서 벗어날 수 있었다. 방공호로 뛰어들어 눈을 감고 귀를 막고 흙바닥에 납작 엎드려 있는 시간은 차라리 평화로웠다. 공습이 지속되길 바랐다. 그러나 배고픔만큼은 도무지 떼어낼 수 없이 들러붙은 악귀 같았다. 퍽퍽한 좁쌀 주먹밥과 멀건 시래기죽으로 연명하는 나날, 모두가 가시처럼 야위어 갔다. 그렇게 한 달여가 흘렀다.

시인은 언덕을 오르다 잠시 뒤를 돌아보았다. 전나무 숲 가까이 반쯤 무너진 흙집은 이제 성냥갑만 해져 있었다. 환히 아침 해가 떴고 만추의 날씨는 더없이 화창했다. 머지않아 공습에 나선 전투기들이 시리도록 푸른 하늘을 하얗게 그어댈 터였다.

까무룩 정신을 놓고 잠이 들려는 찰나, 얼기설기 작은 문을 막아놓았던 가마니와 나무토막이 풀썩 기운 없이 주저앉았다. 뿌옇게 먼지가 일며 방 안이 밝아졌다. 그 별것 아닌 기척에 시인은 화들짝 놀랐다. 불현듯 해방 직전 만주 시절의 연극 무대가 떠올랐다. 어둠 속 핀 조명 아래 시인은 검은 사제복을 입고 신부 역할을 맡았었다. 지금껏 자신이 그 대사를 기억하고 있다는 사실이 전쟁의 난리법석보다 더 비현실적으로 느껴졌다. 그당시 연기의 한 동작처럼 앞섶을 더듬다, 시인은 저고리 속 맨몸을 둘둘 감고 있던 흰 무명천이 헐겁게 풀려버렸음을 알았다. 추위를 막아볼 요량으로 내의를 대신해 두른 무명천 역시 메밀떡과 옥수수를 얻어먹은 농가에서 내어준 것이었다. 그 길쯤한 무명천은 그 집 아기의 기저귀였다고 했다. 태어나 채 한 달을 넘기지 못하고 죽은 사내아기의 기저귀였다. 아기를 낳은 지 닷새 만에 젊은 아버지는 군대로 끌려갔다고 했다. 이미 아기가 죽은 것을 아버지는 알지 못했고, 이미 아버지가 죽은 것을 남은 가족들이 알지 못하는 것일 수도 있었다. 무명천은 아무런 흔적 없이 희고 빳빳하게 개켜져 있었다.

두번째 탈출 후, 시인은 무작정 산길을 걸었다. 쉬지 않고 걸었다. 악에 받쳐 열에 들떠 홀린 듯 걷고 걷고 또 걸었다. 추위도 배고픔도 아픔도 느낄 수 없었다. 무서움을 통째로 집어삼켜 무서움 그 자체가 된 시인은 무엇도 무섭지 않았다. 산중에서 밤을 맞았다. 어둠 속에 미친 듯이 낙엽을 긁어모아 봉분처럼 높이 쌓아올렸다. 아무것도 생각하지 않았고, 아무것도 생각나지 않았다. 두번째 탈출이었다. 시인은 낙엽 더미 속으로 기어 들어가 짐승처럼 잠이 들었다. 날이 밝자마자 차가운 계곡물을 들이켜고 또다시 걷고 걸었다. 남쪽을 향해 쉬지 않고 걸었다.

늦은 오후 무렵, 초가집이 여남은 채쯤 모여 있는 작은 산골 마을을 발견했다. 조바심 속에 저물녘을 기다려 그중 가장 외진 곳에 위치한 농가로 숨어들었다. 한쪽 눈에 백태가 낀 시어머니와 유난히 얼굴이 검게 그을린 젊은 며느리가 막 호롱에 불을 밝힌 참이었다. 그들은 시인을 보고 크게 놀랐지만, 어쩐 일인지 이내 실망한 기색을 비쳤다. 군대에 끌려간 그들의 아들이자 남편, 애타게 기다리고 있는 사람이 돌아온 줄 알았던 것이다. 그들은 갑작스러운 상황에 당황하면서도 비명을 지르거나 달아날 기색을 보이지는 않았다. 총도 없는 흙투성이 의용군복 차림의 시인이 도망자 신세라는 사실에 그들은 짐짓 희망을 품는 것 같았다. 제 아들도, 제 남편도, 언젠가 이렇게라도 살아 돌아올 거라 상상하는 듯했다. 그러나 어쨌든 마음을 놓을 수는 없었다. 시인은 갈아입을 옷을 내어달라 간청했다. 겁을 먹게 해서도 얕잡아 보여서도 안 될 일이었다. 시인은 최대한 그들을 안심시키려 애쓰며 주머니를 뒤적였다.

"이, 이걸 드리겠소, 나중에 팔면 제법 돈이 될 겁니다. 글을 쓰는 만년필인데, 이리 작으니 숨기기도 좋고."

시인이 주머니에서 꺼내 보인 것은 탈출 직전 훔쳐 나온 내무성 장교의 만년필이었다.

"아재비, 남쪽 사람입네까?"

두려움과 호기심이 뒤섞인 표정으로 며느리가 물었다.

"두 달 전에 끌려왔습니다. 서울에서부터 개천까지……"

시인은 순순히 대답했다. 한쪽 눈이 보이지 않는 시어머니가 가엾다는 듯 고갯짓을 하며 혀를 찼다.

"몇 살이오? 혼인은 했습메?"

"……"

시인은 서울에서 자신을 기다리고 있을 어머니를 떠올릴 수밖에 없었다. 근거 없는 확고한 믿음으로 시인은 어머니가 반드시 살아서 자신을 기다리고 있을 거라 생각했다.

흙집의 좁은 방에서 내내 흔들리던 아랫니 하나가 기어이 빠지고 말았다. 위쪽 어금니에 이어 두 개째였다. 원래 치아가 부실한 편이기도 했지만, 오랫동안 제대로 먹지 못한 탓이었고, 첫번째 탈출 후 붙잡혀 심하게 얻어맞은 탓이었다. 금이 가고 흔들리는 다른 이 몇 개가 입속에서 날카롭게 혀끝에 감겼다. 시인은 이가 빠진 자리에서 새어 나오는 찝찔한 피를 뱉지 않고 삼켰다. 알 수 없는 어떤 의식을 치르듯, 방 밖으로 나온 시인은 빠진 치아를 무덤처럼 어둡고 좁은 방 안으로 던져 넣었다. 시인은 흙집을 뒤로 하고 다시 길을 나섰다. 춥고, 배가 고프고, 몸이 아팠다. 그러나 걸음을 재촉했다.

예의 시어머니와 며느리는 이틀을 걸으면 황해도에 닿을 거라 했다. 시인은 그들의 아들이자 남편의 낡은 저고리를 입고, 그 속에 그들의 죽은 아기가 찼던 기저귀를 맨몸에 감고, 남쪽으로 향했다.

전쟁이 나기 전의 어느 봄날, 시인은 혼인식도 치르지 않고 연인과 신접살림을 차렸다. 이내 아내는 임신을 했다. 지금쯤 상당히 배가 불렀을 터였다. 어머니와 아내가 어떻게 지내고 있을지, 생사를 알지 못하는 자신을 기다리며 지금 이 시간 어디서 무엇을 하고 있을지. 아내의 배 속에 자신의 아이가 있었다. 추워도, 배가 고파도, 몸이 아파도, 돌아가야 했다. 잰걸음으로 언덕을 넘고 있는 시인의 머리 위로 철새처럼 삼각 편대를 이룬 석 대의 미군 전투기가 요란한 굉음을 내며 북쪽으로 날아갔다.

개천훈련소에서 한 달을 보내고, 10월 초순 의용군은 주변의 부대로 배치되었다. 순천, 성천, 강동 등 평양의 후방이었다. 문인들은 각기 다른 부대로 뿔뿔이 흩어졌지만, 훈련소에서 이미 탈출에 대한 얘기가 조심스럽게 오고 간 참이었다. 훈련소에서의 막바지, 분위기가 사뭇 달라지고 있음이 감지되었다. 소년병들을 비롯해 내무성 군인들은 더욱 강도 높게 의용군을 다그치고 몰아세웠다. 그러나 훈련을 이어갈 수 없을 정도로 공습이 잦아졌다. 귀를 찢을 듯 사방에서 연이어 포탄이 터졌다. 젊은 군인들의 표정에 왠지 모를 초조함이 감돌기 시작했다. 미군이 올라오고 있다는 소문이 파다하게 퍼졌다. 진위를 확인할 수 없었지만, 누군가 비행기에서 뿌린 삐라를 주웠다고 했다. 9월 중순 미군이 인천에 상륙했고, 전세가 완전히 역전되었다는 것이었다. 미국과 영국을 주축으로 한 연합군이 파죽지세로 평양으로 향하고 있다는 얘기에 문인들은 전율했다. 기대와 회한과 불안으로 격하게 심장이 뛰었다. 상황이 그렇다면 혼란한 와중에 분명 도망칠 기회가 생길 거라는 의견이 설득력을 얻었다.

시인이 배치된 부대에서 미군이 올라오고 있다는 것은 이미 공식적인 전황이었다. 상관은 죽을 각오로 평양을 사수해야 한다며 선동적인 연설을 늘어놓았다. 의용군에게도 러시아제 소총이 주어졌다. 전선 여기저기로 소대 단위의 이동 명령이 떨어졌다. 그러나 당시 북의 수뇌부는 이미 주력부대를 청천강 이북으로 후퇴시키고 있었다. 사격 훈련조차 제대로 받지 못한 의용군이 평양을 사수한다는 것은 어불성설이었다. 연합군의 북진을 조금이라도 늦추다가는 하릴없이 총알받이 신세가 될 게 뻔했다. 본격적인 지상전의 폭격이 밤새 이어지기 시작했다. 과연 뒤숭숭한 분위기 속에 시인은 도망칠 기회를 잡았다. 해가 진 후 시인은 소대의 무리를 이탈했다. 한참이나 어둠 속을 달렸다. 마을 어귀의 농가로 숨어들어가 민간인 옷을 얻어 입었다. 겁을 주며 순식간에 옷을 빼앗다시피 하고 말았다. 시인은 옷을 갈아입고 내처 달렸다. 도중에 숲 속 어딘가에 군복과 총을 파묻었다. 다시 쉬지 않고 달렸다. 그러나 얼마 못가 시인은 경계 근무를 서고 있던 인민군과 맞닥뜨렸다. 땀을 흘리며 숨을 헐떡 이는 시인이 탈영병이라는 사실을 군인은 단번에 알아차렸다. 시인이 개머리판에 얻어맞고 쓰러지자, 군인은 발길질을 퍼부 었다. 시인은 등에 총구가 겨눠진 채, 다리를 절며 근처의 내무 성 본부로 끌려갔다.

얼마나 걸었을까. 시인은 잠시 발걸음을 멈추고 숲길을 벗어 났다. 가까이 계곡물이 흐르는 소리가 들렸기 때문이었다. 과연 폭이 좁은 시내에 차갑고 맑은 물이 흐르고 있었다. 시인은 허 겁지겁 손바닥을 그러모아 몇 번이나 물을 들이켰다. 아랫니가 빠져나간 자리가 시큼하게 아렸다. 젖은 입가를 훔치며 시인은 주위를 둘러보았다. 한낮의 숲은 그림 속 풍경처럼 고즈넉하기 만 했다. 이미 황해도로 넘어온 것은 아닐까.

얼굴을 씻으려 다시 허리를 굽히다, 시인은 수면에 비친 자신 의 얼굴과 마주쳤다. 어둡고 투명하게 일렁이는 이상한 물거울. 빛나는 가을 햇살 아래 구름 한 점 없이 푸른 하늘을 등진 어느 남자의 얼굴. 전쟁터에 거울이 흔치 않다는 것은 얼마나 다행스 러운 일인가. 모두가 이토록 추하고 흉하고 끔찍한 자신의 몰골 을 보게 된다면. 아니, 하늘에서 매일같이 포탄 대신 거울이 떨 어진다면 얼마 못 가 전쟁이 끝날 수도 있지 않을까. 시인은 스 물아홉 살이었다. 태어나 한번도 아흔아홉 살 노인을 본 적 없었지만, 만약 보게 된다면 수면에 비친 바로 이 얼굴이리라. 시인은 성치 않은 이를 악물고 거세게 손으로 물을 내리쳤다. 사방으로 물이 튀었다. 결코 깨뜨릴 수 없는 거울, 그저 흐르는 거울, 파괴된 인간을 홀로 남겨두고 쉼 없이 흘러가는 이상한 물거울. 시인은 생각했다. 나는 파괴된 인간이다. 살아 돌아간다 해도, 나는 이미 파괴된 인간이다. 귓가를 간질이는 시냇물 소리처럼 작게나마 중얼거렸는지도 몰랐다.

"감히 총을 파묻네, 이 간나새끼! 지금 총 한 자루가 네 놈 목숨 따위에 비할 바인 줄 아네?"

내무성 본부의 허름한 창고 안에서 시인은 손발이 묶인 채 무서운 린치를 당했다. 각목과 군홧발이 무자비하게 날아들었다. 고통에 숨이 막혀 입 밖으로 터져 나오지 못한 비명이 창자 깊숙이 똬리를 틀며 울려댔다. 그저 피와 뼈와 살과 신경의 덩어리인 인간. 시인은 다른 것이 되고 싶다는 생각을 했다. 창고 구석의 먼지 쌓인 나무 상자가 되고 싶었다. 천장 가까이 녹슨 램프가 되고 싶었다. 벌레나 개똥이나 벽돌 부스러기가 되고 싶었다. 끔찍한 매질이 이어졌다.

"종군작가단 좋아하누만. 너같이 비겁한 도망자 새끼래 당장 총살을 당해야 한다우!"

시인은 빌었다. 무릎을 꿇고, 손바닥을 비비며, 잘못했다, 살려달라, 빌었다. 손발이 묶인 탓에 무릎이 제대로 꿇어지지 않았지만, 손바닥이 제대로 맞붙지 않았지만, 그래도 최선을 다해, 무릎을 꿇고 손바닥을 비비며, 빌고 또 빌었다. 시인은 괴상하게 갈라지는 목소리로 훈련소에서 배운 구호를 외치고 혁명가를 불렀다. 그 순간 자신의 얼굴이 광기어린 소년병들처럼 보이길 간절히 바랐다. 시인의 등을 가격한 각목이 둔한 소리를 내며 갈라졌다. 시인은 바닥에 머리를 찧으며 기었다. 그러다 갑자기 해방 후 월북한 선배 문인들의 이름을 굿판의 주문처럼 줄줄이 읊어대기 시작했다. 서울 문학가동맹 간부들과의 친분도 간증이라도 하듯 소리 높여 늘어놓았다. 터진 입술이 부어올라 제대로 발음하기가 어려웠다.

다음 날, 숲 속에 파묻었다는 군복과 총을 찾아내라는 명령이 떨어졌다. 의용군임을 증명하라는 것이었다. 험악한 인상의 군인이 시인의 멱살을 잡고 군복과 총을 찾아내지 못하면 적의 첩자로 간주해 총살을 시키겠다고 으름장을 놓았다. 격하게 고개를 끄덕였지만, 시인은 아득히 정신을 잃을 것만 같았다. 군복과 총을 파묻은 숲은커녕, 자신이 잡혀와 있는 곳이 어디인지도 알지 못했다. 물론 만신창이가 된 몸을 움직일 여력도 없었다. 총을 든 소년병이 감시자로 따라붙었다. 시인은 지독한 통증에 걸음을 내디딜 때마다 터져 나오는 신음을 참으려 몸서리를 쳤다. 한나절이 걸려서야 간신히 민간인 옷을 얻어 입은 마을을 찾을 수 있었다. 근처 숲으로 들어갔다. 깊은 밤 칠흑 같은 어둠 속에서 자신이 어디에 총과 군복을 파묻었는지 기억나지 않았다. 짜증스럽게 자신을 다그치는 소년병에게 시인은 절절매며 나무 아래였다고 했다. 중언부언 나무 옆에 바위가 있었다고 했다. 그러나 숲은 어디든 그러했다. 해질 무렵 시인은 소년병이 던져 준 자그마한 삽으로 땅을 파기 시작했다. 시인은 자신이 총살을 당하는 장면을 상상해보았다. 이내 무딘 삽 끝이 나무뿌리에 걸렸다.

그날 밤, 신문을 받을 때는 보지 못했던 젊은 장교가 시인 앞에 나타났다. 시인은 어젯밤 자신이 읊어댄 선배 문인들의 이름이 엘리트 분위기를 풍기는 장교를 제 앞에 등장시켰음을 깨달았다. 장교는 제 이름과 계급과 소속을 말했다. 시인은 그 내용보다 장교가 서울 말씨를 쓰고 있다는 것에 놀랐다. 시인의 속내를 읽었다는 듯, 장교는 자신의 고향이 서울이라 말했다. 이어 낯선 타지에서 고향 사람을 만나기라도 한 듯 얘기를 더해갔다. 흠잡을 데 없이 침착하고 반듯한 태도였다. 장교는 서울의 유명 중학 출신이었고, 해방 전 도쿄의 한 대학 경제학부에서 유학했다고 했다. 장교는 시인에게 같은 내용을 물었다. 공교롭게도 두 사람은 나이가 같았다. 시인은 서울의 상업학교를 졸업하고 일본으로 건너가 대학 입시를 준비했으나, 연극에 빠져 극단에서 운영하는 연극 연구소를 드나들었다. 그러다 강제 징집의 광풍을 피해 다시 현해탄을 건너 서울로 돌아왔다. 장교가 말했다.

"그럼 신주쿠 어디쯤에서 서로 스쳐 지나쳤을 수도 있겠군."

신주쿠의 서점과 영화관을 수시로 드나들던 일이 전생의 일처럼 까마득하게 느껴졌다.

"단, 동무의 말이 사실이라면 말이오."

장교는 부드럽게 말을 이어가다가도, 바늘처럼 따갑게 찌르는 듯한 눈빛으로 시인을 긴장시켰다. 장교는 해방 1년 후, 서울의 가족을 모두 등지고 홀로 월북했다고 했다.

"곧 중공군이 우릴 도울 거요."

장교가 단호한 목소리로 말했다. 전쟁 후 문학가동맹 사무실에서 사상교육을 받기 시작한 이래, 북으로 끌려와 지금껏, 시인의 가슴을 가장 서늘하게 만든 말이었다.

"이 전쟁 그리 쉽게 끝나지 않아요, 시인 동무."

장교는 한동안 말없이 시인의 복잡한 표정을 살피는 듯하더니, 누렇고 거친 종이 몇 장을 시인 앞에 내밀었다. 그리고 다시 부드러운 목소리로 타이르듯 말했다.

"어디 한 번 써보시오. 당신 시, 또 우리 공화국의 품에 안긴 영웅적인 시인 동지들의 시…… 시인이라니까, 몇 편쯤 외우고 있을 거 아니오."

장교는 깜빡 잊었다는 듯 품을 뒤적이더니, 제 것으로 보이는 만년필을 꺼내 종이 위에 얹었다. 이것 역시 총살을 면하기 위해, 뭔가를 증명하기 위해, 애써 파묻은 것을 도로 찾아내야 하는 일이란 말인가.

장교는 자리에서 일어나 천천히 창가로 다가갔다. 그리고 담배를 피워 물었다.

시인의 손이 부들부들 떨렸다. 종이와 펜이 제 앞에 놓인 것이 얼마 만인지 기억나지 않았다. 손톱 밑에 까만 때가 낀 상처 투성이의 거친 손이 과연 글 쓰는 법을 기억하고 있을지 자신이 없었다. 굶주림과 두려움과 선동 구호가 들어찬 머릿속에 과연 시 몇 줄이 남아 있을지 알 수 없었다. 시인은 힘겹게 만년필의 뚜껑을 열었다. 저도 모르게 눈을 감았다. 문득, 어둠 속에서 흰 빛이 다가왔다. 어디선가 흰빛이 일렁이며 가까이 다가왔다. 눈을 떴지만 여전히 어두웠다. 여전히 흰빛이 일렁였다. 시인은 만년필을 쥔 자신의 손을 내려다보았다. 손의 떨림은 잦아들지 않았다. 날카로운 펜촉이 거친 종이에 닿았다. 이내 흰빛이 시인에게 닿았다. 그러자 시인이 사라지기 시작했다. 시라는 것. 시인은 이 사라짐의 기분 좋은 공포를 잘 알고 있었다. 눈을 감거나 뜨거나 다르지 않았다. 흰빛이 눈처럼 시인에게 내렸다. 시라는 것. 시인은 떨리는 손으로 빠르게 종이를 채워나갔다.

바람에 창문이 덜컹거렸다. 장교는 말없이 연달아 몇 대의 담배를 피웠다. 시인이 건넨 종이 뭉치를 받아든 장교가 밖으로 나가며 말했다.

"아 참, 총은 반드시 찾아내도록 하시오. 알다시피 총은 목숨보다 귀한 거니까."

춥고, 배가 고프고, 몸이 아팠다. 시냇가에서 물러나 나무 밑에 앉아 볕을 쬐려다, 시인은 땅에 떨어진 밤송이를 발견했다. 주변을 살펴보니 밤나무가 여러 그루였다. 가시투성이 밤송이가 여기저기 흩어져 있었다. 알도 제법 굵었다. 시인은 한참이나 애를 썼다. 그러나 요령부득, 돌멩이와 나뭇가지를 이리저리 놀려보아도 밤송이를 어찌해볼 도리가 없었다. 잔뜩 가시가 돋친 밤송이를 집어들 수도 없었고, 밤송이 안의 밤알을 빼낼 수도 없었고, 함부로 그것을 걷어차버릴 수도 없었다. 약이 오르고 부아가 났다.

숲 속에 파묻은 총과 군복을 찾아내는 데는 꼬박 사흘이 걸렸다. 그 사흘간 시인이 무참히 얻어맞은 뺨, 전전긍긍 흘린 땀, 구차하게 더듬어댄 말, 무섭게 가위눌린 꿈. 애당초 어둠 속에서 두려움에 떨며 맨손으로 황급히 묻어버린 것들이었다. 총과 군복은 파묻었다 할 수 없을 정도로 얕은 곳에 묻혀 있었다. 흙과 낙엽이 얼마쯤 쓸려나간, 나무 아래도 바위 옆도 아닌 곳에 있었다. 시인을 감시하던 소년병이 엉겁결에 찾아낸 것이나 다름없었다. 소년병은 보물찾기 놀이의 승자라도 된 것처럼 총을 높이 쳐들고 환하게 미소를 지어 보이기까지 했다. 시인은 그렇게 총살을 면했다.

시인은 밤나무 아래에서 바지춤에 넣어두었던 장교의 만년필을 꺼냈다. 산골 농가의 시어머니와 며느리는 시인이 내민 만년필을 받지 않았다. 그들은 시인에게 옷가지와 먹거리를 내어줘야, 시인을 살려 보내야 죽은 아기의 아버지가 살아 돌아올 거라 생각했는지도 몰랐다.

첫번째 탈출은 그렇게 실패했다. 땅속에서 찾아낸 흙투성이 군복을 빨지도 못한 채 그대로 입고, 시인은 장교 휘하의 부대로 재배치되었다. 평양이 연합군 수중에 들어갔다는 소식이 들려왔다. 그 와중에 시인은 장교와 다시 한 번 독대했다. 짧은 시간 동안 장교는 일본 유학 시절의 얘기를 했다. 유년을 보낸 경복궁 서쪽 동네 얘기를 했다. 시인은 제가 시를 적어낸 종잇장을 장교가 어디에도 사용하지 않았을 것 같다는 생각을 했다. 소강상태인 듯했던 공습과 지상 폭격이 다시 무자비한 기세로 이어졌다. 산과 들을 뒤흔들며 남쪽 하늘이 새벽까지 훤하게 번쩍거렸다. 내무성으로 사용하던 건물이 포탄에 맞아 불타올랐다. 사상자가 속출했다. 퇴각 명령이 떨어졌다. 시인은 부서진 책상 더미에서 장교의 만년필을 훔쳤다. 총을 지니지 않은 채 두번째 탈출을 감행했다. 근처 마을이 아니라 무작정 산 속을 향해 달렸다. 능선을 따라 남쪽을 향해 달렸다. 어떤 의미로든 마지막 탈출이었다.

만년필의 잉크는 말라 있었다. 펜촉에 침을 묻혀 보았지만 검은 얼룩 한 점 묻어나지 않았다. 만년필로 밤송이를 칼처럼 후벼 파볼 수도 있었다. 그러나 설사 그렇게 밤알을 빼낸다 해도 부실한 이로 그것을 깨물었다간 이가 남아나지 않을 터였다. 펜촉이 망가진다면 만년필로는 총살을 대신할 시도 쓸 수 없었고, 군복과 바꿀 옷도 얻을 수 없었다. 그저 모든 게 무용지물이었다. 만년필에 잉크를 채워도, 가시투성이 속 밤알을 빼내도, 무엇 하나 자신을 구제할 수 없다는 것에 하릴없이 설움이 밀려왔다. 걷잡을 수 없이 부아가 치밀었다.

갑자기, 발작처럼, 시인은 소리를 질렀다. 말도 아닌, 글도 아닌, 그 무엇도 아닌 소리를 질러댔다. 멱을 따는 짐승처럼 괴성을 내질렀다. 가시 돋친 밤송이를 우적우적 씹어 삼키고 싶었다. 잉크가 마른 펜촉으로 제 목덜미를 마구 찔러대고 싶었다. 시인은 나무 밑에 주저앉아 오래도록 소리를 질렀다. 지난 넉 달간의 모욕과 환멸이 토사물처럼 쏟아져 나왔다. 화창한 가을 오후의 숲은 고요하기만 했다.

시인은 일어나 옷섶을 여몄다. 죽은 아기의 무명 기저귀를 맨몸에 두르고, 그 위에 전쟁터로 끌려간 젊은 아버지의 낡은 저고리를 입었다. 춥고 배가 고프고 몸이 아팠다. 그러나 시인은 다시 걷기 시작했다. 남쪽으로 향했다. 어두워지기 전에 어딘가에 도착해야 했다. 아내의 배 속에 아기가 있었다. 쉽게 끝나지 않을 전쟁이라던 장교의 말이 떠올랐다. 시인은 걸으며 생각했다. 이 모든 통증과 설움과 분노를 바로 보아야 한다고 생각했다. 이미 파괴된 인간이기에 더욱, 그러지 않을 수 없다고 생각했다.

CREATOR

5　Z는 어느 날……

수잔 발라동
화가, 프랑스, 1867~1938

1934년 6월 XX일, 프랑스 파리

일주일 전, 예순아홉 살의 화가 Z는 편지 한 통을 받았다. 스물여섯 살의 화가 F가 보내온 것이었다.

―친애하는 Z 선생님.

먼저 허락을 구하지 않고 '마담'이란 호칭 대신 '선생님'이란 호칭을 사용하는 점 너그러이 이해해주시기 바랍니다. 그러나 선생님께서도 어쩐지 마담이란 호칭을 선호하지 않으실 것 같다는 생각이 듭니다. 저 역시 '마드무아젤'이란 호칭이 딱히 마음에 들진 않습니다.

저는 F라고 합니다. 아르헨티나에서 태어나 이탈리아에서 자랐습니다. 아르헨티나는 아버지의 나라, 이탈리아는 어머니의 나라입니다. 미술 교육은 전혀 받아본 적이 없습니다. 대신 십대 시절 로마와 밀라노와 피렌체 등의 미술관을 드나들며 그림을 익혔습니다. 르네상스가 저의 학교였던 셈입니다. 스물두 살에 밀라노에서 첫 그룹전을 가졌고, 파리에 온 지는 이제 3년째입니다. 입체파 이후, 초현실주의니, 다다니, 최근 젊은 화가들의 동향에 대해 선생님께서도 잘 알고 계실 거라 생각됩니다. 저역시 그 흐름 속에 함께하고 있습니다만, 그중 무엇도 확실히 제것이라는 느낌은 가져본 적이 없습니다. 제 그림에 대한 사람들의 평가 역시 마찬가지란 생각이 듭니다. 제 그림은 어떠어떠한 그림이기에 앞서 우선적으로, 또 결정적으로 '여자가 그린 그림'으로 규정됩니다. 일반인들은 물론 동료 화가, 화상, 평론가까지 아닌 척 하지만 그들에게 저는 어디까지나 '그림 그리는 여자'인 모양입니다. 제가 태어나기 전부터 이미 '여성' 화가이셨던 선생님께서는 그러한 시선과 평가가 어떤 것인지 누구보다 잘 알고 계실 것 같습니다.

파리에서의 지난 3년, 당연한 얘기겠지만 많은 그림을 보았습니다. 루브르와 오르세 구석구석 어디에 어떤 그림이 걸려 있는지 모두 기억할 정도가 되었습니다. 미술관은 역시 저만의 학교인 것 같습니다. 예술가 지인이나 부유한 수집가 들이 개인 소장하고 있는 작품을 감상할 기회도 제법 많았습니다. 과연 인상파 화가들은 언제까지나 거장으로 불리게 될 게 분명하더군요. 제가 이렇게 일면식도 없는 선생님께 용기를 내어 편지를 쓰게 된 이유는, 그러한 와중에 선생님의 작품을 접하게 되었기 때문입니다.

「콘트라베이스를 연주하는 여인」과 「아담과 이브」는 저를 완전히 사로잡은 그림입니다. 그토록 커다란 악기를 너끈히 연주하는 여인의 당당한 몸집과 강인한 에너지가 더없이 아름답게 느껴졌습니다. 지금껏 한 번도 본 적 없는 아담과 이브의 모습에도 감탄했습니다. 그토록 순수하고 무구한 얼굴의 이브 옆에 그토록 비루하고 졸렬한 표정의 아담이라니요. 왠지 통쾌했고, 또 왠지 서글펐습니다.

일방적이라는 무례를 무릅쓰고, 선생님께 뵙기를 청합니다.
선생님 댁에서 함께 차 한 잔을 나눌 수 있다면 크나큰 영광일
것 같습니다. 아래는 저의 주소입니다. 만남을 허락해주신다면
원하시는 시간에 찾아뵙도록 하겠습니다. 제가 그린 드로잉 두
점을 동봉합니다. 하나는 선생님께서 그린 고양이를 모사한 것
이고, 다른 하나는 그 고양이에 제 모습을 더해 그려본 것입니
다. 그럼 답신을 기다리고 있겠습니다.

진심을 담아, F.

Z는 목탄을 사용한 F의 드로잉을 살펴보았다. 첫번째는 화
려한 융단을 배경으로 네 발과 꼬리를 가지런히 모은 채 상채
를 세워 정면을 응시하고 있는 Z의 고양이 그림을 그대로 모사
한 것이었고, 두번째는 같은 그림 속 고양이의 얼굴이 여자의
얼굴로 바뀌어 있는 그림이었다. 고양이 몸에 붙어버린 여자의
얼굴, 바로 F의 얼굴이었다. 검은 머리, 검은 눈썹, 검은 눈동자
가 고양이처럼 정면을 응시하고 있었다. 이틀 뒤, Z는 인편으로
F에게 초대 의사를 밝힌 답장을 보냈다. Z의 마음을 결정적으
로 움직인 것은 물론 '고양이―여자' 그림이었다.

최근 1, 2년 사이 Z의 건강은 눈에 띄게 나빠진 상태였다. 여
전히 그림을 그렸지만, 외출이나 손님 접대는 크게 줄었다. 물

론 Z의 오랜 지인들 대부분이 세상을 떠난 탓이기도 했다. 아들과 남편은 집을 비우는 경우가 갈수록 잦아졌다.

화창한 어느 오후, F는 백합을 한 아름 사들고 Z의 집을 방문했다. Z는 F를 바로 아틀리에로 안내했다. 응접용 테이블에 마주 앉자 중년의 하녀가 찻잔 세트가 담긴 쟁반을 내왔다. 잠시 후, 밖으로 나갔던 하녀가 다시 F가 가져온 백합을 꽃병에 담아 가져왔다. Z는 꽃병을 창가에 두도록 했다. 쟁반 위엔 홍차와 쇼콜라와 마카롱. 유화물감 냄새가 섞인 공기 속으로 꽃향기와 차향기가 시나브로 퍼져나갔다.

"하녀 말고 집에는 나뿐이야. 며칠 계속 그런 상황인데, 내가 힘에 부치니 집 구경은 생략해도 될까? 보고 싶은 그림은 대부분 여기 보관함 속에 있을 테고."

Z가 찻잔을 들어 올리며 말했다.

"네, 선생님과 말씀을 나누고 그림을 볼 수 있다면 그걸로 충분합니다."

F가 대답했다.

"그 유명한 '저주받은 삼위일체'를 한 자리에서 한번 보고 싶지 않았나? 아들보다 어린 남편, 그 남편과 제 엄마를 두고 싸우는 아들, 것도 뭐 이젠 시들해진 옛날 얘기지만."

Z가 바람 빠지는 소리를 내며 자조하듯 웃었다. 찻잔 속 홍차가 넘칠 듯 출렁였다.

"전 선생님을 뵙고 싶었어요. 그리고 아드님은 작년에 어느

살롱에서 먼발치로 뵌 적이 있습니다."

"보나마나 술에 취해 해롱대고 있었겠군."

Z와 F는 홍차를 마셨다. 아틀리에 구석 어딘가에 숨어 있던 연갈색 줄무늬 고양이가 살며시 모습을 드러냈다. 고양이는 꽃병이 놓인 창턱으로 사뿐히 뛰어올랐다. 백합을 제일 먼저 감상할 권리가 바로 제게 있다는 듯 꽃 가까이 다가갔다.

"아, 그림 속의 그 녀석인가요? 똑같이 생긴……"

F가 물었다.

"아니, 그 녀석의 새끼지. 그게 벌써 언제 적 그림인데, 어미는 이미 죽었어."

"그렇군요."

둘은 잠시 백합과 고양이를 바라보며 침묵을 지켰다.

"뭐 좀, 재미난 바깥일은 없나? 통 나다니질 않아서 말이야."

Z의 말에 F가 눈을 반짝였다.

"선생님, 혹시 뱅센 숲에 있는 동물원에 가보셨나요?"

"뱅센의 동물원? 몇 년 전 식민박람회 때 그 떠들썩했던? 그러고 보니 새로 문을 열었다는 기사를 신문에서 본 것 같군."

"바로 이달 초에 다시 정식으로 개장했어요. 실은 요즘 자주 그곳에 가서 동물을 스케치하고 있답니다."

"하하, 사자나 원숭이 몸에 또 자기 얼굴을 붙여서 말이지?"

"동물들을 지켜보는 게 좋아요. 어제는 러시아에서 들여왔다는 늑대 한 쌍을 그렸습니다. 갈 때마다 빼놓지 않고 찾게 되는 아프리카 치타는 정말 굉장하고요. 홍학들이 무리지어 있는 걸 보면 뭐라 말로 표현하기 힘든 느낌을 받게 돼요. 우스운 소리지만, 늑대를 보고 있으면 늑대가 되고 싶고, 치타를 보고 있으면 치타가 되고 싶어요. 그렇게 빠르다는 게 어떤 느낌일지, 그렇게 냄새를 잘 맡는다는 게 어떤 느낌일지. 멋진 가죽과 수염, 사나운 이빨과 발톱이 제게도 있었으면 싶죠. 홍학을 보면 저도 그렇게 온몸이 짙은 분홍색 깃털로 뒤덮였으면 좋겠다는 생각을 해요."

"그래, 동물이라……"

"하지만 모두 원래 살던 곳에서 강제로 잡혀온 것들이라 생각하면…… 아무리 동물원에서 보살핌을 받는다 해도, 그것들은 이제 완전히 갇혀버린 신세고, 다시는 원래 있던 곳으로 돌아갈 수 없는 존재들이죠."

"혹시 내가 어려서 서커스의 곡예사였다는 것 알고 있나?"

"얼핏, 들었습니다. 사고를 당해서, 그 뒤로 화가들의 모델을 하게 되셨다고."

"겨우 열다섯 살 때였지. 그런데도 그건 이미 내 첫 직업이 아니었어. 그래도 곡예사 이전에 경험했던 상점 허드렛일꾼이나 빨랫감 배달원보다는 훨씬 좋더군. 난 몸이 유연하고 춤추는 걸 좋아해서 서커스에 소질이 있었거든. 그때는 서커스의 인기도 최고였을 때고. 서커스단에 동물들이 많았어. 눈처럼 흰 백마가 다섯 마리나 있었지. 사람 옷을 입혀 놓은 원숭이도 있었고, 차력사의 몸을 휘감는 커다란 구렁이도, 난쟁이 광대마저 동물 취급을 받았어. 잔인한 조련사 놈이 마구 채찍을 휘둘러댔으니까. 나는 주로 그네를 타거나 텀블링을 했는데, 몸을 다치지 않았다면 아마 백마를 타면서 묘기를 부리고 재주를 넘는 승마 곡예사가 되었을 거야. 지난 세기 화가들이 특히 서커스를 즐겨 그린 거 알고 있지?

"그랬다면 선생님은 그림을 그리지 않으셨을까요?"

"글쎄, 모를 일이지. 아무튼 난 흰말들과 함께 있는 게 좋았어. 어린 소녀였던 주제에 커다란 말이 전혀 무섭지 않더라고. 그 천막 마구간 냄새를 아직도 기억해. 주정뱅이 마구간지기 영감도 떠오르고. 말의 탄탄한 근육을 어루만져보면, 억센 갈퀴의 냄새를 맡아보면, 분명히 알 수 있었어. 동물들이 어마어마한 힘을 가졌다는 걸. 신비롭고 강인하고 모든 걸 느껴서 알아채지. 참을성도 대단해. 그런데 바로 그렇기 때문에 결국은 인간에게 슬픈 일을 당하게 된다는 것도 알 수 있었어."

"바로 그렇기 때문에."

"그래, 채찍을 맞으며 쇼를 하거나, 산 채로 잡혀와 우리에 갇히거나, 잡아먹히는 건 말할 것도 없고. 어때, 동물 보는 걸 좋아한다니, 남자보다 여자가 더 동물에 가깝다는 건 알고 있겠지?"

"물론이죠. 동물들은 남자들처럼 아무 때나 섹스하려 하지 않는 걸요."

"맞아, 바로 그렇지. 그깟 섹스 한번 해보겠다고 어림없는 거짓말을 늘어놓지도 않지."

두 여자의 웃음소리에 창턱에 올라앉은 고양이의 귀가 쫑긋쫑긋 움직였다.

"그렇지만 모든 여자가 자신이 동물에 가깝다는 걸 깨닫고 있는 건 아니지. 인정하려 들지 않을걸. 동물이 열등하다 착각하는, 특히 고상하고 우아하신 마담들께서는 말이야."

"조신한 마드무아젤도 마찬가지겠죠."

예순아홉 살의 Z와 스물여섯 살의 F는 함께 차를 마시며 얘기를 나눴다. 둘은 화가였고, 여자였고, 처음 만난 사이였다. 기울기가 달라진 오후의 햇살이 유리창을 통과해 아틀리에 깊숙이 쏟아져 들어왔다.

"초현실주의라…… 아무래도 사진이 변수겠지. 지난 세기와는 비교할 수 없을 만큼 기계가 발전하고 있고, 사진은 회화와는 차원이 다른 적나라함을 지향하니까. 그리고 결국 그 적나라함으로 다시 회화를 그리고 싶어 하니까. 머지않아 사진가들 중에 화가 이상의 위치에 오르는 자들이 나타날 거야. 회화와 사진의 구분이 희미해질지도 모르고, 그 둘을 뒤섞는 시도도 있을 수 있지. 어때, 사진 작업도 하고 있나?"

Z가 말했다.

"네, 틈틈이. 하지만 그보다는 사진 모델을 서 달라는 요구가 많은 형편이죠."

F가 말했다.

"어렵하겠어. 르네상스의 나라에서 온 예쁘고 영리한 화가 아가씨라니! 뮤즈니, 영감의 원천이니 하며 여신 모시듯 사탕발림을 해대겠지."

"그에 대해 시큰둥한 반응을 보이거나, 비협조적인 태도를 취하면 어찌나 못마땅해하며 좀스럽게들 구는지요."

"한순간에 뮤즈에서 팜므 파탈로 강등시켜버리지. 남자들의 고전적인 수법이야."

"말로는 인습의 타파니, 의식의 혁명이니, 아방가르드를 외치면서, 알고 보면 귀족주의자에, 호모포비아에, 여자를 대하는 태도가 이중적이지 않으리라는 건, 이제 아예 기대를 접었다 할까요."

"팜므 파탈로 매도해놓고도 자존심에 상처 입은 게 분이 안 풀리면, 꼼짝없이 마녀로 몰아 화형시켜버리던 게 불과 5백 년 전 일이야. 그건 종교적인 수법이지."

"여성 동료들이 거의 없으니 이런 얘기를 하는 것도 참 드문 경우예요."

"그리스 로마 이래 예술가들에게, 정확히 말해 모두 남자였던 예술가들에게, 거창한 대의명분이 창조의 우선순위였던 적은 없어. 지성이니 이상이니 결국은 다 자아 확장의 욕망일 뿐이야. 그런데 그건 잘못된 게 아니야. 지극히 자연스럽고 당연한 거지. 이제 막 등장하기 시작한 우리 같은 여성 예술가들도 마찬가지야. 자아 확장, 남자나 여자나 같아. 하지만 다른 게 있다면……"

"여자들은…… 그걸 굳이 무언가로 포장할 필요를 느끼지 않죠."

"바로 그거야."

"도대체 왜들 그러는 걸까요? 제가 느끼기에 그 질문을 가장 정확히 표현한 그림이 바로 선생님의 「아담과 이브」예요. 서구 미술사 최초로 여성 화가에 의해 그려진 아담과 이브, 어떤 남자도 그런 아담을 그리지 못하죠. 자기들이 그런 표정을 짓고 있다는 걸 알지도 못하니까요."

"하하, 이거 영광이군."

"도대체 왜들 그러는 걸까요?"

"흠, 어디 보자, 「아담과 이브」를 그린 게 벌써 25년 전이군. 최초니 뭐니 의식도 하지 못했어. 도대체 왜들 그럴까, 나도 무척 궁금했지. 평생에 걸쳐 생각해온 궁금증, 그걸 알고 싶어서 그린 그림인지도 몰라. 아담과 이브, 남자와 여자, 그 질문의 맨 밑바닥까지 내려가 보면 말이야…… 결국 남자가 여자에게서 태어났기 때문 아닐까. 자기가 여자의 몸속에서 자라나 여자의 몸을 통해 세상에 존재하게 됐다는, 너무도 당연하고 압도적인 사실, 너무도 이상하고 충격적인 사실! 그런데 반대로 여자는 남자에게서 태어나지 않지. 남자도 여자도 반드시 여자에

118

게서 태어난다는 것. 단 하나의 예외도 없이 말이야. 막 아이를 낳은 여자가 그 순간 그 아이의 어미가 아닐 수는 없어. 그러나 그 아이의 아비는, 얘기가 달라지지. 지난 수십 년간 나는 파리에서 제일 유명한 사생아의 어머니였으니, 이런 말을 할 자격이 충분하다 할 수 있지. 난 진짜 내 아들의 아버지가 누군지 몰라. 어떻게 그럴 수 있냐 하겠지만 정말이지 짐작도 못하겠어. 남자를 낳은 것도 여자, 여자를 낳은 것도 여자, 달리 말해 인간이라면 여자에게서 태어나야 인간일 수 있다는 얘기야. 게다가 남자는 다른 인간을 태어나게 하기 위해서도 여자의 몸을 통해야만 해. 여자들은 딱히 신경조차 쓰지 않는 그 사실이 남자들에게는 어떻게 느껴질 것 같아? 아담의 옆구리 뼈로 이브를 만들었다, 낙원에서 쫓겨난 건 여자 때문이다, 남자들이 왜 그런 것들을 애써 생각해냈겠어? 여자에게서 태어났기 때문이야. 여자라는 자신의 대전제를 어떻게든 극복해보겠다고 갖은 애를 쓰는 거지. 만들고 부수고, 규정하고 심판하고, 침략하고 정복하고 다스리고, 왕이 되고 영웅이 되고 천재가 되고 예술가가 되고, 그렇게 갖은 애를 써도 남자는 그걸 본질적으로 극복하지 못해. 여자들이 특별히 극복할 필요도 느끼지 못하는 그걸 말이야."

"……"

"자신이 왜 그러는지 진실을 알게 될까 두려워 전력을 다해 도망치고 있는 그들을 상대로, 그들의 방식에 맞춰 그들과 똑같은 태도로 싸울 필요는 없어. 그건 무엇보다 상황 개선에 있어 비효율적이지. 남자는 자신이나 동료 남자들의 자아 확장을 당연한 존재 증명이라 생각해. 라이벌이니 경쟁이니 그러려니 여기면서. 그럼 여자들의 자아 확장은 어떻게 생각할까. 라이벌? 경쟁? 어림없어. 못마땅하고 피곤한, 사실은 두려운 영역 침범일 뿐이야. 자아 확장을 두고 남녀가 평화협정을 맺는 일은 어쩌면 이번 세기 내에도 불가능할지 몰라."

긴 얘기가 다소 힘겨웠는지 Z는 의자 등받이에 몸을 기대고 깊은 숨을 내쉬었다. 그러나 Z는 분명히 느끼고 있었다. 아주 오랜만에 자신의 가슴과 머리에 생기 넘치는 에너지가 스며들고 있다는 것을. 모든 감각이 섬세하고 선명하게 펼쳐졌고, 손가락 끝에서 발가락 끝까지 따뜻한 맥이 뛰고 있었다. 그러므로 한결 깊어진 눈빛으로 침묵을 지키고 있는 F가 불편이나 부담을 느끼고 있는 것이 아님을 분명히 알 수 있었다.

서커스의 곡예사 어린 소녀처럼 장난기 가득한 말투로 Z가 다시 입을 열었다.

"초현실주의자들은 거의 만나본 적이 없지만, 입체파 멤버들은 예전부터 제법 알고 지냈지. 요즘 P가 젊은 화가들 사이에 끼어들어 우두머리 노릇을 하려 한다는 얘기가 들리던데? P란 놈, 아무도 못 당해. 진즉에 알아봤지, 전부 다 제 것이 되어야만 직성이 풀리는 작자야. 돈도 유명세도 영향력도 여자도. 끝없이 집어삼키려고만 하지. 그렇게 집어삼켜야만 그림을 그릴 수 있는 건지도 몰라. 아무튼 이제 자기가 젊은 화가들에 비해 뭔가를 차지할 기회가 줄어들었다 생각하면 도저히 못 견뎌 할 걸. 특히 여자, 오래전부터 남의 여자 빼앗는 걸로 명성이 자자했어. F에게는 추근거리지 않던가?"

"뭐, 몇 차례. 하지만 제가 가장 매력을 느끼지 못하는 타입의 남자라서요. 말로는 20세기 예술과 역사의 진보가 어쩌고저쩌고 하면서, 실은 제국의 술탄으로 살지 못해 안달인 경우라고나 할까요? 나는 천재인데, 나는 최고인데, 나는 왕인데, 그런 나랑 섹스하면 큰 영광일 텐데, 나를 거부하다니 넌 참 이상하구나! 모든 여자를 하렘의 오달리스크처럼 여기는, 그런 식이던 걸요."

"정확해, 정확해."

Z가 어깨를 들썩이며 키득거렸다.

"그 왜, 수선스럽기 짝이 없다는 S는 불능이란 소문이 있던데?"

"그건 직접 확인했죠. 마음이 있어서라기보다 어디까지나 확인 차."

Z는 아뜰리에가 울릴 정도로 폭소를 터뜨렸다.

"이거, 프랑스 놈들은 분발 좀 해야겠군, 스페인 놈들이 그렇게 설치고 다니는데 말이야."

홍차가 식어가고 있었다. 고양이는 몸통을 늘려 한껏 기지개를 켜더니, 꽃병이 놓인 창턱에서 사뿐히 바닥으로 뛰어내렸다. 그리고 마치 특별한 용무가 있다는 듯 빈 액자와 이젤 들을 겹쳐놓은 아틀리에 구석으로 총총히 걸어갔다.

"사진 얘기, 기계 얘기를 하다가 거기까지 가버렸군. 신나게 웃다가 다시 심각해지긴 싫지만, 지금 세상에 진짜 변수는 사진이 아니라 바로 전쟁이야. 기계는 예술보다 폭력이나 돈벌이에 더 적합할 수밖에 없으니 말이지, 영 불길해."

Z의 말에 F가 고개를 끄덕였다.

"독일 쪽이 아무래도 심상치 않은 것 같아요. 최근 외국에서 파리로 건너온 예술가들 대부분이 유대인이에요."

"지난 전쟁보다 훨씬 더 끔찍할 텐데, 심란하군…… 참, 그림을 보고 싶다 했지."

Z가 주위를 두리번거리며 자리에서 일어섰다.

"남편이 집에 있었으면 제대로 안내를 했을 텐데, 그는 화가로는 별로지만, 그래도 화상으로는 꽤 유능하다 할 수 있어. 내 그림과 아들 그림을 제법 팔았거든. 지금 얼마나 정리가 돼 있나 모르겠네."

Z는 아틀리에 한쪽 벽에 붙박이장처럼 만들어진 보관함의 문을 열었다. 액자를 끼운 작품들은 거치대에 세워져 있었고, 가로로 긴 서랍들을 짜 넣은 칸마다 캔버스 작품이 연도 별로 정리되어 있었다. 드로잉과 판화와 수채화 작품도 별도로 정리가 되어 있었다.

F는 긴장과 흥분이 교차하는 상기된 표정으로 Z의 그림들을 살펴보기 시작했다.

여자가 그린 여자의 누드. 먼저 시선, 누드를 둘러싼 시선이라는 남성의 부재, 대상화된 욕망의 부재, 타자화된 역할의 부재, 누드를 결박하지 않는 여자라는 시선, 화살처럼 찌르지 않고 거미줄처럼 펼쳐지는 욕망의 존재, 비처럼 내리고 강처럼 흐르는 역할의 존재, 그러니 우선 눈을 감을 것, 여자가 그린 여자의 누드.

눈을 감고 바라보는 젖가슴과 허벅지, 움켜쥐지 않고 만져보는 팔뚝과 목덜미. 여자의 피부가 내는 소리, 여자의 표정이 뿜는 냄새, 여자의 그림자가 삼키는 맛. 오랫동안 잊힌 기억처럼 떠오르는 누드, 손상되지 않고 발굴되는 누드, 식물이나 동물처럼 부끄러움을 모르는 누드, 바위를 닮은 누드, 파도를 닮은 누드. 그 자체로 이미 선취되어 있는 전일성, 그 전일성의 놀라운 힘을 알면서도, 그 힘을 딱히 의식하지 않는, 여자가 그린 여자의 누드.

여자가 그린 자신의 누드. 정면을 응시하는 또렷한 각성의 눈동자, 들끓지 않으면서도 빛나는 얼굴, 부푼 살결의 대지, 고집스러운 부드러움의 바다, 젖과 피를 마그마처럼 품고도 평온을 행사하는 두 개의 젖가슴. 슬픔의 시간이 증류되는 누드, 운명의 힘이 발효되는 누드. 이것이 나다, 이것이 나다, 되뇌는 누드. 나는 이렇게 나 자신이 되었다는 것을 확인하고 기념하는 영원의 한순간, 모든 것과 연결되어 있으면서도, 아무것에도 침범당하지 않는, 여자가 그린 자신의 누드.

"아, 「푸른 방」은 꼭 보고 싶었던 작품이에요."

F가 작게 탄식하듯 중얼거렸다.

누드가 아닌 그림, 그러나 누드가 아닐 수도 없는 그림. 자화상이라 밝히지 않은 그림, 그러나 자화상이 아닐 수도 없는 그림. 푸른 방. 선명한 푸른색 침구와 커튼에 둘러싸인 침실. 부담스럽게 느껴질 정도로 육중한 몸을 가진 여자가 침대에 비스듬히 기댄 채 누워 있다. 여자는 줄무늬 파자마에 소매가 없는 속옷 상의를 입고 있다. 손과 발은 남자의 그것처럼 크고 투박하다. 팔과 다리는 탄탄하게 살집이 올라 있다. 풍만한 젖가슴은 여자의 표정처럼 무심한 카리스마를 풍긴다. 이 푸른 방에 가냘프고 나약한 것은 아무것도 없다. 그렇다고 아름다움이 없는 것은 아니다. 여자는 태연하고 결핍을 모른다. 그토록 커다란 몸집으로 세상 모든 그물코를 빠져나간다. 여자는 입에 담배를 물고 있고, 여자의 발치에는 책 두 권이 놓여 있다. 남자의 물건인 담배와 책을 여자가 남자에게서 힘겹게 빼앗아 온 것은 아니다. 여자는 세계의 모든 것을 얼마든지 감당한다. 고통이나 자책이나 불안은 푸른색 침구에 새겨진 흰 꽃무늬 같은 것일 뿐이다. 육중한 몸에서 끝없이 솟아나는 힘으로 여자는 스스로 완결되어 있다. 여자는 자신의 몸으로 자신을 선언한다. 그리고 그

것을 굳이 자랑스러워하지 않는다. 마치 자연처럼.

　그림을 감상하고 있는 사이 차츰 날이 저물어갔다.

　"괜찮다면 함께 저녁 식사를 하지 않겠어?"

　Z가 검은 눈썹을 지그시 치켜뜨며 물었다. 무심한 듯, 그러나 조금은 간절함이 느껴지는 목소리였다.

　"저는 물론 괜찮지만, 폐를 끼치는 게 아닐지⋯⋯"

　F가 말끝을 흐렸다.

　"폐는 무슨, 내가 그쪽을 더 붙잡아 두고 싶어 한 소린 줄 알면서."

　Z의 말에 F는 대답 대신 싱긋 미소를 지어 보였다.

　"그런데 제대로 대접할 만한 게 없을 거야. 아까 본 하녀는 좀 전에 돌아갔을 테고, 상주 하녀를 쓰지 못한 지 꽤 됐어. 내가 우리 어머니보다 더 좋아했던 하녀장이 죽은 게 벌써 3년 전인데 말이야."

　Z가 그림 보관함의 문을 닫았다.

　"식사 준비를 좀 도와줄 수 있을까."

　"그럼요. 선생님과 저녁을 함께할 수 있게 되어서 기뻐요."

　"저 꽃은 식탁으로 옮기는 게 좋겠군."

　Z와 F는 백합이 담긴 화병을 들고 아틀리에를 나서 식당으로 향했다. 화구를 보관하는 서랍장 위에 올라앉아 있던 고양이가 두 여자의 뒷모습을 바라보다 제 앞발을 핥기 시작했다.

Z는 램프 대신 여러 개의 초를 켰다.

빵과 생선과 감자와 치즈, 단출한 식사였다. 그리고 포도주, 날은 완전히 어두워졌고, 술병과 술잔에 반사된 촛불이 식탁 위 두 여자 사이를 어른거렸다. 촛불 아래 백합들이 다른 얼굴로 빛났다.

"R이 그린 선생님과 T가 그린 선생님이 너무 달라서 깜짝 놀라고 말았죠. 하지만 너무 다른 모습임에도, 결국 같은 사람이란 걸 인정할 수밖에 없게 되더군요."

F가 말했다.

"R과 T, 내가 열여섯 열일곱 때 처음 만났으니, 거의 50년 전 일이군. R의 모델이 먼저였지. R은 누드로만 포즈를 취하게 한 게 아니야. 값비싼 드레스를 사주더니 나를 축제가 열리는 마을의 야외 무도회에 데려가 남자들과 춤을 추게 하더군. 내가 춤을 추는 동안 R은 열심히 그림을 그렸어. 아주 즐거웠던 기억이야, 부잣집 아가씨라도 된 기분이었지. R이 그린 내 모습은 내가 알고 있는 내 모습보다 훨씬 예뻐 보여 당황스러울 때가 많았어. 물론 우쭐하기도 했지만. 그런데 말한 대로 T는 나를 전혀 다르게 그렸지. 겨우 스물을 넘겼을 때의 나인데, 마치 중년 여자처럼 사는 것에 지쳐 있는 모습. 결코 예쁘다고 할 수 없는 그의 그림이 보는 사람을 여지없이 사로잡는다는 걸 알았기에, T를 위해서라면 언제라도 모델을 섰어. 뭐랄까, R은 내가 가진

빛을 그렸고, T는 내가 가진 어둠을 그렸다고나 할까. R은 내게
포즈를 취하고 있다는 걸 잊어버리라고, 자기가 지켜보고 있는
걸 의식하지 말고 머릿속을 비우라고 주문했어. T는 포즈를 취
하는 동안 어딘가를 응시하면서 입 밖으로 내고 싶지 않은 말을
중얼거려보라고 했지. 아무튼 둘은 다른 화가들과는 확실히 달
랐어. 나는 열대여섯 살 때부터 남자 화가들 앞에서 옷을 벗고
포즈를 취했는데, 대부분은 그림 그리는 시간 이상 어린 나를
탐하는 시간이 많더군. 돈 몇 푼을 쥐어준 것, 섹스를 알게 해
준 것, 그뿐이었어. 내가 무엇을 그린다는 것이 어떤 행위인지
알게 된 건 R과 T를 통해서야. 포즈를 취하지 않을 때도 그들이
그림을 그리는 모습을 곁에서 한참이나 지켜보곤 했지. 그들이
내게 모델을 서준 셈이기도 해."

Z가 말했다. 빈 술잔이 다시 포도주로 채워졌다.

"나는 T를 사랑하게 됐어. 그래서 이용하려고도 했지. T는
지체 높은 귀족 가문 출신이었어. T는 그런 고결한 가문에서 심
한 불구의 몸으로 태어난 자신을 스스로 조롱하려 들곤 했지.
밑바닥 신분의 창녀, 술집 무용수, 나 같은 모델 들과 스스럼없
이 어울렸던 것도 그 때문이었을 거야. 그렇다 해도 T의 그림
을 보면 알 수 있듯, T는 가난하고 미친 여자들의 힘겨운 삶
을 가슴 깊이 이해했어. T가 여자에게 군림하려 드는 걸 한 번
도 본 적이 없어. 타고난 성품인 듯 언제나 따뜻하고 상냥했지.
그런 T와 감히 결혼할 수 있을 거라 생각했어. 당시 난 어렸고,

제멋대로였고, 유명한 화가들이 앞다투어 나를 모델로 찾는 것에 한껏 교만해져 있었지. T가 심한 불구이기에 거리의 사생아로 태어난 흠결 많은 나를 받아주는 게 가능할 거라 기대했어, 한심하고 어리석었지, 실은 당당한 귀족에 엄청난 부자인 T의 신분을 내 것으로 만들고 싶었던 거니까. 나를 받아주지 않는 것에 협박성 쇼에 불과했던 자살 소동을 벌인 건 더욱 어리석은 짓이었고. 그 일로 T는 큰 상처를 받았어. 아직도 그때 일을 생각하면 부끄럽고 미안한 마음이야. 시간이 흘러 T는 결국 나를 용서해주었지, 다시 나를 그려주었고, 화가가 되겠다는 나를 진심으로 격려해주었어. 하지만 성치 못한 몸의 병이 갈수록 깊어져 오래도록 고통받았지. 가엾고 착한 사람, 그런 T가 죽은 지 벌써 30년이 넘었군."

문득, 어둠 속에서 흰빛이 다가왔다. 촛불과는 다른 빛이었다. 어디선가 흰빛이 일렁이며 Z와 F에게로 가까이 다가왔다.

"화가가 될 수 있도록 나를 결정적으로 도와준 건 D야. R이 발견한 나의 빛, T가 발견한 나의 어둠, 언제부턴가 나는 내 안의 빛과 어둠을 내 손으로 그려보고 싶다는 생각을 하기 시작했어. R과 T가 그린 나의 모습이, 다른 화가들이 그린 나의 모습이, 정말 나일까, 내가 그림을 그린다면 나는 나의 무엇을 그릴 수 있을까. 그런 마음을 아무런 편견 없이 이해해준 게 바로 D야. 시력이 좋지 않았던 D는 다른 인상파 화가들과 달리 야외 작업을 거의 할 수 없었어. D가 그리고 싶어 했던 건 빛이라기보단 움직임이었어. D가 셀 수 없을 정도로 많이 그린 발레 그림. 그를 사로잡은 건 발레리나가 아니라, 무용수들의 움직임 그 자체야. 그가 그린 극장과 경마장과 거리, 그 특이한 화면 구성, 고전적인 황금 구도를 깨고 새로운 움직임의 형태로 대상을 포착한 것이 화가로서 D의 업적이지. 움직이지 않는 캔버스 위에 움직임을 그리려 했던 열망, D가 계속 살아 있었으면 분명히 영화를 하고 싶어 했을 거야. 그런 D가 나를 도와주었어. D는 나의 자의식이 움직이고 있다는 것에 관심과 호의를 가졌던 것 같아. 세탁부의 사생아로 태어나 밑바닥 인생을 전전하던 내가 감히 화가가 되고 싶어 한다는 것, 스스로도 깨닫지 못했던 재능을 발견해 다른 존재로 변모하고 싶어 하는 내 자의식의 움직임. 비록 몇 차례였지만 D는 내게 정식 미술 레슨도 해주었어. 내 실력을 객관적으로 평가해준 것도, 내 그림을 처음으로 구입해준 것도 바로 D야. D는 평생 독신으로 살며 여성혐오주의자로 불렸지만, 나를 친구로 대해주었고, 화가로 인정해주었지. D가 말년에 완전히 시력을 잃어 맹인이 된 것 알고 있지? 그때부터 D는 조소를 시작했어. 볼 수는 없지만 만질 수는 있다면서 말이야. 나는 D에게 예술가로서 끝까지 작업을 한다는 게 어떠한 것인지 배웠지."

여전히 흰빛이 일렁이고 있었다. 처음 있는 일이 아니었기에 두 여자는 거의 놀라지 않았다. 다만 혼자 있을 때가 아닌, 다른 누군가와 함께 있을 때 경험하게 된다는 것이 신비롭게 느껴졌다.

"흠, 이제 저주받은 삼위일체의 얘기를 할 차롄가? 그 전에 E
가 빠질 수 없지. 10년간 나를 주식 중개인의 아내로 살게 해준
전 남편도……"

사생아인 Z가 역시 사생아인 아들을 낳은 것은 열여덟 살 때
의 일이었다. Z가 생계를 책임져야 했으므로 아들 M은 Z의 어
머니 손에 키워졌다. M은 어린 나이에 술을 마시기 시작해 알
코올중독 치료를 받기에 이르렀고, 비행과 발작으로 정신병원
에 입원과 퇴원을 반복했다. M의 상태가 간신히 나아지기 시작
한 것은 Z가 아들에게 직접 그림을 가르치면서부터였다. Z는
인상파 화가들과 두루 어울렸던 작곡가 E의 열렬한 구애를 받
았다. 그러나 6개월 남짓의 동거는 Z가 E의 집 2층 베란다 밖
으로 뛰어내리는 것으로 막을 내렸다. E가 변태성욕자라는 소
문에 Z는 굳게 입을 다물었다. E는 작곡한 곡을 Z에게 헌사하
고 사죄의 편지를 보냈지만, Z의 마음을 돌릴 수 없었다. Z는
미술 애호가였던 주식 중개인과 결혼했다. Z는 많은 그림을 그
렸고, 화가로도 차츰 명성을 쌓았다. 10년간의 결혼 생활이 이
혼으로 끝나게 된 것은, 지금의 남편 U와의 만남이 시작되면서
부터였다. U는 아들 M의 친구였고, M보다 세 살 어린 화가 지
망생이었다. Z는 U를 남자 모델로 고용했다. 이혼 후 마흔아홉
살의 Z는 스물여덟 살의 U와 결혼했다. 아들인 M과 함께 셋은
한 집에 살았다. 파리의 호사가들은 이들 셋을 저주받은 삼위일

체라 불렀다. 양아들이라 할 수 있는 M과 양아버지라 할 수 있는 U가 서로 치고받는 싸움을 벌인다는 소문도 나돌았다. 복잡한 우여곡절을 겪으면서도 셋은 20여 년을 함께 살았다.

"끝이 가까워지고 있어. 아들과 남편이 오늘 이 자리에 없는 이유는 그래서이지. 아들에게 지금이라도 여자가 생긴 것은 정말 다행한 일이야. 벨기에 출신의 미망인이라 하더군. 부디 이제라도 결혼을 하길 바랄 뿐이야. 내가 그 여자에 대해 알고 있다는 걸 알면서도, 아들은 내게 아직 그에 대해 한마디도 하지 않았어. 남편과는 머지않아 이혼을 하게 될 거야. 돌이켜지지 않을 결정이 내려졌어. 역시 그에 대해 서로 말하지 않는다는 것이 분명히 그렇게 될 거라는 걸 의미하지. 삼위일체의 저주가 풀리는 셈인가. 아들도 남편도 잘 살아갈 거야. 그들에겐 그저 책이 다음 페이지로 넘어가는 것뿐이니까. 나는 잠시 혼자 남아 있다 떠나겠지만, 그 점이 크게 괴롭게 느껴지진 않아. 옛 생각이 주체할 수 없이 떠오를 때가 많아 문제지만, 그건 뭐 어쩔 수 없는 일이지. 끝이 가까이 오고 있고, 그건 올 때가 되었기 때문이니까. 딱히 두렵지도 않아. 여자로 70년이나 살았는데, 죽음이 뭔지 어떻게 모를 수가 있겠어? 가급적 그림을 그리다 끝을 맞았으면 좋겠다 생각하고 있을 뿐이야."

이내 흰빛이 Z에게 닿았다. 아주 살짝, 백합 한 송이의 봉우리가 벌어졌다. 그러자 Z가 사라지기 시작했다. Z는 이 사라짐의 기분 좋은 공포를 잘 알고 있었다. 여자가 그린 여자의 누드,

여자가 그린 자신의 누드, F는 Z의 사라짐을 지켜보았다. 촛불과 백합과 포도주, 흰빛이 Z와 F에게 눈처럼 내렸다. 둘은 화가였고, 여자였고, 처음 만난 사이였다. 밤이 깊어가고 있었다.

"계속 뱅센 숲의 동물원에 가겠지?"

"네, 그럴 것 같아요."

"늑대를 보면 늑대가 되고 싶고, 치타를 보면 치타가 되고 싶고."

"네."

"멋진 가죽과 수염, 날카로운 이빨과 발톱……, 이미 안에 있어, 이미 가지고 있어."

"……"

"어디에 있는지 알지 못할 뿐, 가지고 있음을 기억하지 못할 뿐. 알아내고 기억해내 제 안에서 꺼내기만 하면 돼. 그게 여자의 방법이야. 제 안에서 홍학의 날개가 나와도, 고양이 꼬리가 나와도, 당황해할 거 없어. 날개로는 날아다니면 되는 거고, 꼬리로는 중심을 잡으면 되는 거야. 무심하게, 당연하게, 동물들처럼."

"아, 고양이가 왔어요."

어디선가 나타난 Z의 연갈색 줄무늬 고양이가 Z의 품 안으로 가볍게 뛰어들었다. 일주일 전, F는 Z의 고양이에 제 얼굴을 덧붙여 넣은 그림을 그려 Z에게 편지를 보냈었다. Z가 천천히 고양이의 목덜미와 등줄기를 쓰다듬었다. 고양이는 눈을 가늘게 뜨고 Z의 손길을 즐겼다.

"어떤 상황에서도 자기 자신에게 충실하길, 부디."

"고양이처럼요?"

"그렇지, 고양이처럼."

CREATOR

6

소년은 어느 날 ……

마이클 잭슨
음악가, 미국, 1958~2009

1970년 10월 XX일, 미국 인디애나

　소년은 열두 살. 이른 아침 눈을 뜬 순간 자신이 또다시 가위에 눌렸다는 사실을 깨달았다. 눈은 떴지만 몸은 움직여지지 않았다. 가슴팍이 옥죄어들며 숨이 막혔다. 건너편 침대에 넷째 형이 잠들어 있었다. 형을 깨우고 싶었으나 입 밖으로 소리를 낼 수 없었다. 꿈처럼 다가온 거인의 검은 그림자. 소년은 무시무시한 거인이 커다란 손으로 자신을 힘껏 움켜쥔 것 같다 생각했다. 필사적으로 몸부림을 쳐보아도 옴짝달싹 못하게 만드는 거인의 손아귀. 검은 동굴처럼 열린 거인의 입속으로 빨려 들어간다면. 소년은 이내 노인처럼 슬프고 무력해졌다.

　최근 다른 도시에서 돌아와 집에서 잠든 날이면 어김없이 반복되는 일이었다. 커튼 너머 새벽의 희붐한 기운이 번지고 있었다. 열다섯 명이나 되는 대가족이 잠들어 있는 집, 열두 살 소년만이 가위에 눌린 채 깨어나 침대 위에서 괴롭게 신음을 뱉어내고 있었다. 몇 번이나 경험했다 해도 공포는 익숙해지지 않았다.

　"연습을 해야 해, 연습을! 완벽하게 맞아 떨어질 때까지, 무조건 계속!"

　아버지의 호통 소리가 소년의 귓가를 울렸다. 호통 소리는 이내 둘째 형과 셋째 형의 기타 소리로, 첫째 형이 흔드는 탬버린 소리로, 리듬을 타는 박수 소리로, 다섯 형제의 노랫소리로, 뭔가 화음이 맞지 않아 두려움을 느낄 즈음, 날카로운 비명 소리로, 공연장 앞자리를 차지한 젊은 여자들의 비명 소리로, 비명 소리 같은 웃음소리로, 웃음소리 같은 울음소리로 쉴 새 없이 회오리쳤다. 꿈도 아닌 잠도 아닌 깨어남도 아닌. 혹은 그 모두인.

"그렇지, 그게 바로 음악이야!"

다시 칭찬인지 꾸지람인지 알 수 없는 아버지의 호통 소리.

소년은 한기에 몸을 떨었다. 그리고 바로 안도의 한숨을 내쉬었다. 먼저처럼 침대에 오줌을 쌌다가는 며칠이고 형제들의 놀림거리가 될 게 분명했다. 베개와 침대 시트는 축축하게 젖어 있었지만 그건 오줌이 아니라 식은땀이었다. 소년은 침대에서 몸을 일으켰다. 실제 거인의 손아귀에서 풀려나기라도 한 듯 팔다리가 저릿저릿했다. 넷째 형은 미동도 없이 깊게 잠들어 있었다. 소년은 침실 문을 열고 밖으로 나왔다. 발소리를 내지 않으려 애쓰며 조심스레 계단을 내려왔다. 그리고 1층의 부엌문을 열었다.

유리창으로 비스듬히 쏟아져 들어오는 아침 햇빛, 스토브 위에서 끓고 있는 냄비와 주전자, 스튜를 젓는 나무 스푼, 삶은 감자가 뿜어내는 훈기, 도자기 접시와 유리 물병, 안심해도 되는 공기, 소년은 그렇게 생각했다. 그리고 그곳의 네 사람. 소년의 아홉 살 남동생은 포크로 식탁에 그림을 그리듯 장난을 치고 있었다. 다리를 저는 소년의 이모는 오븐 속 빵을 살피는 중이었다. 그리고 소년의 엄마, 네 살배기 막내 여동생에게 우유를 따라 주고 있는 소년의 엄마. 그 우유를 마시려던 여동생이 부엌으로 들어선 소년을 발견하고 활짝 미소를 지었다. 소년의 등장에 모두가 호들갑스럽게 반응했다. 마땅히 그렇게 그를 맞이해야 한다는 듯, 반갑고 다정하게, 모두가 소년의 이름을 불렀다. 그들이 반갑고 다정하게 느껴지는 만큼 소년은 그들의 목소리가 다른 가족들을 깨울까 두려웠다. 소년은 그들에게 다가갔다.

"우리 노래하는 천사가 일찍 일어났구나."

소년의 이모가 양팔을 벌려 소년의 얼굴을 제 가슴에 안았다. 빵냄새가 났다. 다리를 저는 소년의 이모는 엄마의 여동생으로 어려서 소아마비를 앓았다 했다. 결혼 후 몇 년 지나지 않아 사고로 남편을 잃고 아들 하나를 혼자 키웠다. 이모와 이모의 아들은 2년 전쯤부터 소년의 가족과 함께 살고 있었다. 이모는 아이가 아홉이나 되는 소년의 엄마를 부지런히 도왔다. 소년은 이모가 좋았다. 그러나 곧잘 자신을 심술궂게 괴롭히는 세 살 위 사촌 형은 그렇지 않았다. 소년은 이모에게 그런 마음이 들키지 않길 바랐다. 소년의 이모는 소년의 뺨에 입을 맞추었다.

"그제 티브이쇼는 정말 최고였어. 그 귀여운 카우보이 모자는 어떻게 된 거니?"

기다렸다는 듯 소년의 남동생이 식탁 의자에서 내려서더니 파자마 차림으로 노래를 부르기 시작했다. 손뼉으로 박자를 맞추며 어깨를 들썩이고 다리를 흔들었다. 무대 위에서 소년이 하는 동작 그대로였다. 저도 저의 형만큼이나 잘할 수 있다는 듯이, 형의 심사를 한번 통과해보겠다는 듯이, 아홉 살 남동생이 춤을 추며 노래를 불렀다. 마이크 대신 포크를 손에 쥐고, 오우, 베이비, 난 당신이 돌아오길 원해, 난 당신이 돌아오길 원해. 소년의 엄마와 이모가 고갯짓을 하며 후렴구를 따라 불렀다.

소년은 막내 여동생의 어깨를 가만히 끌어안았다. 네 살배기의 따뜻하고 부드러운 캐러멜빛 피부에서는 정말 따뜻하고 부드러운 캐러멜향이 났다. 여동생이 사랑스러운 미소를 지으며 소년의 목에 팔을 둘렀다. 소년은 여동생의 작은 귀에 대고 빠르게 속삭였다. 세상에 무서운 거인 같은 건 없어, 그렇지? 제대로 알아듣지 못한다 해도 상관없었다. 제대로 알아듣지 못한 여동생도 작은 발을 까딱거리며 소년의 노래를 불렀다. 오우, 베이비, 난 당신이 돌아오길 원해, 그때의 일은 잊어줘, 나를 다시 살게 해 줘.

소년은 남동생이 가수가 되는 것을 원치 않았다. 여동생이 사람들 앞에서 춤을 추고 노래를 부르게 될까 걱정이었다. 그러나 의심할 것 없이 두 동생의 몸속에도 자신과 같은 피가 흐르고 있었다.

소년의 아버지는 요즘 들어 첫째 형과 넷째 형을 유독 심하

게 윽박질렀다. 열아홉 살인 첫째 형에게는 동생들에 비해 조금
도 귀엽지 않다느니, 자꾸 덩치만 커져 동작이 굼뜨다느니 화를
냈다. 넷째 형은 노래도 춤도 악기 연주도 형제들 중 가장 실력
이 달렸다. 아버지는 동생만도 못한 녀석이라 욕을 하며 밴드에
서 내쫓아버리겠다 호통을 쳤다. 소년은 자신이 넷째 형이라면
아버지가 자신을 밴드에서 내쫓도록 교묘히 꾀를 쓸 것 같았다.
그러나 넷째 형은 번번이 겁에 질린 표정으로 고개를 숙였다.
밴드를 하지 않는다면 사촌들처럼 학교에 갈 수 있을 텐데. 그
렇다고 해도 소년은 넷째 형 자리에 동생들이 대신 들어오는 것
을 원치 않았다. 몇 달 전 아버지는 형제들과 함께 막내 여동생
을 음반사 스튜디오에 데려간 적이 있었다. 여동생은 음반사의
관계자들을 단번에 사로잡았다. 일곱 살이던 소년이 그 스튜디
오의 오디션에서 그러했던 것처럼.

"엄마."

소년이 엄마를 불렀다.

"엄마."

세상에 엄마라고 부를 수 있는 사람이 있다는 건 얼마나 다
행스러운 일인지. 소년은 엄마에게 침대에 오줌을 쌌다고 말하
지 않을 수 있음에 감사했다.

"엄마, 오늘 선생님은 오지 않는 거죠?"

소년의 질문에 엄마는 손을 뻗어 소년의 곱슬곱슬한 머리칼
을 매만졌다.

"가정교사 선생님과는 지난주에 작별 인사를 했잖니."

소년은 고개를 끄덕였다.

"우리는 곧 이사를 갈 거잖아."

소년이 다시 고개를 끄덕였다.

"LA로 이사 가면 더 좋은 선생님을 모실 거야."

소년의 엄마는 지난주에도 그렇게 말했었다. 소년은 간절하지만 제 간절함이 엄마를 불편하게 만들지 않길 바라며 다시 물었다.

"거기서도, 학교는 가지 않는 거예요?"

엄마의 손이 주저하 듯 소년의 목덜미로 내려왔다.

"……아주 훌륭한 선생님이 집으로 오시게 될 거야."

목덜미가 따뜻해졌다. 소년은 엄마의 얼굴에 근심이 어리는 것을 원하지 않았다. 둘째 형은 엄마가 더 이상 임신을 하지 않는 것이 이상하다 말했다. 자기가 알고 있는 엄마는 늘 배가 부르고 늘 아이를 낳고 늘 젖을 먹이는 여자라는 것이었다. 여동생이 엄마와 소년 사이로 파고 들어왔다. 캐러멜향이 났다. 다리를 저는 소년의 이모가 오븐을 열고 빵을 꺼냈다. 빵냄새가 났다. 오우, 베이비, 난 당신이 돌아오길 원해, 그때의 일은 잊어줘, 나를 다시 살게 해줘. 팬 서비스라도 하듯 소년이 후렴구를 불러주자, 네 사람은 얼굴 가득 환한 미소를 지었다.

소년은 열두 살, 천천히 눈을 감았다 떴다. 10월의 투명한 가을 햇살이 소년의 얼굴 위로 쏟아졌다. 소년은 집 뒤편 정원에 있었다. 물이 빠진 하늘색 풀장 바닥으로 낙엽이 새들처럼 날아와 내려앉았다. 소년은 비어버린 풀장 턱에 걸터앉아 커다란 나무에서 바람을 타고 떨어지는 나뭇잎들을 바라보았다. 나무에는 타이어를 밧줄로 엮어 매단 그네가 걸려 있었다. 가을의 정원, 갈색과 주황색과 노란색 사이 수만 가지 빛깔이 햇살과 바람에 섞여 쉴 없이 뒤척였다. 오후 연습은 2시부터 시작이었다.

소년의 가족이 지금 살고 있는 집으로 이사를 온 것은 3년 전이었다. 막내 여동생이 태어나기 전 8남매 열 명의 식구는 방이 세 개뿐인 작은 집에 살았다. 그 집에 살 때 소년은 처음으로 형제들과 마을 축제 무대에 올라 노래를 부르고 춤을 추었다. 당시 첫째 형은 열두 살, 소년은 다섯 살이었다. 관객들의 호응이 대단했다. 1등을 하고 상금을 받았다. 다른 마을의 축제에도 초대되었다. 곧이어 시내의 클럽에서 공연 제의가 들어왔다. 소년의 아버지는 철공소를 그만두고 다섯 아들의 매니저로 나섰다. 직접 노래와 춤과 악기 연주를 가르쳤다. 인디애나 주의 여러 도시를 돌며 공연을 하게 되었다. 아마추어 경연대회가 열리는 전국의 대도시를 찾아다니며 이름을 알렸다. 가족의 성(姓)에 다섯 형제를 가리키는 숫자 '5'를 붙인 것이 처음부터 밴드의 이름이었다.

몇 년 새 많은 돈을 번 아버지는 최고의 흑인 음악 레이블로 손꼽히는 음반회사와의 계약 성사 후, 지금의 집을 샀다. 저택이라 불릴 만한 크고 멋진 집이었다. 다섯 형제는 다른 주의 도시에서도 공연했고, 비행기를 탔고, 팬들을 몰고 다녔고, 티브이쇼에도 출연했다. 마침내 정식 음반을 발표해 전국 차트에 데뷔했다.

첫 앨범에서 두번째 넘버원 히트곡이 나온 후, 차례로 방송사와 잡지사에서 소년의 가족이 살고 있는 집으로 취재를 나왔다. 특히 전국적으로 매달 수백만 부나 발행되는 유명 잡지에서는 형제 밴드를 다룬 특집 기사를 여덟 페이지에 걸쳐 실었다. 아버지와 어머니, 다섯 형제와 두 누나, 남동생과 막내 여동생까지, 열한 명의 대가족이 2층으로 올라가는 계단에 차례로 자리를 잡고 포즈를 취한 사진이 잡지의 표지를 장식했다. '미국에서 가장 유명한 흑인 음악 가족'이란 타이틀에 아버지는 몹시 감격한 듯했다.

취재를 나온 잡지사의 여기자는 소년에게 각별한 관심을 표했다. 밴드의 다섯 형제들 중 가장 막내임에도 불구하고 리더를 맡고 있는 소년에게, 미국 역사상 차트 1위곡을 부른 최연소 가수가 된 소년에게 질문 공세를 폈다.

"어떻게 그렇게 노래를 잘할 수 있지?"

"무대 위에서 긴장한 모습을 한 번도 본 적이 없는 것 같은데?"

소년은 금발에 아름다운 녹색 눈동자를 가진 그녀에게 마음을 빼앗겼다. 가슴이 두근거리고 얼굴이 달아올라 그녀의 질문에 제대로 대답을 할 수 없었다. 사실 그녀의 질문은 평소에도 소년이 다른 사람들로부터 곧잘 받아온 질문이었다. 정작 그 질문에 가장 큰 궁금증을 갖고 있는 것은 소년 자신이었다. 어떻게 나는 노래를 잘할 수 있는 거지, 어째서 나는 무대 위에서 떨지 않는 거지, 도무지 알 수 없었다. 소년은 예의 질문에 한 번도 제대로 된 대답을 하지 못했다.

"네가 노래를 부르고 춤을 추면, 마치……"

여기자는 소년을 알고 싶어 했다. 소년이 읽는 책을 보고 싶어 했고, 소년의 학교 친구들에 대해 듣고 싶어 했다. 소년의 눈에 무엇이 보이는지, 소년의 귀에 무엇이 들리는지, 소년이 그 모든 것을 어떻게 느끼는지, 소년의 마음에 무엇이 머물다 가는지.

소년은 태어나 한 번도 학교에 가본 적이 없었다. 넷째 형도 마찬가지였다. 다른 도시로 공연을 다니면서부터 세 형들도 차례로 학교를 그만두었다. 아버지는 지금껏 집으로 형제들을 가르치러 온 가정교사들이 얼마나 뛰어난 경력을 소유하고 있었는지에 대해 취재 팀에게 장황하게 설명했다. 여기자는 계속해서 유독 소년에게 관심을 보였다. 소년은 그녀가 자신의 스케치북을 넘겨보는 것을 수줍은 표정으로 허락했다. 그녀가 감탄한 그림은 가정교사에게도 칭찬을 받은 그림이었다. 그것은 집 뒤편 정원을 그린 그림이었다. 풀장과 커다란 나무, 그 나무에 밧줄로 매단 타이어 그네를 그린 그림이었다. 여기자는 소년이 만

화책을 보고 따라 그린 우주선과 외계인 그림에도 관심을 보였지만, 소년은 얼굴을 붉히며 스케치북을 덮으려 했다. 그녀의 제의로 소년은 제가 그린 그림을 펼쳐 들고 풀장과 나무를 배경으로 정원에서 단독 사진을 찍었다. 여기자는 잡지 기사에서 소년의 타고난 예술적 감각과 재능에 대해 여러 차례 언급했다.

"네 형제들 모두 뛰어나지만, 천재는 너뿐이야."

그녀는 그렇게 말하며 손가락으로 소년의 뺨을 부드럽게 쓸었다. 얼굴이 데인듯 화끈거리고 눈앞이 흐려지고 등줄기가 떨렸다. 그녀의 향수 냄새, 입술의 움직임, 팔목의 갈색 점. 스커트의 주름, 하이힐의 반짝임. 소년은 자신이 평생 그 순간을 기억할 거라 생각했다. 여기자는 어쩐지 슬픈 표정이 되어 말했다.

"넌 내가 만나본 아이 중에 가장 특별하지만, 당장이라도 부서질 것처럼 민감하구나."

취재 팀이 돌아간 그날 저녁, 아버지는 차츰차츰 볼륨을 높이듯 화를 내기 시작했다. 컵을 집어 던졌고, 의자를 걷어찼고, 형제들을 연습실로 집합시키고 안에서 문을 잠갔다. 종일 있었던 일에 대한 불평불만을 쏟아냈다. 취재를 나왔던 기자들을 잘난 척만 하는 백인 속물이라 말했고, 다섯 형제를 멍청하고 철없는 당나귀 새끼들이라 말했다. 소년을 향해서는 늘 계집애처럼 수줍어하며 제대로 인터뷰를 한 적이 없다며 호통을 쳤다. 소년은 울음을 터뜨렸다. 아버지는 우는 것도 꼭 계집애 같이 운다며 더욱 화를 냈다.

소년은 열두 살, 10월의 가을 햇살을 받으며 낙엽이 뒹구는 텅 빈 풀장에 걸터앉아 있었다. 여기자에게 칭찬을 받은 그림은 지난봄 이곳에서 그린 그림이었다. 그림 속 푸르렀던 나뭇잎이 누렇게 말라 떨어져 내리고 있었다. 소년의 가족은 곧 이사를 갈 예정이었다. 소년은 밧줄에 타이어를 엮어 매단 그네를 바라보았다. 소년이 또다시 차트 1위를 기록하는 것은 가능한 일이겠지만, 이제 더는 이곳의 풍경을 그릴 수 없었다. 곧 오후 연습이 시작될 시간이었다. 문득 구름이 많아지고 바람이 거세지기 시작했다. 어딘가에서 검은 그림자를 끌고 무서운 거인이 나타난다 해도 그럴듯하다 여겨질 것 같은 순간이었다.

연습실의 저녁, 소년은 앨범에 실린 솔로 곡을 다섯 번 반복해 불렀다. 두 번은 혼자서 반주 없이, 세 번은 형제들의 연주와 코러스와 맞춰. 사랑이 있는 곳에, 내가 거기 있을게요, 내 이름을 불러주기만 하면 돼요, 내가 거기 있을게요.

언제나처럼 소년이 음정이나 박자를 틀리는 경우는 없었다. 첫째 형과 넷째 형의 코러스는 무난히 매끄러웠고, 둘째 형과 셋째 형의 편곡을 달리한 반주는 각각 특색이 있었다. 그러나 아버지의 찡그린 미간은 좀처럼 펴지지 않았다. 손동작이 어색했나, 눈을 너무 오래 감고 불렀나, 소년의 눈동자가 불안하게 흔들렸다.

"너희들도 이따위 축축 늘어지는 노래가 다음 싱글 곡으로 괜찮다 생각해? 그놈의 배불뚝이 프로듀서 노인네 말대로?"

고함을 치는 대신 낮게 으르렁거리는 목소리로 아버지가 입을 열었다. 가장 대답하기 힘든 종류의 질문이 날아온 셈이었으므로, 다섯 형제의 얼굴은 이내 얼어붙고 말았다.

다섯 형제가 처음으로 마을 축제의 무대에 오르기 몇 달 전, 모든 것은 바로 그날 밤에 시작된 거라 할 수 있었다.

각각 열두 살, 열 살, 아홉 살, 일곱 살이던 소년의 어린 네 형들은 언제부턴가 라디오에서 흘러나오는 노래를 몇 시간이고 따라 부르며 놀았다. 로큰롤, 블루스, 재즈, 가스펠 가릴 것 없었다. 라디오는 좁은 집에 사는 가난한 아이들을 흥분시키는 유일한 오락거리였다. 천연덕스럽게 형들을 따라하며 다섯 살 소년이 합세했다. 소년이 노래를 부르자 첫째 형은 입으로 트럼펫과 색소폰 소리를 냈고, 나머지 형들은 슬리퍼와 스푼으로 탁자를 두드리며 춤을 추었다. 아버지의 기타에 처음으로 손을 댄 것은 둘째 형이었다. 낡고 무거운 케이스에 담겨 부모의 침실 구석에 놓여 있던 그 기타는 집 안에 존재하는 단 하나의 악기였다. 아버지는 젊어서 기타를 쳤다고 했지만, 형제들은 아버지가 기타 치는 모습을 본 적이 없었다. 형제들이 아는 아버지는 무거운 짐을 나르거나 낡은 트럭을 몰거나 철공소에서 망치질을 하는 덩치 큰 남자일 뿐이었다. 칠 줄도 모르는 기타를 둘러메고 둘째 형이 제법이다 싶게 폼을 내기 시작했다. 셋째 형도 질세라 기타 줄을 퉁기기 시작했다. 얼마 못 가 기타 줄이 끊어졌다. 둘째 형과 셋째 형은 서로의 짓이라며 티격태격했다. 며칠 뒤, 귀가한 아버지는 이음새가 제대로 잠겨 있지 않은 기타 케이스를 무심히 열어보았다. 그날 밤 이후, 모든 것이 그 전과는 달라졌다.

기타 줄을 끊은 것이 누구인지 추궁하던 아버지에게 형제들의 노래를 한번 들어보라 권한 것은 소년의 큰누나였다. 화가 난 아버지를 달래듯 시작된 노래는 열 곡이 넘도록 그치지 않았다. 아버지는 화음을 맞춰 노래를 부르고, 동작을 맞춰 춤을 추는 자신의 다섯 아들을 넋 놓고 바라보았다. 결혼을 하고 줄줄이 태어난 아이들을 먹여 살려야 했으므로, 기타리스트의 꿈을 접은 것은 이미 십수 년 전의 일이었다. 다음 날, 아버지는 기타 줄을 새것으로 교체했고, 새 기타를 한 대 더 장만해 귀가했다. 몇 개월 뒤 마을 축제의 경연에서 1등을 하고 받은 상금으로는 텔레비전을 구입했다.

다섯 형제가 친애하며 존경해 마지않는 스승, 그런 한편 다섯 형제가 치를 떨며 두려워해 마지않는 폭군. 밴드의 매니저이자 연출가이자 심판관이자 절대자인 아버지. 자신의 다섯 아들이 정식 앨범을 준비하며 전국적인 스타가 되어갈 즈음, 오히려 그에게는 위기가 찾아왔다. 전속 계약을 맺은 음반사에는 흑인 음악계의 내로라하는 전문가들이 즐비했다. 작곡가와 연주자와

프로듀서와 마케터와 쇼비즈니스맨 들이 밴드에 이런저런 영향
력을 행사하기 시작했다. 6년 넘게 어린 아들들에게 음악의 모
든 것을 가르쳐온 아버지였다. 하나부터 열까지 밴드는 철저히
자신의 피조물이었다. 트럭 운전사에 철공소 노동자 출신인 그
는 자존심에 상처를 입었다. 앨범을 내고 차트에 데뷔하기 위해
서는, 티브이에 출연하고 단독 공연을 하기 위해서는 예의 전문
가들에게 굽실거려야 했다. 그는 자신의 위치가 초라하게 흔들
리고 있다는 것을 인정할 수 없었다. 집으로 돌아와 연습실로
들어서면 그의 짜증과 분노와 자격지심은 극에 달했다. 아버지
는 다섯 아들을 더욱 다그치고 몰아세웠다.

아버지가 허리띠를 휘두르는 것에는 몇 가지 다른 방식이 있
다고 소년은 생각했다. 미처 피할 겨를도 없이 번개처럼 단숨에
허리춤을 훑어 벨트를 빼낸다거나, 영화 속 총잡이 보안관처럼
조롱기 가득한 말로 겁을 주며 아주 천천히 버클을 끌러 긴장감
을 높인다거나, 뱀처럼 흐느적거리는 벨트로 묘기를 부리듯 자
유자재로 손목을 꺾는다거나. 형제들을 향해 매섭게 가죽벨트
를 내리치는 아버지의 모습은 곧바로 포악하고 잔인한 서커스
의 조련사를 떠올리게 했다.

타고난 음악적 재능으로 저희들끼리의 재미난 놀이처럼 시작
한 일이었다 해도, 프로 뮤지션이 된다는 것은 결코 쉬운 일일
수 없었다. 마을 축제 이후 시내 나이트클럽에서 밤마다 공연
을 하게 되었다. 겨우 열 살 남짓의 어린아이들이었다. 종일 계

속되는 연습에 목소리는 작아지고, 가사는 잊어버리고, 안무는 뒤죽박죽이 되었다. 기타 연주에 흥미를 보이던 둘째 형과 셋째 형은 물집 잡힌 손가락이 아프다며 줄행랑을 치기 일쑤였다. 겨우 열 살 남짓의 어린아이들이었다. 그러나 아버지는 불같이 화를 냈다. 그는 자신의 인생과 가족 모두의 인생을 바꿀 기회가 왔음을 분명히 알았다. 아버지의 고함과 겁박과 매질에 형제들은 너무나 쉽게 제압당했다.

다섯 .형제의 노래와 춤과 연주 실력은 날로 진화해갔다. 아버지의 욕심과 조련과 학대도 마찬가지였다. 환호하는 팬들에게 미소를 지으며 손을 흔드는 횟수, 인터뷰의 답변 내용과 순서, 사진 촬영의 배치와 포즈, 티브이 카메라를 향해 윙크하는 타이밍과 각도까지. 아버지는 서커스의 동물들을 길들이듯 형제들로 하여금 재주를 넘고 묘기를 부리게 했다. 일사분란하게 탭댄스를 추고, 유명 가수의 창법을 모사하고, 피아노와 하모니카와 드럼을 연주하고, 다양한 장르의 라이브 레퍼토리를 수십 곡 마스터했다. 그 모두는 형제들의 재능과 중노동과도 같은 연습, 그리고 아버지의 닦달과 체벌과 욕지거리가 더해져 이루어진 기적이었다. 형제들은 흑인 틴에이저의 우상으로 떠올랐고, 선물 세례와 사인 공세를 받았고, 아메리칸 드림의 흐뭇한 사례로 손꼽혔다. 그러나 엉덩이엔 피멍이 들어 있었고, 겁에 질려 시작된 딸꾹질을 몇 시간이나 멈추지 못했고, 서로 외에는 또래 친구가 아무도 없었다. 음정도 박자도 가사도 좀처럼 틀리지 않는 소년이 언젠가 화가 난 아버지에게 왼쪽 발목이 잡힌 채 거꾸로 높이 쳐들린 적이 있었다. 아홉 살 소년은 애원하며 울부짖었지만 아버지는 험악한 욕설을 퍼부으며 오래도록 소년을 거꾸로 쥐고 흔들었다. 아버지의 손아귀에서 놓여난 소년은 연습실 바닥에 벌레처럼 엎드려 배 속에 있던 것을 모두 게워냈다. 그 뒤로 아버지가 갑자기 나타날 때면 소년은 저도 모르게 치미는 구역질을 참느라 애를 먹었다.

아버지는 이제 주로 허리띠만을 사용했다. 티브이에도 출연해야 하고 잡지 모델도 해야 하는 형제들의 얼굴은 언제나 말끔해야 했으므로, 가죽벨트는 등과 엉덩이와 다리만을 요령껏 가격했다. 아버지는 능숙하게 허리띠를 휘두르며 아들 중 하나를 골라 사냥감처럼 연습실 구석으로 몰았다. 매를 맞으며, 매를 피하며, 아파하며, 아픔을 참으며, 비명을 지르며, 비명을 참으며, 용서를 빌며, 헛소리를 하며, 그렇게 뒷걸음질을 치다 보면 꼼짝없이 벽과 벽이 맞닿는 구석에 갇히는 꼴이 되었다. 채찍질을 하는 조련사를 떠올리다 소년은 형제들을 서커스의 동물로 생각해보았다. 말수가 적은 첫째 형은 덩치가 큰 흑곰, 일렉트릭기타와 베이스기타를 치는 둘째 형과 셋째 형은 한 쌍의 사자, 아버지에게 제일 자주 얻어맞는 넷째 형은 천덕꾸러기 원숭이. 그리고 소년 자신은, 난쟁이 광대였다. 서커스의 흥을 돋우는, 쇼를 이끌어가는 난쟁이 광대, 동물처럼 매를 맞는 난쟁이 광대. 공교롭게도 음반사의 몇몇 관계자들 사이에서 소년의 별

명은 '마흔두 살 난쟁이'였다. 감탄할 정도의 음악적 재능과 천재적인 쇼맨십을 타고 났지만, 바로 그 점 때문에 결코 열두 살 아이 같지 않다는 것이었다.

거인! 다시 거인의 손아귀, 다시 검은 동굴처럼 열린 거인의 입속으로. 소년의 상체가 침대에서 스프링처럼 튕겨 올랐다. 소년은 열두 살, 다시 가쁜 숨을 몰아쉬며 식은땀을 흘렸다. 아직 아침이 아니었다. 아침은커녕 연습에 녹초가 된 몸으로 잠자리에 든 지 채 두 시간도 지나지 않은 시간이었다. 건너편 침대의 넷째 형은 미동도 없이 깊이 잠들어 있었다. 소년은 어둠 속에서 눈을 깜빡이고 호흡을 고르며 두려운 꿈을 떨쳐내려 애썼다.

소년은 힘없이 침대에 몸을 뉘였다. 다시 거인이 등장하는 꿈을 꿀까 두려웠지만, 다시 잠을 청해야 했다. 내일 오후엔 형제들과 함께 음반사 스튜디오에서 녹음을 해야 했다. 꿈속의 무서운 거인을 생각하다, 아버지를 생각하다, 소년은 음반사의 프로듀서를 떠올렸다.

"꼬마야, 결국은 너 혼자 해야 하는 날이 올 거다."

아버지가 배불뚝이 노인네라 폄하하는 그가 자신을 각별하게 여긴다는 것을 소년은 알고 있었다. 얼마 전 단 둘이 있게 된 짧은 순간, 너 혼자 해야 하는 날이 올 거다, 그는 소년에게 그렇게 말했다. 그는 음반사의 창립 멤버였고, 밀리언셀러 앨범을 여러 편 제작한 유명 프로듀서였다.

"아버지와도 형들과도 언젠가 헤어져야 해. 그래야 너만의 음악으로 갈 수 있어. 너만의 음악, 자연스럽게 그렇게 될 거다. 네 자신이 그걸 원한다는 걸 너 스스로 깨닫게 될 테니까."

너만의 음악으로 갈 수 있어, 너만의 음악, 너만의 음악. 소년은 침대에 누운 채로 어두운 천장을 향해 아주 조그만 소리로 속삭여보았다. 나만의 음악, 나만의 음악, 나만의 음악.

몇 차례 호통과 욕설이 이어졌지만 오늘은 다행히 아무도 매를 맞지 않고 하루가 지나갔다. 느린 템포의 서정적인 솔로곡이 한 곡쯤 싱글 차트에 올라야 한다는 음반사 관계자들의 의견이 틀린 말이 아니라는 것쯤은 아버지도 알고 있었다. 아버지가 원하는 것은 그것이 자신의 판단이자 자신의 결정이어야 한다는 것이었다.

밤늦게 연습이 끝날 즈음, 아버지의 화제는 머지않아 시작될 소년의 변성기 걱정으로 이어졌다. 세 형들은 변성기 이후 목소리가 완연히 달라졌다.

"리드보컬인 네가 목소리가 변하면 밴드는 끝장이야."

그것은 스스로 어찌할 수 있는 일이 아님에도, 소년은 아버지를 향해 여러 차례 고개를 끄덕였다. 소년은 사실 알고 있었다. 꿈속의 거인이 무엇을 원하는지.

소년은 열두 살, 조용히 침대를 빠져나와 창가로 다가섰다.

조심스레 커튼을 걷자 깊은 밤의 어둠 속에 잠긴 뒷마당 정원이 내려다보였다. 비어 있는 풀장, 나무와 그네, 그리고 이미 오래전 시작된 유년과의 작별. 사랑이 있는 곳에, 내가 거기 있을게요, 내 이름을 불러주기만 하면 돼요, 내가 거기 있을게요, 내가 거기 있을게요, 어떤 비밀스러운 주문을 외우 듯, 나만의 음악, 나만의 음악.

"음악을 사랑하니?"

프로듀서의 질문에 소년은 짐짓 당황하고 말았다. 선뜻 입을 열 수가 없었다. 소년이 무대에 올라 노래를 부르기 시작한 다섯 살 이래, 누구도 소년에게 물어온 적 없는 질문이었다. 음악을 사랑하니,라니. 하늘은 푸르니? 햇실은 빛나니? 밤은 어둡니? 꽃은 아름답니? 어떻게 그런 것을 물어본단 말인가. 음악을 사랑하니, 소년은 음악을 사랑했다. 소년에게 음악이란 형제들과 같은 말이었다. 당연히 아버지와도 같은 말이었다. 음악은 캐러멜향이 나는 막내 여동생의 피부였고, 다리를 저는 이모가 굽는 맛있는 빵이었고, 제 형들을 그대로 흉내 내는 남동생의 익살이었고, 따뜻하고 부드러운 엄마의 손길이었다. 음악은 바로 가족이었고, 소년 자신이었다. 다른 무엇일 수 없었다. 소년은 고개를 끄덕였다.

"네, 음악을 사랑해요."

소년은 음악을 사랑했다. 깊고 높게, 생생하고 눈부시게 음악을 사랑했다. 언제나 그러했다. 그러나 그것이 답의 전부가 아니라는 것을 소년은 알고 있었다. 그것이 소년의 마음을 무겁게 했다. 때로 견딜 수 없는 기분에 사로잡히게 했다. 소년은 음악을 사랑했다. 그러나 동시에 음악을 무서워했다. 가위에 눌리듯 소년을 압도하는 음악, 거대하고 강력하고 무서운 음악. 형제들처럼, 아버지처럼, 소년은 음악이 무서웠다. 슬픔처럼 고통처럼 마법처럼, 소년은 음악이 무서웠다. 절대적인 리듬, 완벽한 화음, 가차 없이 몰아치는 춤사위, 매질처럼 아프게 가슴을 때리는 끝없는 사랑의 노래들, 그리고 이어지는 발작 같은 환호와 박수. 음악은 벅차도록 사랑스럽고 질리도록 무서운 것이었다. 음악에 대한 사랑과 두려움으로, 그 견딜 수 없음으로 숨이 막히고 가슴이 조여왔다. 네, 음악을 사랑해요. 소년은 답의 나머지를 끝내 말하지 못했다. 하지만 난 음악이 무서워요. 음악은 슬픔이고 고통이고 마법이에요. 검은 그림자를 끌고 나타나 나를 집어삼키려는 무시무시한 거인과도 같죠.

문득, 어둠 속에서 흰빛이 다가왔다. 낮에 소년이 걸터앉아 있었던 풀장 쪽인 듯했다. 타이어 그네를 매단 나무 부근인 듯했다. 침실의 2층 창가에 서 있는 소년에게 흰빛이 일렁이며 가까이 다가오고 있었다. 여전히 꿈을 꾸고 있는 걸지도 몰랐다. 점점이 작고 희미하게 반짝이는 흰빛. 소년은 차가운 유리창 가까이 입술을 대고 속삭였다. 나만의 음악, 나만의 음악, 이내 흰빛이 소년에게 닿았다. 그러자 소년이 사라지기 시작했다. 소년은 이 사라짐의 기분 좋은 공포를 잘 알고 있었다. 언제나 노래를 잘할 수 있는 이유, 결코 무대에서 떨리지 않는 이유. 흰빛이 눈처럼 소년에게 내렸다. 소년이 뜨겁게 사랑하는 것, 소년이 얼어붙듯 무서워하는 것, 그건 바로 음악이었다.

CREATO

7

174517이 어느 날……

프리모 레비

작가, 화학자, 아우슈비츠 수인 174517
이탈리아, 1919~1987

1978년 10월 XX일, 이탈리아 토리노

휴일 정오를 넘긴 시간, 174517은 서재로 들어섰다.

문을 닫자 조용했던 집 안은 물속에 잠기기라도 한 것처럼 더욱 고요해졌다. 서재의 책상 위에는 천으로 만든 덮개를 씌운 타자기가 놓여 있었고, 타자기 옆에는 며칠 사이 배달된 여러 종류의 신문과 잡지가 가지런히 쌓여 있었다. 174517이 잠에서 깨어나 양치를 하고 세수를 할 때면, 아내는 자신의 하루 첫 일과로 남편의 책상에 신문을 가져다 놓고 서재를 정돈했다. 아내가 아침 식사를 준비하는 동안 174517은 서재에서 신문을 읽었다. 174517이 화학 공장을 퇴임한 이후 3년째, 아침이면 늘 되풀이되고 있는 일이었다.

그러나 오늘 아침 174517은 식사 전에 서재를 찾지 않았다. 어제 아침에도 서재에는 들렀지만 신문은 읽지 않았다. 174517은 아내가 환기를 위해 열어두었던 창문을 닫았다. 계절은 늦가을로 접어들고 있었다. 실내 공기의 움직임이 잦아들었다. 오래된 소파 세트가 서재 가운데를 차지하고 있었다. 174517은 자신의 자리라 할 수 있는 1인용 소파에 앉았다. 테이블 위 담배를 넣어두는 주석함에서 담배를 꺼내 불을 붙였다. 재떨이는 얼룩한 점 없이 깨끗했다. 매일 밤 서재를 나서 침실로 향하기 전, 174517은 하루의 마지막 일과로 담뱃재와 꽁초가 가득한 재떨이를 비웠다. 투명한 유리 재떨이를 깨끗이 물로 헹궜다. 역시 3년째 변함없이 되풀이하고 있는 일이었다.

174517은 천천히 담배를 태웠다. 어떤 마음의 준비가, 일종의 결심이 필요했다. 재떨이에 담배를 비벼 끄고 자리에서 일어섰다. 174517은 책상 위의 신문과 잡지를 집어 들고 다시 소파로 돌아왔다.

신문을 펼치기 전, 174517은 잠시 어제저녁을 떠올렸다. 주말이었던 어제 174517은 가족들과 기쁜 마음으로 저녁 식사를 함께했다. 오붓하고 화목한 시간이었다. 그러한 시간이 174517에게 모처럼 주어진 것은 아니었다. 결혼 후에도 31년째 함께 살고 있는 팔십대 노모, 딸과 사위, 대학생 아들, 아내 그리고 아내의 정성과 솜씨로 차려진 풍요로운 식탁. 어제는 특별히 반가운 소식이 있었다. 근처에 살고 있는 딸과 사위는 가족에게 임신 소식을 전했다. 결혼한 지 5년째인 서른 살의 딸이 이제야 아기의 엄마가 된다는 소식에 174517의 노모와 아내는 환한 미소를 지으면서도 눈시울을 붉혔다. 딸은 대학연구소 소속의 식물학자였고, 딸과 마찬가지로 생물학 학위를 가진 사위는 제약회사에 근무하고 있었다. 증손주의 탄생이 예고된 것에 감격한 노모가 유난히 많은 얘기를 한 저녁이었다. 174517은 2주에 한 번쯤 가족들과 그처럼 긴 저녁 식사 자리를 가졌다. 근처에 살고 있는 역시 팔십대인 아내의 노모, 174517의 장모가 자리를 함께할 때도 많았다. 같은 도시에서 오랜 시간 친분을 나눠 가

162

족과 다를 바 없는 지인들도 스스럼없이 어울렸다. 내년 이맘때면 딸의 아기, 174517의 손자 혹은 손녀가 식탁의 한 자리를 차지하고 있을 것이었다.

식사를 마칠 즈음 사위는 174517에게 아기의 이름을 지어달라 부탁했다. 그건 무척 자연스러운 부탁이었다. 그러나 아직 먼 일이었음에도 174517은 그것이 부담스럽게 느껴졌다.

테이블 위에는 두 종류의 이탈리아 신문, 며칠 늦게 받아보는 독일 신문과 주간지, 미국 주간지 등이 놓여 있었다. 174517은 셔츠 주머니에 걸쳐둔 안경을 꺼내려다 말았다. 174517이 마음의 준비를 하고 접해야 하는 기사는 아마 독일 신문이나 주간지에서 발견될 것이었다.

나흘 전, '그 장례식'이 있었다. 그 장례식은 오스트리아 빈에서 치러졌고, '그 죽음'은 일주일 전 오스트리아 잘츠부르크의 한 호텔에서 일어났다. 죽음은 일어나는 것인가, 174517은 생각했다. 그 죽음은 일주일 전 오스트리아 잘츠부르크의 한 호텔에서 벌어졌다. 벌어진다는 표현 역시 회의적이었다. 그러나 그 죽음은 일어나고 벌어진, 명백한 '사건'으로 세계적인 뉴스거리가 되고 있었다. 그 사건으로 인해 자신에게도 무슨 일인가 일어났고 벌어졌다는 것을 174517은 알고 있었다. 결국 그럴 수밖에 없다는 것을 잘 알고 있었다.

그 장례식의, 그 죽음의, 그 사건의 '주인공' 사진이 어제 읽지 못한 독일 신문에 실려 있었다. 언젠가 역시 독일 신문을 통해 본 적이 있는 사진이었다. 벗겨진 머리, 여러 겹 주름진 이마, 늘어진 눈꺼풀 아래 커다란 눈, 그 눈은 생각에 잠긴 것도 같았고 상대를 응시하는 것도 같았다. 이런 얼굴을 가졌던, 이런 표정을 지었던 한 인간이 66세의 나이로 자살했다. 2년 전 이미 한 차례의 자살 시도가 있었고, 그 경험을 바탕으로 그는 죽음에 대한 사유를 피력한 책을 출간하기도 했다. 주인공의 사진 밑에 작은 크기의 사진이 한 장 더 실려 있었다. 신문 기사는 장례식 소식을 전하고 있었고, 사진은 빈의 중앙 묘지에 조성된 그의 무덤을 촬영한 것이었다. 묘비가 남달랐다. 돌을 네 모반듯하게 다듬거나 어떤 형상을 조각하지 않고, 마치 바위산을 작게 축소해놓은 듯 거친 자연석을 그대로 사용한 묘비였다. 험준한 바위산을 닮은 묘비였다. 묘비 가운데 이름과 생몰 연대가 새겨져 있었고, 그 아래 작은 크기의 글자들이 한 줄 덧붙어 있었다.

한 줄, 174517은 그제야 안경을 꺼내 썼다. 신문 기사의 흑백 사진 상으로는 알아보기 힘든 작고 희미한 글자들, 몇 개의 알파벳과 숫자가 나열된 한 줄. 사진의 캡션이나 기사의 내용에는 그 한 줄에 대한 언급이 없었다. 그것은 주인공의 업적이나 유언을 표기한 것이 아니었다. 죽음을 애도하는 비문은 더더욱 아니었다. 돋보기를 들이댄다 해도 정확히 알아보기 힘든 한 줄, 그러나 174517은 직감적으로 그 한 줄을 정확히 알아보았다. 다른 무엇일 수 없었다.

'아우슈비츠 172364'

그 장례식의, 그 죽음의, 그 사건의 주인공은 172364였다.

172364는 1944년 1월에 폴란드 아우슈비츠 수용소로 이송되었다. 174517은 한 달쯤 뒤인 1944년 2월에 이송되었다. 오스트리아 빈 출신의 172364는 당시 32세였고, 이탈리아 토리노 출신의 174517은 25세였다.

수용소에 도착하자마자 이루어진 '선별'에서 수많은 유대인들이 노동 부적격자로 지목되어 곧바로 가스실로 끌려가 죽음을 맞았다. 강제 노역이 결정된 유대인들은 옷과 소지품을 모두 빼앗기고, 머리칼을 잘리고, 벌거벗겨진 채 팔뚝에 수인번호 문신을 새겼다. 문신을 새기지 않았을 뿐, 옷과 소지품을 모두 빼앗기고 머리칼을 잘린 것은 가스실에서 죽음을 맞이한 이들도 마찬가지였다.

수용소 초기에는 날카로운 펜촉으로 일일이 잉크를 찍어 문신을 새겼다고 했다. 그러나 대량 이송으로 유대인이 수백 수천명씩 아우슈비츠에 도착하자, 나치는 숫자를 활판인쇄용 금속 활자로 만들어 신속하게 문신을 새겼다. 문신용 활자가 인쇄용과 다른 점이 있다면 양각으로 새겨진 활자의 끝이 바늘처럼 뾰족했다는 것이었다. 펀치 같은 도구에 끼워진 여섯 자리 숫자의 바늘 활자가 팔뚝의 아랫부분을 찌르던 순간을 174517은 기억하고 있었다. 자신보다 한 달 먼저 문신을 새긴 172364도 그 순간을 잊지 않았을 터였다. 팔뚝의 수인번호는 수용소 내의 이름표였고, 증명서였고, 탈출을 한다 해도 결코 벗어버릴 수 없는 영원한 수갑이자 낙인이었다.

그 여섯 자리 숫자가 172364의 묘비명이 되었다.

수용소에 들어온 후 한동안 174517은 이전의 습관대로 손목시계를 보기 위해 왼손을 들어올렸다. 시간 대신 확인하게 되는 것은 푸르스름한 빛깔로 피부 속에 박혀버린 여섯 자리 숫자였다. 빵이나 죽을 배급받을 때도, 작업반에 배치되는 절차 중에도, 무시무시한 점호 시간에도 유대인들은 수시로 팔뚝의 숫자를 내보여야 했다. 그러한 규칙이 몸에 익기까지 174517은 수없이 구타를 당했다. 172364도 마찬가지였을 것이다.

174517은 소파에서 몸을 일으켰다. 172364가 자신의 책 어딘가에 팔뚝의 문신에 대해 언급했던 것이 기억났기 때문이었다. 174517은 172364의 책들이 나란히 꽂혀 있는 책장 쪽으로 다가갔다. 문득 172364의 서재에도 자신의 책이 나란히 꽂혀 있을 거란 생각이 들었다. 174517은 172364의 책들 중 한 권을 꺼내 들었다.

책의 후반부에 문신에 대한 내용이 있었다. 174517은 소파로 돌아와 그 부분을 읽기 시작했다. 172364는 매일 아침 일어나면서 자신의 팔에 새겨진 수인번호를 본다고 썼다. 그것은 보게 될 수밖에 없는 어떤 것임을 174517도 물론 알고 있었다. 문신을 인식하는 자신의 시선이 존재에 얽혀 있는 깊은 뿌리 같은 것을 건드린다고 172364는 쓰고 있었다. "나는 매일 새롭게 세계에 대한 신뢰를 잃어버린다."* 팔뚝에 바늘 활자로 문신이 새겨진 것은 34년 전의 일이었다. 174517이 최근 문신에 대해 생각하고 있는 것은 숫자들 역시 자신의 육체처럼 늙어가고 있다는 점이었다. 손을 씻기 위해 소매를 걸을 때, 식탁 가장자리의 소금병을 집어들 때, 우편함에서 소포를 꺼낼 때, 그 오래된 숫자들은 반점이 생기고 탄력을 잃어 늘어지기 시작한 피부 표면에서 흐릿한 얼룩처럼 모습을 드러냈다. 그것이 이제 30년 전만큼 선명하지 않으며, 훨씬 덜 이물스러운 모습으로, 다소 이상하고 수상쩍은 정도의, 울퉁불퉁 빛바랜 얼룩같이 보인다는 것은 매우 의미심장한 일이었다. 때문에 숫자들은 이제 자신의 육체에 완전히 동화된, 자신과 함께 늙어가는, 자신의 온전한 일부처럼 보였다. 결코 벗어버릴 수 없는 영원한 수갑이자 낙인. 흐릿해지는 문신으로 인해 과거는 더욱 강화되는 셈이었다. 그러므로 매일 새롭게 세계에 대한 신뢰를 잃어버린다는 172364의 말은 옳은 것일지 몰랐다.

서재의 문을 두드리는 소리.

아내였다. 174517이 대답을 해도 아내는 서재의 문을 반쯤 열고는 좀처럼 안으로 들어오지 않았다. 언제나 그랬다. 들어오라 말을 해도 아내는 문 앞에서 용건을 전하거나, 차나 간식거리를 담은 쟁반을 책상 위에 놓아두고 이내 밖으로 나갔다. 언제나 그랬다. 아내 뒤에 노모도 함께였다. 오늘 오후 이네의 노모가 근처에 살고 있는 아내의 노모 집을 방문할 예정이라는 것을 174517은 이미 알고 있었다. 평소와 다름없는 그녀들만의 티타임이었다. 오늘은 예의 기쁜 소식을 전하러 딸도 제 외할머니집을 찾을 거라 했다. 임신과 출산과 육아에 대해 남자들이 알지 못하는 이야기를 조곤조곤 이어갈 터였다. 아내는 비가 내리기 시작했다고 말했다. 노모는 코트를 입고 우산을 챙겨들고 있었다. 노모는 174517의 몸이 괜찮은지 물었다. 174517은 속이 좋지 않다는 핑계를 대고 점심을 거른 상태였다. 아내는 부엌에 약과 음식을 챙겨두었다고 말했다. 174517은 명랑한 태도로 두 여자를 안심시켰다. 급하게 써야 할 원고가 있다는 말을 덧붙이며, 아내와 노모를 현관 앞까지 배웅했다.

서재의 문이 닫히고, 174517은 다시 혼자가 되었다. 담배에 불을 붙이고 창가로 다가갔다. 가늘게 빗방울이 떨어지고 있었다. 174517은 닫아두었던 창문을 열었다. 차가운 습기가 174517에게 닿았다. 문신을 새기던 바늘처럼 아프게 닿았다.

"비가 오면 우리는 울고 싶어진다." 아우슈비츠에서의 경험을 담은 자신의 책에 174517은 그렇게 썼다. 1944년 10월 폴란드 슐레지엔 지역은 이미 겨울이 시작되고 있었다. 겨울이 된다는 것은 다음 해 4월까지 유대인 열 명 중 일곱 명이 죽는다는 것을 의미했다. 며칠이나 계속 차가운 빗줄기가 무차별 주먹질처럼 고통스럽게 쏟아졌다. 우산도 장화도 수건도 없었다. 비는 언제나 절망적인 것이었다. 홑겹으로 만들어진 줄무늬 수인복 차림으로 종일 비를 맞으며 늪에 잠긴 노예처럼 일했다. 습기 와 한기가 뼛속까지 스며들었다. 진창 속을 뒹굴다 저녁에 막사 로 돌아와도 마실 물도 씻을 물도 없었다. 몸을 덥힐 불도 어둠 을 밝힐 불도 없었다. 차가운 빗줄기만으로도 얼마든지 죽음이 '일어났고 벌어졌다'. 174517은 창문을 닫았다. 비가 내릴 때면 172364도 같은 기억을 떠올렸을 것이다. 매번은 아니었다 해도 많은 경우.

174517은 172364의 책을 다시 읽으며 남은 하루를 보내야겠 다고 생각했다. 테이블 위 펼쳐놓은 신문을 덮으려다 문득 장례 식 기사의 한 문장이 174517의 시선을 붙잡았다. "그는 죽음 이 후 다시 고향으로 돌아왔다." 반감이 일었다. 부당한 문장이었 다. 악의가 없었다 해도 그것은 명백히 기만적인 문장이었다. 174517은 그 독일어 문장에 172364가 수치심과 모멸감을 느끼 고 상처를 받았을 거라 생각했다. 거친 바위산을 닮은 지독히도 무거워 보이는 묘비 아래에서. 172364의 자살이 외신으로 보 도된 다음 날, 174517은 급히 원고 한 편을 청탁받았다. 로마의 한 신문사로부터 전화가 걸려왔다. 기자는 172364의 죽음에 대 한 칼럼을 써달라 부탁했다. 174517은 정중히 청탁을 거절했다. 기자는 재차 원고를 부탁했다. 174517은 재차 거절했다. 기자는 낭패라는 듯 거절의 이유를 물었다. 정중히 물었다. 정중하고 익의 없는, 그러나 부딩한 되물음이있다. 174517은 전화를 끊을 때까지 자신이 그 되물음에 상처받았다는 것을 기자가 눈치채지 못하도록 안간힘을 써야 했다.

172364는 자신의 첫 책에서 '고향'을 상실한다는 것에 대한 긴 글을 썼다. 172364는 영원히 또 완전히 고향을 잃어버리는 삶을 살았다. 결코 되찾아질 수 없는 고향, 죽어서 고향에 묻혔다 해도 다시 고향으로 돌아왔다 말할 수 없는 고향, 그렇게 말하는 것이 기만이 되는 고향. 172364는 오스트리아 빈에서 태어나고 자랐다. 아버지는 유대인이었고, 어머니는 가톨릭 게르만이었다. 가족은 가톨릭 전통을 지키며 게르만 문화 속에서 살았다. 그렇다고 유대인의 피가 흐르고 있음을 애써 감추거나 극구 부정한 것은 아니었다. 당시나 지금이나 혈연과 종교의 복잡한 이력 속에서 유대 전통을 따르지 않고 유럽 문화에 동화되어 살아가는 유대인은 172364의 가족 말고도 얼마든지 있었다. 172364는 빈 대학에서 철학과 언어를 전공했다. 문학에도 조예가 깊었다. 물론 그 철학과 언어와 문학은 게르만의 철학과 언어와 문학이었다. 172364는 유대의 종교와 역사와 언어와 관습에 대해 아는 바가 없었다. 청년 172364에게 그 모든 것은 자신이 살아 있다는 사실처럼 지극히 자연스러운 일이었다. 독일에 나치가 집권하며 '제3제국'이 들어서고 오스트리아가 그에 합병되자, 172364는 그제야 비로소 유대인이 되었다. 유대인의 정의는 법으로 규정되었고, 유대인에 대한 차별과 탄압도 법으로 규정되었다. 172364는 유대인이 무엇인지 알지 못한 채 유대인이 되어야 했다. 유대인이 무엇인지 알 수 없었기에 유대인이 된다는 것이 불가능했음에도, 다른 나라로 도망쳐 목숨을 부지하기 위해서는 반드시 유대인이 되어야만 했다. 정체성은 뒤틀리고 일그러져 조각조각 부서져 내렸다.

그렇게 172364는 고향을 잃기 시작했다. 수많은 고향을 차례차례 완전히 잃었다. 유대인 여성과 결혼한 172364는 1938년 아내와 함께 힘겹게 벨기에로 망명했다. 떠나오기 전부터 고향은 단호한 태도로 172364의 존재를 부정했다. 하루아침에 다른 무언가가 되어버린 것처럼, 고향은 172364에게 너의 고향은 나일 수 없다고 냉정하게 선언했다. 172364가 살아온 게르만의 시간은 송두리째 부정당하고 뿌리째 뽑혀 조롱거리가 되었다. 더러운 유대인인 너는 본래 여기에 있어서는 안 되는 존재였다고, 이것은 결코 네 것일 수 없었던 것이라고. 고향이란 비단 태어나고 자란 도시만을 의미하는 것이 아니었다. 모든 정서적 고향들이 172364를 거부했다. 172364가 지닌 게르만의 습성, 윤리, 도덕적 가치, 세계에 대한 인식마저 고향의 자격으로 172364를 부정했다. 유년과 추억, 사랑과 우정, 철학과 문화와 예술, 자연과 기후마저 그 전과는 같은 것일 수 없었다. 한 인간의 지성과 정신의 근간을 이루는 그 모든 고향을 상실한다는 것. 무엇보다 언어, 언어, 언어라는 고향. 172364의 모어(母語)는 독일어였고, 그토록 결정적 고향인 모어는 온갖 험악하고 섬뜩한 표현들을 동원해 172364를 공격하고 멸시하고 저주했다.

174517은 잠시 읽던 책을 테이블 위에 내려놓았다. 빗소리가 거세지고 있었다. 174517은 안경을 벗고 눈을 감았다. 결코 빛 바래지 않은 화면이 눈꺼풀 안쪽을 메웠다. 빗물로 무겁게 덩이 져 끈질기게 나막신에 엉겨 붙던 얼음처럼 차디찬 진흙 덩어리. 강제수용소의 모든 것이 결국 그런 모습을 하고 있었다. 굶주림도 공포도 절망도, 속수무책 그 진흙 덩어리 같은 모습으로 다가왔다. 적의도 폭력도 통증도 죽음도 희망도 바로 그런 모습이었다. 신으로 하여금 빚어 인간을 만들라 하기엔 너무나 차갑고 더럽고 무겁고 묽게 미끄덩거리는 진흙 덩어리. 그 선명한 이미지가 34년 전의 기억이라는 것은 조금도 중요하지 않았다.

물론 172364만이 고향을 잃어버린 유대인은 아니었다. 모두가 고향을 잃었다. 전쟁 동안 학살당한 6백만 명의 유대인이 고향을 잃었다. 실제 태어나 살아온 고향은 물론 그 모든 복합적인 의미를 가진 유형무형의 고향까지. 기적처럼 살아남은 유대인도 고향을 잃었다. 고향을 잃은 대가로 살아남은 건지도 몰랐다. 172364의 주장처럼 유대인에게 있어 고향 상실이란 영원히 되찾을 수 없는, 귀환도 복원도 대체도 불가능한 완전무결한 상실이었다. 지독한 향수, 무서운 환멸, 자기 연민 그리고 자기 파괴라는 부조리한 수순.

174517은 자신이 고향을 거의 잃지 않은 아주 예외적인 유대인임을 잘 알고 있었다. 짧은 기간의 빨치산 활동, 체포되어 아우슈비츠에서 보낸 1년, 무사히 생환하기까지의 지난한 여정, 몇몇 고향은 도저히 잃지 않을 수 없었다. 그러나 174517이 2년 여 만에 자신이 태어나고 자란 토리노 땅을 다시 밟았을 때, 이 오래된 도시는 174517을 부정하거나 저주하지 않았다. 어머니 라는 고향이 가장 먼저 174517을 품에 안았다. 가족과 친지라는 고향이 온전히 174517을 맞아주었다. 폭격에도 거의 손상을 입 지 않은, 174517이 태어나 평생을 살아온 집과 떠나기 전 모습 그대로인 자신의 방은 무엇보다 확고한 실체를 가진 고향이었 다. 화학이라는 고향 역시 우여곡절 끝에 174517을 다시 받아주 었다. 자연과학은 그 어떤 상황에서도 항상성을 유지하는 진리 의 고향이었다. 귀향 후의 나날, 174517은 음식과 날씨와 풍광 역시 사무치는 고향이라는 것을 깨달았다. 이후 174517은 없던 고향을 새로 갖게 되는 경이로운 경험을 하게 되었다. 아내는 새로이 174517의 영원한 고향이 되어주었다. 긴 터울을 두고 태 어난 딸과 아들은 174517을 고향으로 삼는 새로운 고향이었다. 그리고 글쓰기. 과학자의 삶을 꿈꾸었던, 보고서의 문장만을 다 루었던 174517에게 작가라는 새로운 우주의 고향이 펼쳐졌다.

그리고 언어, 언어, 언어라는 고향. 기초적인 수준의 독일 어를 알고 있던 174517이 독일어를 마스터한 것은 역설적이게 도 강제수용소에서였다. 유대인들 위에 군림하며 잔인한 지배 자 노릇을 했던 독일인 죄수와 나치 친위대원 들, 그들이 내 뱉는 고압적인 명령어와 거친 욕설과 퇴행적인 은어를 통해

174517의 독일어 실력은 날로 향상되었다. 174517에게 독일어
란 살아남기 위해 익혀야만 했던 악마의 언어였다. 상대적으
로 수용소 내 소수 언어에 속했던 174517의 모어인 이탈리아어
는 크게 훼손당하지 않았다. 어렵게 이탈리아 동료들이 모일 때
면 얼마 되지 않은 물로 함께 목을 축이듯, 간절히 아끼며 모어
의 단어를 발음하고, 소중히 음미하며 모어의 문장을 구사했다.
174517은 기적처럼 주어진 짧은 시간 동안 이탈리아 동료와 중
세 이탈리아 시인의 시를 주거니 받거니 암송했던 기억에 대해
자신의 책에 썼다. 그토록 결정적 고향인 모어는 174517로 하여
금 아우슈비츠에서 자신이 아직 인간임을 일깨워주었다.

　그러나 172364는 그럴 수 없었다. 172364는 당연하게도 수
용소의 공식 언어인 독일어를 완벽하게 알아듣고 완전히 이해
했다. 철학으로, 문학으로, 가슴 깊이 사랑했던 아름다운 모어
가 추악하고 끔찍하게 타락하는 모습을 172364는 낱낱이 지켜
봐야 했다. 가장 견딜 수 없는 것은 자신을 거부하고 저주한 그
고향의 언어로 계속해서 사고하고 판단하여 죽음으로부터 스스
로를 지켜야 한다는 사실이었다. 172364는 자신의 책에서 수용
소의 황량한 풍경을 바라보다 문득 읊조렸던 독일 시인의 시 한
구절에 대해 얘기했다. 한때 즐겨 암송했을 그 시가 그 순간 자
신에게 아무런 감흥도 불러일으키지 않았다는 냉담한 불모의
경험에 대해 172364는 썼다. 또한 172364는 수용소의 신참 독
일 유대인이 직업을 묻는 친위 대원의 질문에 너무도 어리석은

정직함으로 '독문학자'라 대답한 뒤 무참히 구타를 당하는 장면을 목격한 것에 대해서도 썼다.

여러 가지가 달랐다. 174517은 그렇게 생각했다. 고압 전류가 흐르는 철조망에 둘러싸인 같은 수용소에서, 빡빡 깎인 머리에 더러운 줄무늬 수인복을 입고 굶주림과 중노동에 시달리며 서로 구분되지 않는 모습을 하고 있었지만, 같은 시간을 지나 거대한 죽음의 공장에서 살아남은 소수의 생존자가 되었지만, 172364는 감히 자신과 비교 대상이 아니라고 174517은 생각했다.

172364는 당시 32세였고, 기혼자였고, 이미 벨기에로의 망명과 프랑스에서의 체포와 탈출을 경험했고, 다시 벨기에로 잠입해 반나치즘 레지스탕스 활동에 참여한 강인한 투사였다. 172364는 자신의 책에서 아우슈비츠에 수용된 지식인들의 치명적인 나약함에 대해 말하고 있지만, 172364는 분명 지적으로 엄격히 단련되어 있었으며, 치열한 내적 투쟁의 방법 또한 알고 있었다. 그에 비하면 당시 25세의 자신은 순진한 애송이에 불과했을 뿐이라고 174517은 생각했다.

아우슈비츠로 이송되기 전, 172364는 브뤼셀에서 독일 게슈타포에 의해 체포되어 끔찍한 고문을 당했다. 고문으로 인해 172364는 자신의 육체라는 최후의 고향마저 상실하는 경험을 한 셈이었다. "팔이 탈구된 채로 매달아놓고 거꾸로 된 내 몸에 황소 고삐를 내려치던 다른 사람들은 누구였는가?"* 그러나 172364는 자신의 글에서 고문에 대해 말할 때면 과장하지 않도록 스스로를 자제해야 한다고 되뇌었다. 과연 172364의 글은 희생자연 자기 연민의 값싼 감상을 한 치도 용납하지 않았다. 냉정하게 절제하며 철저하게 고발한「제3제국 고문의 사회학」, 그 글은 발표 당시 유럽사회를 충격에 빠뜨렸다. 172364의 지독한 이성적 태도가 반박하고 싶어 한 대상은 미국으로 망명한 독일 유대인 여성학자의 '악은 평범하다'는 명제였다. 172364는 악이 결코 평범하지 않다는 것을 안전한 망명지에서 접한 풍문이나 전범 재판소의 방청석에서 들은 판결문이 아닌, 자신의 육체가 경험한 진실로써 입증하려 했다. "고문 속에서 무너진 세계에 대한 신뢰는 다시 얻어지지 않는다."*

빗소리였다. 아니, 빗소리와 함께 서재의 문을 두드리는 소리가 들렸다. 아들이었다. 스물한 살의 아들은 아내와 달리 스스럼없이 174517의 서재를 드나들었다. 아들은 174517의 모교이기도 한 이 도시의 대학에서 물리학을 전공하고 있었다. 화학 전공자였던 174517은 1941년 대학을 수석으로 졸업했다. 그러나 파시스트 정권이 선포한 인종법에 따라 취업 자체를 금지당했다.

귀갓길에 비를 맞은 아들의 머리칼과 어깨가 젖어 있었다. 휴일임에도 아들은 오전에 자전거를 타고 학교로 향했다. 과학도인 아들은 학생들끼리 주최한 세미나에 다녀온 참이었고, 세미나에서 논의된 몇몇 주제를 과학자인 아버지에게 간략히 설명했다. 아들은 언제나처럼 174517의 책장에서 과학 서적들을 살펴보다 독일어판 책 한 권을 꺼내들었다. 아들의 머리칼과 어깨가 비에 젖어 있었다. 조금도 비참해 보이지 않았다. 174517은 아들의 이름을 불렀다. 아들이 뒤를 돌아보며 대답했다. 174517이 부른 아들의 이름은 아들의 이름이 아니기도 했다.

운이 좋았다는 것. 지난 30여 년간 운이 좋았던 덕분에 살아남을 수 있었다는 얘기를 자신이 몇 번이나 했는지 세어본 적은 없었다. 수용소 생활의 후반부, 174517은 화학자라는 전력이 증명되어 독일인들과 함께 '실내'에서 일할 기회를 얻었다. 물론 174517이 그곳에서 확인한 것은 독일인들에게 자신은 결국 복잡한 화학 공식을 암기하고 있는 매우 이례적인 '더러운 짐승'이라는 사실뿐이었다. 그러나 그럼에도 불구하고 174517은 종일 무거운 돌덩이를 져 나르는 노동에서 한동안 벗어날 수 있었다.

그리고 한 사람, 174517을 말 그대로 '살려준' 한 사람. 파손된 벽을 수리하는 소란스러운 공사장에서 174517은 우연히 이탈리아의 고향 사투리를 듣고 소스라치게 놀랐다. 당시 아우슈비츠에는 대규모 수용소의 운영과 유지를 위해 많은 외국인 노동자들이 값싼 임금에 고용되어 있었다. 대부분은 폴란드를 비롯한 동유럽 국가의 노동자들이었다. 그들 틈에서 174517은 자신보다 열다섯 살 위의 이탈리안 벽돌 제조 숙련공을 만나게 되었던 것이다. 외국인 노동자들 역시 줄무늬 수인복의 유대인들을 경멸하고 천시했다. 노동의 피로와 타지 생활의 힘겨움을 더러운 짐승에 불과한 유대인들에게 욕설을 퍼붓는 것으로 해소하는 경우가 많았다. 그러나 벽돌공은 174517을 고향 사람으로, 짐승이 아닌 인간으로 대했다. 얼마 지나지 않아 벽돌공은 자신에게 배급된 음식을 일정량 남겨 매일 밤 174517에게 몰래 가져다주었다. 나치 친위대원들에게 들킨다면 목숨을 빼앗길 일이었다. 벽돌공은 자신의 낡은 옷가지를 건네주기도 했다. 자신의 부주의로 숨겨두었던 음식에 모래가 섞여버린 것을 미안해하기도 했다. 그는 174517이 쓴 편지를 이탈리아의 가족들에게 보내주었다. 공식적인 확인은 불가능했지만 174517은 고향의 가족으로부터 편지를 받은 아우슈비츠의 유일한 유대인이 되었다.

종전 후 집으로 돌아온 174517은 건강을 회복한 뒤 벽돌공의 고향 마을로 그를 찾아갔다. 벽돌공은 174517의 감사와 답례에 난색을 표했다. 그는 자신이 행한 선행을 선행이라 생각하고 있지 않았다. 학교 교육을 받은 적 없는, 간신히 문맹을 면한 정도인 그는 그저, 그냥, 당연히, 그런 단어만을 어눌하게 되풀이할 뿐이었다. 사명감이니 자부심이니 인류애 같은 단어가 사전에 등재되어 있다는 것 자체를 알지 못하는 사람 같았다. "사람이 서로 돕지 않는다면 우리가 왜 세상에 있는 거지?" 그날, 과묵한 벽돌공이 유일하게 구사한 긴 문장이었다. 신실한 종교인도 고상한 지식인도 아닌 벽돌공이 진심을 말하고 있다는 것을 174517은 온전히 느낄 수 있었다. 몇 년 지나지 않아 벽돌공이 알코올중독과 결핵으로 고생하고 있다는 소식이 들려왔다.

174517은 그를 병원에 입원시켜 치료를 받게 했다. 그러나 병세가 악화된 벽돌공은 사십대 나이에 세상을 떠났다. 174517은 1957년에 태어난 아들에게 그 벽돌공의 이름을 붙여주었다. 그에 앞서 1948년에 태어난 딸은 이미 벽돌공의 이름을 여성 명사화시킨 이름을 갖고 있었다.

그러나 운이 좋았다는 것. 운이 좋았다는 것을 인정해야 할 때의 열패감, 수치심과 부채감. '자격 없음'이라는 스스로에 대한 의구심. 위축과 회환과 자책. 애초부터 은혜로운 기적이나 영광스러운 환희 따위와는 어울리지 않았던 홀로코스트 생존자라는 타이틀.

독일의 패전이 확실해진 1945년 1월, 연합군의 침공을 피해 아우슈비츠 수용소 전체에 '퇴각' 명령이 떨어졌다. 독일군은 수용소의 학살 증거들을 서둘러 은폐하고, 수많은 유대인 수인들을 전부 인질로 끌고 갔다. 유대인들은 허약해질 대로 허약해진 몸으로 눈보라가 휘몰아치는 겨울 들판을 몇 날 며칠 걸어야 했다. 뒤처지는 이들은 마구잡이로 학살되었다. 독일에 인접해 유대인들은 덮개가 없는 화물차에 실렸다. 역시 많은 이들이 목숨을 잃었다. 그들은 다시 독일 내 다른 강제수용소로 보내졌다. 그토록 참혹한 퇴각 행군에서 살아남은 인원은 처음 수용소를 떠날 때의 20퍼센트 정도에 불과했다.

174517은 그 행군 대열에 끼지 않았다. 퇴각 명령이 떨어지기 얼마 전, 174517은 전염성 질환에 걸려 수용소의 병동에 머물게 되었다. 허울뿐인 병동에는 시체나 다름없는 환자들이 우글거렸고, 치료라는 것을 전혀 기대할 수 없었지만, 그것은 174517에게 또 한 번 운명적이라 할 수 있는 행운이었다. 174517은 살아남았고, 얼마 지나지 않아 연합군 소속의 소련군에 의해 강제수용소의 빗장이 풀렸다.

그 죽음의 퇴각에서 174517은 수용소에서의 모든 고통을 함께 나누었던 형제와도 같은 친구를 잃었다. 친구가 어디에서 어떻게 죽었는지는 끝내 알 수 없었다. 한편 예의 퇴각 행군에서 살아남아 독일의 강제수용소에서 종전과 해방을 맞은 유대인 가운데 바로 172364가 있었다. 몸무게 45킬로그램의 172364는 자신이 게슈타포에 의해 체포되었던 브뤼셀로 향했다. 그를 기다리고 있는 것은 지인의 집에 숨어 있던 아내가 병사했다는 소식이었다. 172364로 하여금 계속되는 지옥을 오롯이 견디며 통과하게 했던 재회에 대한 간절한 희망. 172364는 자신의 삶의 유일한 기대로 남았던 아내라는 고향마저 잃었다.

몇 년 후 저널리스트 겸 에세이스트로 활동하기 시작한 172364는 자신의 이름을 개명했다. 원래 이름은 전형적인 독일식 이름이었다. 172364는 자신의 성(姓)의 알파벳 철자를 거꾸로 조합해 새로운 프랑스식 성을 만들었다. 이름 역시 전형적인 프랑스식 이름으로 골랐다. 이름이라는 고향을 자처해버린 것으로 172364는 자신의 운명과 게르만의 범죄를 위악적으로 조롱한 셈이었다. 그러나 그 조롱은 전쟁 이후 그가 선택할 수 있었던 유일한 존엄이기도 했다. 이후 172364의 오스트리아 국적이 회복되었지만, 172364는 계속 벨기에에 머물렀다. "고문을 당했던 사람은 고문당한 대로 머무른다."* 시간은 흘렀지만, 172364는 머물렀다. 유럽 여러 나라에서 172364의 책이 출간되기도 했다. 독일의 지식인들이 수여하는 상을 받기도 했다. 그러나 172364는 머물렀다. 1978년 10월, 172364는 자신의 저서 낭독회가 열리는 오스트리아 잘츠부르크에서 자살했고, 자신이 태어난 빈에 묻혔다. 174517은 172364가 결코 고향으로 돌아온 것일 수 없다고 생각했다.

아들은 책 몇 권을 가지고 제 방으로 돌아갔다. 174517이 아우슈비츠에서 돌아와, 짐승에서 인간으로 변모하길 바라며 잠들던 그 방이 현재 아들의 방이었다. 다시 혼자가 된 174517은 서재의 책상 앞에 앉았다. 서재는 174517의 고향이었다. 비유적인 표현이 아니라 실제 이 방은 174517이 태어난 장소였다. 노모의 말에 따르면, 174517은 59년 전 서재의 책상이 놓인 바로 그 자리에서 태어났다고 했다. 수용소에 끌려갔다 돌아오기까지의 2년여를 제외하고 174517은 평생을 이 집에서 살았다. 자신의 정확한 고향 위에 앉아 174517은 벽돌공을, 수용소의 친구를, 172364를 생각했다. 모두 죽었다. 아우슈비츠에서 살해당한 유대인의 수는 백만 명이 넘었다. 창밖에서 쉼 없이 빗소리가 들려왔다. 어느덧 저녁이 멀지 않은 시간이었다.

밤이 되었다. 비는 그쳐가고 있었다. 174517은 다시 서재로 돌아왔다. 아내와 노모와 아들과 함께한 저녁 식사 자리에서 여전히 화제는 딸의 아기였다. 임신 소식을 들은 174517의 장모 역시 기쁨을 감추지 못했다고 했다. 174517은 172364의 죽음에 대해 가족들에게 말하지 않았다. 가족들은 물론 174517의 가까운 지인들 모두 174517의 책을 빠짐없이 읽었다. 딸과 아들은 자신의 이름이 누구의 이름이며 어떤 의미를 가진 이름인지 잘 알고 있었다. 그러나 내년에 태어날 손자 혹은 손녀에 대해 말한 뒤, 곧이어 172364가 수면제를 먹고 자살한 정황이며, 예의 여섯 자리 숫자가 묘비명이 되었다는 얘기를 하는 것은 불가능한 일이었다. 비록 내년에 태어날 아기 역시 174517과 172364와 마찬가지로 유대인이라는 것이 분명한 사실이라 해도.

구석의 작은 스탠드 조명만을 밝혀둔 서재는 어두웠다. 174517은 천천히 서재 안을 서성였다. 두 달 남짓 남은 올 한 해는 174517에게 특별히 풍요롭고 영광스러운 한 해였다. 화학 공장의 고문직마저 사임하고 온전한 전업 작가로 살았다. 174517이 올해 출간한 소설은 지난여름 권위 있는 문학상을 수상했다. 이미 여러 언어로 번역이 결정되었다. 그 소설은 언제나 174517의 이름 앞에 붙는 '아우슈비츠 생존 작가' '증언 문학'이란 수식어 이상의 것을 증명해 보인 작품이었다. 숙련된 기계 조립공인 주인공이 치열한 노동 현장을 모험가처럼 누빈다는 내용으로, 소설은 노동을 통해 자아를 실현하려는 인간의 특성을 심오하게 형상화했다는 평가를 받았다. 작품 속에는 강제수용소도 가스실도 등장하지 않았다. 하지만 174517은 알고 있었다. 자신으로 하여금 그 소설을 쓰게 만든 것은 다름 아닌 34년 전의 가혹하고 끔찍한 강제노동이었다는 것을. 죽음의 수용소가 능멸하고 훼손한 노동의 의미와 가치를 바로잡고 싶다는 욕망이 그 작품을 존재하도록 한 것이었다. 174517은 고향을 거의 잃지 않은 지극히 예외적인 유럽의 유대인이었다. 그러나 174517은 어쩌면 아직까지 수용소에서 돌아오지 못한 유대인일 수도 있었다.

174517은 서재의 창문을 열었다. 비는 거의 그쳐 있었다. 차가운 습기가 174517에게 닿았다. 34년 전의 바로 그 차가운 습기일지도 몰랐다. 174517은 창턱에 얼룩 한 점 없이 깨끗이 헹군 재떨이를 올려놓았다. 그리고 담배에 불을 붙인 다음 꺼지지 않도록 최대한 주의를 기울여 재떨이 위에 담배를 올려놓았다. 174517은 자신의 자리라 할 수 있는 1인용 소파에 앉았다. 그리고 어두운 창가에서 흰 담배가 홀로 타들어가는 모습을 지켜보았다. 사진 속 172364는 거의 매번 손에 담배를 쥐고 있었다. 1970년대 초반 174517과 172364는 몇 차례 편지를 주고받았다. 172364는 수용소 당시의 174517을 기억하고 있었다. 그러나 174517은 172364를 전혀 기억하지 못했다. 172364는 174517이 수용소에 들어온 직후 몇 주간, 자신과 같은 블록에 머물렀다는 것을 일러주었다. 174517은 처음 몇 주의 자신을 사리분별

183

이 불가능한 겁에 질린 풋내기로 기억하고 있을 뿐이었다. 둘은 편지에 서로의 책에 대한 애기를 썼고, 수용소에서 가깝게 지냈던 각자의 동료들을 혹시 서로 알고 있는지 물었다. 둘은 직접 만날 수도 있었다. 벨기에와 이탈리아의 중간쯤 되는 곳에서, 독일의 어느 도시에서 만날 수도 있었다. 우선 담배를 피우며 커피를 마셨을 것이다. 악수를 나누는 것은 어색한 일이었을까, 서로의 팔뚝의 번호를 보고 싶어 했을까. 문득, 어둠 속에서 흰빛이 다가왔다. 활짝 열어둔 밤의 창밖에서, 홀로 타들어가는 담배 연기 속에서, 어디선가 흰빛이 일렁이며 가까이 다가왔다. 174517이 명확히 기억하고 있는 172364의 문장들 중 하나는 이것이었다. "나는 인간이 되기가 어려웠기에, 그 어떤 비인간도 되지 않았다."* 이내 흰빛이 174517에게 닿았다. 그러자 174517이 사라지기 시작했다. 수용소의 진흙 구덩이 속으로가 아닌, 시체 소각장의 굴뚝 속으로가 아닌, 결코 그곳이 아니길 바랄 뿐이었다. 그러나 진흙 구덩이 속으로 굴뚝 속으로 사라진 사람들 역시 그것이 아니길 바란 것은 마찬가지였다. 간절히 다른 사라짐이길 바랐다. 174517은 이 사라짐의 기분 좋은 공포를 잘 알고 있었다. 172364도 틀림없이 그러했을 터였다. 둘은 직접 만날 수도 있었다. 그러나 둘 다 그렇게는 되지 않을 거라는 걸 예감하고 있었다. 흰 담배가 스스로 재를 떨구었다. 흰빛이 눈처럼 174517에게 내렸다. 174517은 수용소에서의 처음 몇 주, 자신의 곁을 스쳐 지나갔을 172364의 얼굴을 기억해보려 애썼다.

이윽고 담배가 꺼졌다. 서재 안은 여전히 어두웠다. 잠시 누군가 다녀간 것도 같았다.

* 이 글에 인용된 172364의 문장은 장 아메리의 『죄와 속죄의 저편』(도서출판 길, 2012) p. 81, p. 82, p. 91, p. 186, p. 196에서 가져왔다.

8

X는 어느 날 ……

레오 카락스
영화감독, 프랑스, 1960~

2010년 1월 XX일, 프랑스 마르세유

복화술

X는 항구의 선착장을 서성였다. 하늘은 구름 한 점 없이 맑았으나 바다로부터 불어오는 바람은 차고 거셌다. 열을 맞춰 정박해 있는 수십 척의 요트가 넘실대는 파도를 따라 동요하듯 들썩였다. 갈매기들이 어지럽게 머리 위를 날았다. 끼룩대는 울음소리가 영화 속 효과음처럼 들려왔다. 옛 감옥이 있는 섬으로 가는 오후 2시 편 쾌속선은 결항이었다. X는 3시 30분 탑승권을 코트 주머니에 넣은 채 선착장 주변을 서성이고 있었다.

X가 파리에서 테제베를 타고 마르세유에 도착한 것은 그제 밤늦은 시간이었다. 영화제 행사나 휴가 등으로 칸과 니스는 여러 차례 방문했지만 인접한 마르세유는 초행이나 다름없었다. X가 충동적으로 마르세유를 선택한 이유는 그저 파리에서 멀리 떨어져 있는 곳이기 때문이었다. 당연히 파리보다 춥지 않을 거란 기대도 있었다. 파리를 출발한 기차는 남쪽으로 약 8백 킬로미터를 달려 세 시간 후 마르세유에 닿았다. X는 곧바로 시내의 호텔에 들었다. 룸서비스로 술을 마시고 다음 날 늦게까지 호텔방에 머물렀다. 오후에 밖으로 나와 식사를 하고 부근을 둘러보았다. 날은 흐렸고 기온은 기대만큼 높지 않았다. 파리에서 전화 몇 통이 연달아 걸려왔다. 신물이 나는 대화가 오갔다. X는

이내 호텔로 돌아왔다.

오늘 점심 무렵 X는 처음 바닷가로 나왔다. 한겨울인 탓이기도 했지만 파리나 니스에 비하면 확실히 관광객이 적었다. 항구와 가까운 레스토랑에서 간단히 식사를 했다. 몸집이 큰 배들은 높은 파도에도 기세 좋게 고동 소리를 울리며 항구를 드나들었다. 전화기는 어제와 달리 조용했다.

배로 20분 거리에 작은 섬이 있었다. 과거 섬 전체가 감옥으로 사용되었던 곳으로, 19세기 유명 소설의 배경이 된 곳이었다. 호텔 로비에 비치된 마르세유 관광 안내 팸플릿에 섬과 소설에 대한 설명이 있었다. 선량한 주인공이 억울한 누명을 쓰고 절해고도의 감옥에서 14년이나 옥살이를 하다 극적으로 탈출해 일확천금을 얻은 뒤 자신을 모함한 자들을 복수로 응징한다는 내용의 소설. X가 흥미를 가져본 적 없는 작품이었다. 유난히 드라마틱한 낭만주의 고전을 포함해 X는 특정 소설을 영화로 옮기고 싶다는 생각을 지금껏 한 번도 해본 적이 없었다. 물론 자신의 취향과 상관없이 19세기 소설들은 여전히 반복해 영화로 만들어지고 있었다. 항구에 도착했을 때만 해도 '감옥 섬'에 가보고 싶은 마음 따윈 없었다. 겨울의 지중해를 바라보며 줄담배를 피우고 싶을 뿐이었다. 식사를 마치고 선착장을 서성이다 X는 섬으로 가는 2시 배편이 높은 파도로 결항되었다는 것을 알았다. X는 다음 배편의 탑승권을 끊었다. 매표소의 직원은 배가 출항한다 해도 섬에 접안하지는 못할 거라 했다.

배가 뜨기 힘들 만큼 파도가 높다는 것, 갑자기 감옥 섬에 가보고 싶어진 이유는 그 때문인지 몰랐다. 다른 관광 팸플릿을 들춰보다 잊고 있던 소설의 몇 장면이 새삼스레 떠오른 탓일 수도 있었다. 주인공이 시체로 위장해 섬을 탈출했다는 것, 탈출 후 가명을 짓고 다른 사람 행세를 하며 복수를 감행했다는 것. X는 갑작스레 시체로 위장한 인물의 이미지에 사로잡혔다. 가명을 짓고 다른 사람이 된다는 것이 무엇인지는 이미 잘 알고 있었다. X는 열세 살에 지금의 이름을 스스로 지었다. 영화감독이 되겠다 결심했기 때문이었다.

3시 30분, 배가 출항했다. 파도가 잔잔해졌다고는 느껴지지 않았다. X는 문득 자신이 바다와 항해에 대해 지극히 무지하다는 것을 깨달았다. 감각은 낯설고 사유는 서툴렀다. 겨울 오후의 하늘과 지중해의 바다는 시리도록 투명한 푸름을 작정이라도 한 듯 펼쳐 보이고 있었다. 바람과 파도 속에서도 배가 속력을 냈다. 2, 3백 년 전, 죄수들도 배를 타고 감옥이 있는 섬으로 보내졌을 것이다. 결박당한 채 자신이 앞으로 겪게 될 고통스러운 시간이 바다 같은 공포로 다가오는 것을 느꼈을 터였다. 바다 같은 공포로 다가오는 시간. X는 1층 실내 선실을 나와 실외에 좌석이 있는 2층으로 올라갔다. 세찬 바람에 코트 자락이 펄럭였다. 예상보다 규모가 큰 배였다. 성수기엔 1, 2층 좌석이 종일 관광객들로 가득 찬다고 했다. 오늘은 3분의 1 수준이었다. 배 뒤편으로 마르세유 항구가 조금씩 멀어졌다.

작은 섬에 높은 성을 쌓기 시작한 것은 16세기 중반. 팸플릿에 따르면, 당시 섬의 용도는 지중해 저편 스페인과 이탈리아 함선들을 감시하는 전략 요새였다. 오래지 않아 요새는 감옥으로 용도가 변경되었다. 18세기 혁명기에는 정치범들이 대거 수용되었다.

항구로부터의 거리는 3킬로미터 남짓, 이내 감옥 섬이 눈에 들어왔다. 섬 가까이에 이르자 파도가 더욱 높아져 배가 어지럽게 요동쳤다. 매표소 직원의 말대로 배를 대기는 어려울 듯했다. 파도가 높아진 것이 날씨 탓인지, 섬의 특수한 지형 탓인지 알 수 없었다. 접안이 가능할 때는 배가 잠시 섬에 머무는 동안 관광객들이 감옥 내부를 둘러볼 수 있다고 했다. 겨울엔 정박하기가 불가능했고, 대신 배는 섬 주변을 천천히 돌아본 다음 다시 마르세유로 향한다고 했다. 배가 속도를 줄이자 관광객들 모두가 배의 2층으로 올라와 감옥 섬을 향해 사진을 찍기 시작했다.

흐릿한 붉은 빛이 도는 석회질의 바위들, 절벽 같은 높은 성곽과 거친 돌만으로 이루어진 황량한 섬이었다. 감추거나 가두거나, 요새로든 감옥으로든 천혜의 조건을 가졌다 할 만했다. X는 깊은 밤 커다란 자루에 담긴 시체가 섬 밖으로 내던져지는 장면을 떠올려보았다. 어두운 바닷속으로 가라앉는 자루, 바닷속에서 격렬하게 꿈틀거리며 요동치는 자루, 그 자루를 찢고 거친 파도 위로 고개를 내민 시체가 아닌 얼굴. 창살이 쳐진 감옥의 작은 창으로 14년간 매일 같이 바라본 바다, 14년 만에 처음으로 그 속에 잠겨본 바다.

쾌속선은 감옥 섬을 뒤로 하고 다시 마르세유 항구를 향해 속력을 내기 시작했다. 멀미가 나는 듯도 싶었지만, X는 여전히 배의 2층 자리에 앉아 있었다. 누군가 주저하듯 X에게 다가왔다. 어깨에 백팩을 맨 키가 큰 동양인 청년이었다. 청년은 망설이면서도 짐짓 흥분한 표정이었다.

"실례합니다. 당신, 영화배우 아닌가요? 당신이 나오는 영화를 봤는데……"

청년이 X에게 영어로 말을 걸었다. 오랜 지인이라도 만난 듯 반가운 기색이 역력했다.

(아닙니다.)

X는 고개를 저었다. 순간 자신이 영어로 대답했는지 불어로 대답했는지, 제대로 발음을 했는지 판단하기 어려웠다. 누군가와 바다 위에서 대화를 나눈 적이 있었던가.

"난 당신을 알아요. 그런데 지금, 애석하게도 당신 이름이 기억나질 않네요."

청년은 동양인답지 않은 선명한 이목구비를 가졌고, 호감을 주는 미소를 짓고 있었다. 무례하다고는 할 수 없는 태도였다.

(난 영화배우가 아닙니다.)

X는 자신이 입술을 움직이지 않고 복화술로 말하고 있다는 것을 깨달았다. 바람 소리, 파도 소리, 쾌속선의 엔진 소리, 서

로의 목소리가 제대로 상대에게 들리고 있는 것인지 확신할 수 없었다. X는 모자를 쓰고, 선글라스를 끼고, 코트 깃을 세우고, 수염을 기른 채였다. 입술을 움직이지 않고 말을 한다는 것이 차라리 어울려 보일지 몰랐다.

"분명히 그 영화에서……"

(당신, 일본인? 중국인?)

"아뇨, 난 미국인이에요. 드라마를 전공하는 대학생입니다. 캘리포니아에서 왔어요."

(사람 잘못 봤어요. 난 영화배우가 아닙니다. 그리고 영어를 잘 못해요.)

"이상하군요. 그럴 리가 없는데, 죄송하지만, 성함을 여쭤 봐도 될까요?"

X는 잠시 고개를 돌려 바다 쪽을 바라보았다. 다시 청년을 향해 입술을 움직이지 않고 열세 살 이전까지 사용했던 자신의 본명을 말해주었다.

결렬

X는 마지막 승객으로 배에서 내렸다. 동양인 청년은 또래로 보이는 흑인 여자와 함께 선착장 저편으로 사라졌다.

X는 담배를 피워 물고 걸음을 빨리 했다. 배를 타고 바다 위를 질주한 탓인지 걸음걸이의 감각이 평소와는 다르게 느껴졌다. 시내로 향하는 도중에 X는 종이와 펜을 샀다. 묵고 있는 호

텔 근처에 도착해 흡연이 가능한 카페로 들어갔다. X는 구석자리 테이블을 차지하고 커피를 주문했다. 커피를 주문할 때 역시 복화술로 말했다. 안경을 쓴 왜소한 체구의 웨이터는 별다른 반응을 보이지 않았다. 복화술로 말을 한 것은 적어도 20년 만인 듯했다.

X는 담배를 피우며 커피를 마셨다. 그리고 빠른 손놀림으로 종이에 그림을 그리기 시작했다.

누워 있는 시체, 남자였다. 남자는 날카로운 것으로 단번에 목을 찔렸다. 경동맥이 끊어지며 피가 뿜어져 나왔다. 남자가 쓰러지자 바닥에 흥건하게 피가 고였다. 누워 있는 시체, 장발에 덥수룩한 수염, 금테 안경을 꼈고, 러닝셔츠와 검은 바지를 입었다. 당신, 영화배우 아닌가요? X는 시체가 되어 누워 있는 남자 옆에 다른 남자를 그리기 시작했다. 남자, 스킨헤드에 트레이닝복을 입고 굵은 금목걸이를 했다. 눈썹 위엔 사선의 칼자국. 스킨헤드의 남자가 장발의 남자를 죽였다. 복수를 감행한 것이었다. 애석하게도 당신 이름이 기억나질 않네요. 스킨헤드는 가방에서 가위와 면도기를 꺼냈다. 자기가 죽인 남자의 머리칼을 잘랐다. 면도기로 남김없이 머리칼과 수염을 밀었다. 스킨헤드는 침착하고 능숙하게 움직였다. 시체의 안경을 벗기고 눈썹 위에 사선으로 칼자국을 냈다. 스킨헤드는 가방에서 자신이 입고 있는 것과 같은 트레이닝복을 꺼냈다. 같은 모양의 목걸이와 운동화도 꺼냈다. 스킨헤드는 시체의 옷을 벗기고 자기와 같은 옷을 시체에 입혔다. 목에 목걸이를 걸었다. 운동화를 신기고 끈의 매듭을 묶었다. 이상하군요, 그럴 리가 없는데. 시체의 손가락이 조심스럽게 움직였다. 시체는 죽지 않았다. 날카로운 것을 움켜쥔 시체의 손이 단번에 스킨헤드의 목을 찔렀다. 자신이 찔린 곳과 정확히 같은 위치를 찔렀다. 경동맥이 끊어지며 피가 뿜어져 나왔다. 스킨헤드에 의해 스킨헤드가 된 남자가 스킨헤드를 죽였다. 복수를 감행한 것이었다. 스킨헤드가 쓰러지고 바닥에 흥건하게 피가 고였다. 둘 다 목덜미를 움켜쥐고 몸을 떨며 신음했다. 둘 다 스킨헤드에 트레이닝복을 입고 굵은 금목걸이를 하고 있었다. 눈썹 위엔 사선의 칼자국.

X가 그린 남자의 얼굴은, 장발이자 스킨헤드이자 시체이자 시체가 아닌 남자의 얼굴은 X의 영화에 여러 차례 출연한 배우 V의 얼굴이었다. 다른 누구일 수 없었다. 난 영화배우가 아닙니다. X는 깊이 담배를 빨았다. 다시 웨이터를 불러 술을 주문했다. 정신없이 그림을 그리고 메모를 휘갈긴 종이를 들여다보느라, X는 이번에도 자신이 복화술을 사용했는지 어쨌는지 의식하지 못했다.

소설 속 주인공은 시체로 위장해 탈출에 성공했다. X는 자신이 수영을 할 줄 모른다는 것에 대해 잠시 생각했다.

런던에서의 영화 제작 논의가 끝내 결렬된 것은 지난 12월 중순이었다. 크리스마스를 앞두고 X는 파리로 돌아와야 했다.

파리로 돌아가고 싶지 않았으나 런던에 머물고 싶은 마음은 더욱 없었다. 돌아가고 싶지 않았고 머물고 싶지 않았음에도, X는 성수기 비행기 표를 구하느라 애를 먹어야 했다. 결국 어렵게 유로스타 표를 구해 해저터널을 통과하는 기차를 타고 파리로 돌아왔다. 예상대로 X는 최악의 연말연시를 보냈다. 지난 10년 동안 자신이 최악의 연말연시를 보냈다는 푸념을 거의 매년 반복했다는 것을 스스로도 잘 알고 있었다.

런던에서 내내 동행했던 독일 투자사의 여성 에이전트는 삼십대 후반의 유능한 커리어 우먼이었다. 지난여름 처음 만났을 때부터 그녀는 X의 오랜 팬임을 자처했다. 그런 멘트가 달갑지 않게 된 지 오래였다. 국적 불문 X의 팬을 자처하는 이들은 하나 같이 '오랜' 팬임을 강조했는데, 이는 사실 '오래전'에 팬이었음을 뜻했다. 오랜 팬의 존재는 X로 하여금 자신이 10년 넘게 영화를 찍지 못하고 있는 감독임을 초라하게 일깨워줄 뿐이었다. X는 또한 알고 있었다. 호들갑스럽게 오랜 팬임을 자처하는 그들이 그리워하고 있는 것은 정작 X의 예전 영화라기보다, 그 시절 X의 영화에 열광하던 그들 자신의 청춘이라는 것을. X는 자신을 반기는 오랜 팬들의 얼굴에서 번번이 세상에 대한 환멸과 무기력, 더 이상 청춘이 아닌 그들 각자의 불안과 피로를 엿보았다.

X는 여성 에이전트와 함께 투자사와 제작사와 배급사의 여러 관계자들을 만났다. 다양한 국적의 마케터와 은행가와 변호사

도 만났다. 그들 중 일부는 에이전트와 마찬가지로 X의 오랜 팬을 자처했고, 다른 일부는 '난 예술영화 같은 거 모릅니다' 하는 식의 장사꾼들이었다. 뜻밖에도 오랜 팬이라는 관계자들이 더 깊은 상처를 준다는 것을 X는 이미 경험을 통해 알고 있었다.

"당신은 예나 지금이나 천재지만, 어쩌겠소? 21세기는 천재의 시대가 아닌데."

"예술영화 관객층이 그야말로 급속히 줄어드는 추세라, 바로 프랑스에서 가장 그렇다는 건 잘 아시죠? 아무리 좋은 영화를 만든다 해도 그건 우리가 어찌해볼 수 있는 일이 아니니……"

"틴에이저도 유투브에 동영상 올려 하루아침에 스타가 되는 마당인데, 시나리오가 미완성이라니? 미국 돈 끌어오려면 시나리오 없이는 불가능해요. 시스템이 그래요, 시스템이!"

"아시다시피, 자기 스타일이 확실한 것과 자기 복제식 매너리즘은 다르죠."

"죄송합니다, 이 건물은 전체가 금연이라. 저도 한때 체인스모커였지만 끊고 나니 역시 몸이 좋아지더군요. 예술가가 담배 피우는 유행은 이제 완전히 끝났어요. 어딜 가나 미개인 취급받기 십상이라니까요."

그런 식이었다.

에이전트는 3개 국어에 능통했고, X와 달리 비즈니스 감각이 탁월했다. X의 줄담배에도 전혀 불평하지 않았다. 그녀를 만난 건 행운이었고, 그녀는 최선을 다했지만, 결국 일은 틀어지고 말았다. X는 자신이 적잖이 충격을 받았다는 것을 인정해야 했다. 영화 제작이 성사되지 못한 것은 이미 숱하게 겪은 일이었다. 그러나 지난 몇 개월간 X는 마지막이란 생각으로 특별한 요구 조건을 내세우지 않았고, 특별한 요구 조건을 받아들이겠다는 태도를 취했다. 비록 초고였지만 두 개의 시놉시스 중 하나는 시나리오도 완성된 상태였다. 그럼에도 영화를 찍을 수 없게 된 것이었다.

에이전트가 하루 먼저 독일로 돌아가게 되었다. 그녀의 제의로 X는 그녀가 묵고 있는 호텔의 바에서 함께 술을 마셨다.

"나도 아버지가 미국인이에요, 당신처럼. 주둔 미군……"

X는 별다른 대답을 하지 않았다. 그녀가 애써 자신과 공통점을 찾고 있다는 것을 알았지만, 영화를 찍지 못하게 된 상황에 기껏 아버지라는 단어를 입에 올리고 싶은 마음은 없었다.

"지난주에 그 대머리 프로듀서에게 당신이 했던 말, 기억해요?"

에이전트가 화제를 바꿨다. 3개 국어에 능통한 그녀였지만 불어 발음이 자연스럽다 하긴 어려웠다.

"아름다움이란 보는 사람에 따라 다른 게 당연한 거라고."

X는 자기가 그런 말을 했었나 기억하지 못했다. 자신의 오랜 팬이라는 프로듀서가 마음에 들지 않았던 기억은 분명했다. 선글라스 속 X의 눈을 뚫어져라 바라보며 그녀가 말했다.

"보는 사람이 아예 없어지면, 아름다움이 무슨 소용이죠?"

그녀가 빠르게 술잔을 비웠다. X도 추가로 술을 주문했다.

X는 파리에 있는 연인 G를 생각했다. 자신이 정식으로 입양한 G의 딸도 생각했다. G는 몇 년째 X보다 더욱 상태가 좋지 않았다. G는 시들어가고 있었다. 갈라지고 기울어지고 있었다. 무너져 내리고 있었다. 그것에 괴로워하면서도 스스로 그것을 원하고 있었다. 에이전트 식으로 말하자면, X가 지켜보고 있음에도 G의 아름다움은 아무런 소용이 없어지고 있었다.

"당신이 왜 미움을 받는 줄 알아요?"

X는 그녀가 그런 식으로 자신을 자극하는 이유를 알고 있었다.

"사랑받았기 때문이죠. 예전에, 당신이 사랑을 독차지했었으니까."

그녀를 따라 X는 순순히 그녀의 방으로 향했다.

그녀는 X의 선글라스를 벗겼다. 방은 어둡고 서늘했다. 영화 제작 결렬 기념의 섹스. 어쩌면 두 번 다시 영화를 찍을 수 없게 되어버린 것을 기념하는 섹스일지도 몰랐다. 그 기념을 G와 함께 하는 것은 분명 잔인한 일일 터였다. X는 그렇게 합리화하고 있는 자신이 딱히 역겹게 느껴지지 않았다. 다만 소리를 지르고 싶을 뿐이었다.

"여자가 다리를 벌릴 때 은밀함이 나비처럼 날아오른다."

침대 위에 누운 에이전트가 달뜬 목소리로 중얼거렸다. X의 두번째 영화 속 대사였다. 24년 전, X가 스물여섯 살에 만든 영화였다. X는 그 뒤로 그 영화를 다시 본 적이 없었다. 때문에 그것이 자신의 두번째 영화 속 대사라는 것을 그녀의 설명을 듣고서야 기억해냈다. 그녀의 손가락이 X의 목덜미를 감았다. 그래, 알아, 난 살인자야, 내 총에선 아직도 연기가 나고 있어, 네게 남은 내 흔적을 지우길 바라, 네겐 미숙함이라는 젊음의 선물이 있어. 믿어지지 않았지만 분명 X 자신이 쓴 대사였다. X는 기쁘지 않았다. 에이전트는 자신의 환상에 충실하고 있을 뿐이었다. 당신이 사랑을 독차지했었으니까.

어둡고 서늘했다. X는 소리를 지르지 않았다. 돌아가고 싶지도 않았고, 머물고 싶지도 않았다

침체

X가 열세 살 때의 일이었다. 세기의 대결이라 불리던 권투 시합에 전 세계의 이목이 집중되고 있었다. 프랑스 티브이 방송 최초로 미국에서 열리는 타국 선수들의 경기가 실황으로 중계되기에 이르렀다. 현지 시간에 맞춰 새벽에 중계방송이 예정되었다. 열세 살 X는 전에 없이 부모를 조르고 또 졸랐다. 부모는 그들의 방에 있던 낡은 티브이를 X의 방으로 옮겨주었다. 부모가 깊이 잠든 밤, X는 흑인들의 권투 시합을 끝까지 지켜보았다.

그 일이 있은 뒤로, 어쩌다 보니 티브이는 X의 방에 그대로 남게 되었다. 이후 X가 빠져든 것은 권투 시합이 아닌 영화의 세계였다. X는 밤마다 홀로 깨어 영화를 보았다. 심야에 방영되는 영화는 주로 수십 년 전 만들어진 흑백영화나 무성영화였다.

열세 살 X는 처음으로 영화에 '감독의 눈'이 존재한다는 것을, 영화보다 먼저 감독의 느낌과 감정과 생각이 존재한다는 것을 깨달았다. 자신이 보고 있는 것은 감독이 먼저 본 것이자 감독이 그렇게 보도록 만든 것임을 알았다. 열세 살 X는 오래된 영화 속 고혹적인 여인들이 빚어내는 신비한 아름다움에 압도당했다. 안개처럼 번지는 정념과 무심한 듯 냉철한 이미지에 홀리듯 사로잡혔다. X는 매일 밤 영화를 보았다. 영화 속에서 흘러나와 제 몸속으로 스며든 공기가 자신의 성분을 모두 바꾸어버리고 있음을 느꼈다. X는 어린아이로서 자신의 삶이 끝났다는 것을 알았다. 단순히 어린 시절의 종말을 넘어, X는 자신이 지금까지와는 완전히 다른 인간이 되어야 한다고 생각했다. 온전히 영화가 X를 그렇게 만들었다. X는 새로 자신의 이름을 지었다. 그리고 반드시 그 이름의 영화감독이 되어야 한다고 생각했다.

X는 복화술을 익혔다. 침묵과 반항의 시절이 도래했다. X는 입을 굳게 다물고 아주 가끔 복화술로만 말했다. X는 거울 속 복화술로 말하는 자신의 모습이 무성영화의 한 장면처럼 보이길 원했다. X는 오직 영화하고만 대화하려 했다. X는 열여섯 살에 학교를 그만두고, 열일곱 살에 혼자 파리로 갔다. 복화술로 말을 하는 외톨이 소년은 예술영화 전용 극장에서 종일토록 영화를 보았다.

영화를 볼 때면, 문득, 어둠 속에서 흰빛이 다가왔다. 영사기에 뭔가 문제가 생긴 것도, 영화를 너무 봐 눈이 멀어버린 것도 아니었다. 스크린 주변 어디선가 흰빛이 일렁이며 가까이 다가왔다. X는 맥박이 요동치는 것을 느꼈다. 극장의 어둠 속에서 흰빛이 일렁였다. 열망의 황홀한 덩어리 같은 것, 영화가 뿜어내는 뜨거운 영혼 같은 것, X는 눈을 감았다. 체온이 오르고 숨이 가빠졌다. X의 머릿속에서 돌아가는 영사기가 눈꺼풀 안쪽의 스크린에 빛나는 이미지들을 투사했다. 여전히 흰빛이 일렁였다. X는 복화술로 영화 속 대사를 읊조렸다. 이내 흰빛이 X의 두 눈에 닿았다. 그러자 X가 사라지기 시작했다. X는 이 사라짐의 기분 좋은 공포를 잘 알고 있었다. 영화의 모든 것을 제 안으로 빨아들이고 싶었다. 출산하는 여자처럼 비명을 지르고 살을 찢고 피를 쏟으며 영화를 낳고 싶었다. 원하는 모든 것이 가능하다 느꼈다. 흰빛이 눈처럼 X에게 내렸다. 어두운 극장 안 환한 스크린 위로 꿈의 그림자가 쉼 없이 흘러갔다.

X는 어렵사리 돈을 모아 단편영화를 찍었다. 고전영화에 대해 쓴 비평이 유명 영화 잡지에 실렸다. 그 매체에 고정 칼럼을 맡았다. 단편영화제에서 상을 탄 뒤 X는 대학에 입학해 영화를 전공했다. 졸업 논문을 쓰는 틈틈이 촬영한 첫 장편영화는 프랑스 영화계에 새로운 천재의 등장을 알리는 전설의 데뷔작이 되었다.

카페의 구석 자리, 테이블 위로 어지럽게 종이가 널려 있었다. 거리가 어두워졌을 시간이었다. X는 항구의 선착장을 떠올렸다. 배를 타고 컴컴한 밤바다를 건너 다시 감옥 섬에 가보고 싶었다. 성벽 어딘가의 숨겨진 문이 열리고 커다란 자루가 어두운 바닷속으로 내던져지는 장면을 목격하게 될 것만 같았다.

펜을 쥔 손놀림이 처음보다 느려졌으나, X는 멈추지 않고 그림을 그리고 글을 썼다. 지금 X가 그리고 있는 것은 소녀의 얼굴이었다. 입양으로 자신의 딸이 된 G의 딸, X는 딸의 10년쯤 뒤의 얼굴을, 십대 소녀가 된 딸의 모습을 상상해 그렸다. 사진으로 보았던 소녀 시절 G의 얼굴을 기억하고 있었다. 긴 갈색 머리칼, 왼쪽 눈썹 끝의 점, 뾰족한 입술 선, 그늘진 눈가엔 순진한 빛이 감돌았다. 사진 속 G는 기뻐하면서도 왠지 두려움을 감춘 듯한 표정으로 웃고 있었다. X는 소녀 옆에 소녀의 아버지를 그렸다.

소녀는 파티가 열리고 있는 친구의 집에 있다. 십대 중반이 된 것이다. 짧은 치마를 입고 파티에 가게 된 것이다. 함께 춤출 파트너를 원하는 남자아이들의 눈길을 받게 된 것이다. 그러나 아직은 십대 중반, 소녀의 아버지는 차로 밤길을 달려 소녀를 데리러 온다. 아직 파티가 끝나지 않은 친구의 집을 빠져나와 소녀는 아버지의 차에 오른다. 소녀와 아버지는 밤길을 달린다. 아버지는 소녀를 사랑하고, 소녀는 아버지를 사랑한다. 아버지는 이것저것 자상하게 묻는다. 소녀는 이것저것 세세하게 답한다. 어쩐 일인지 아버지는 제 아내를, 소녀는 제 엄마를 떠올릴 수가 없다. 갑자기 아버지에게 전화가 걸려온다. 소녀가 방금 전 했던 말이 모두 거짓임이 드러난다. 아버지는 놀라 화를 낸다. 소녀는 놀라 울먹인다. 아버지가 다그치자 소녀는 파티가 전혀 즐겁지 않았다고 말한다. 모두가 즐거운 시간을 보내는 동안 자신은 친구 집 좁은 방에 불을 끄고 숨어 있었다고 말한다. 학교에서도 파티에서도 아무도 자신을 좋아하지 않는다고 말한다. 소녀에게 실망한 아버지는 소리를 지른다. 그렇게 숨어 있어서는 아무것도 달라지지 않는다고, 아무도 널 좋아하지 않기 때문에 너는 숨어 있는 게 아니라고, 네가 그렇게 숨어 있기 때문에 아무도 널 좋아하지 않는 거라고, 앞으로도 계속 숨어 있으라고, 그게 바로 너 자신에 대한 벌이라고, 아버지는 소리를 지른다. 아버지는 소녀를 집 앞에 내려주고, 차를 몰고 어디론가 가버린다. 소녀는 눈물을 훔치며 멀어지는 아버지의 차를 바라본다. 엄마가 집 안에서 소녀를 기다리고 있을 거라 생각할 수 없다.

X의 손이 멈췄다. X는 필터 가까이 타들어간 담배를 끄고, 남은 술을 단번에 비우고, 어지럽게 흐트러져 있던 종이들을 그러모았다. 종이 뭉치를 접어 코트 안주머니에 집어넣은 다음 X는 카페를 나섰다. 배를 탈 수 없음을 알면서도 X의 발걸음은 항구 쪽으로 향했다.

데뷔작 이후 X는 3편의 영화를 완성했다. 두번째 영화로 이십대 중반의 X는 세계적인 명성을 얻었다. 천재라는 수식어는 더욱 공고해졌다. 세번째 영화에 대한 관객과 영화계와 X 자신의 기대는 증폭될 수밖에 없었다. 많은 것들이 기획되었고 더 많은 것들이 수정되었다. 돈과 시간과 갈등이 영화보다 먼저 클라이맥스로 치달았다. 요구 사항은 늘어났고 변경 사항은 더욱 늘어났다. 파리 센 강의 다리에서 촬영이 불가능해지자 아예 똑같은 다리를 새로 건설하는 것이 대안으로 추진되었다. 영화 제작이 1년 가까이 중단되기도 했다. 여기저기서 회의적인 목소리가 들려왔다. X가 재능을 낭비하고 있다는 지적과 X가 특권을 누리고 있다는 불평이 빠지지 않았다. 장장 5년 만에 영화가 완성되었다. 결과가 나빴다 하기는 어려웠다. 대단한 성공을 거두었다 하기는 더욱 어려웠다. X는 돌이킬 수 없이 훼손된 것들이 생겨났다는 것을 알게 되었다. 8년 뒤, X의 네번째 영화가 개봉되었다. 가히 완벽하다 할 만한 실패였다. 콘테스트라도 열린 듯 전 세계에서 악평이 쏟아졌다. '비범한 천재의 평범한 몰락' 정도의 헤드라인은 점잖은 편에 속했다. 그리고 다시 10년이 흘러갔다. X는 그사이 단 한 편의 단편영화를 찍을 수 있었다. 눈에 띄는 악평조차 찾아보기 어려워졌다. 투자사와 제작사와 배급사 관계자들과의 미팅이 X가 10년간 가장 많은 시간을 사용한 영화 관련 업무였다. X는 줄담배를 피우기 시작했다. 그들은 X에게 '당신은 끝났어'라는 말 대신 '시대가 변했다'라고 말했다. 런던에서 파리로 돌아와 새해를 맞은 X는 50세가 되었다. X는 그 어느 때보다 자주, 좁은 방에 틀어박혀 오래된 영화를 보고 또 보던 열세 살의 소년을 떠올렸다.

이십대의 X는 천재를 연기해야 했다. 사람들이 자신을 천재라 부르는 것이 부담스러워 세상에 모습을 드러내지 않으면 않을수록, 자신을 설명하는 일에 인색하면 인색할수록, 눈치를 보지 않고 제멋대로 굴면 굴수록, 아, 그렇지, 당신은 역시 다르지. 그 모두가 결과적으로 천재의 역할을 완벽하게 수행하는 꼴이 되었다. 난 영화배우가 아닙니다. 사람을 잘못 봤어요.

사십대의 X는 지독한 침체기를 맞은 영화감독을 연기해야 했다. 역할의 이름은 '20세기 화석'이라 해도 좋았다. 처음 만난 낯선 이들이 인사를 나눈 뒤 고개를 끄덕였다. 모두 비슷한 눈빛으로 X를 바라보았다. 아, 그렇지, 당신은 오래 슬럼프를 겪고 있지. 사람들은 X의 얼굴에서 인생의 암흑기에 빠져든 유명인의 고뇌와 좌절과 열패감을 확인하고 싶어 했다. 기대에 부흥하지 않으면 안 될 노릇이었다. 그것이 피해 의식일 뿐이라고 자신을 다잡는 것까지, 맡은 역할의 일부가 되었다. 예전에, 당신이 사랑을 독차지했었으니까.

X는 다시 마르세유 항구의 선착장에 도착했다. 바람은 낮보다 더욱 차고 거셌다. 요란한 파도 소리가 귓전을 메웠다. 쾌속선의 탑승권을 판매하는 매표소는 셔터를 내린 채 어둠에 잠겨있었다. 그 많은 갈매기들이 모두 어디로 가버린 건지 알 수 없었다.

X는 코트 안주머니에서 그림과 메모가 가득한 종이 뭉치를 꺼내들었다. 바람에 종잇장이 날아갈 듯 들썩였다. X는 내내 끼

고 있던 선글라스를 벗었다. 그리고 선착장의 가로등 아래에서 자신이 마구잡이로 휘갈긴 그림과 메모를 하나하나 살펴보았다. 손가락을 조금만 잘못 놀려도 종이들은 갈매기처럼 어지럽게 날아올라 순식간에 파도 위로 흩어질 것 같았다. X의 손이 떨리는 이유는 추위 때문만이 아니었다. X는 손가락에 힘을 빼 종이들을 모두 날려버리고 싶은 충동을 느꼈다.

X는 종이 뭉치를 둥글게 말아 손아귀에 움켜쥐었다. 다른 손으로 주머니 속을 뒤져 전화기를 꺼냈다. G에게 전화를 해야 했다. 그러나 G에게 전화를 할 수 없었다.

광인

X의 전화를 받은 것은 V였다. 26년 전 V는 X의 첫 영화에 출연했다. 두번째 영화에도, 세번째 영화에도 출연했다. 그것은 각각 V가 주연을 맡은 첫번째, 두번째, 세번째 영화이기도 했다. 흔치 않게 언론과 인터뷰를 할 때면, V는 스스로를 영화배우라기보다 연극배우라고 생각한다 말했다.

—아, 거의 1년 만인가.

파리의 제 집에서 전화를 받은 V가 말했다.

—(그렇지, 지난여름에 집 근처에서 자네가 딸아이와 택시를 타는 걸 본 적이 있어.)

X는 다시 복화술로 말했다. V의 집은 X의 집에서 불과 10분 정도 거리에 위치해 있었다. 많은 사람들이 X가 자신의 페르소

나라 불리는 V와 줄곧 붙어 지낼 거라 짐작하곤 했다. 그러나 둘이 마지막으로 통화를 한 것은, 얼굴을 마주한 것은 1년쯤 전의 일이었다.

—목소리에서 바람 소리가 들리는군.

V가 말했다. 복화술은 V가 X보다 한 수 위였다. V는 무용가이기도 했다. 젊은 시절 서커스에서 익힌 팬터마임과 곡예와 차력도 수준급이었다.

—(알아듣기 힘든가?)

—아니, 왠지 예전에, 첫 영화를 찍을 때 자네 목소리가 생각나는데.

찬바람이 부는 겨울의 항구, 선착장 가로등 아래 종이 뭉치를 움켜쥔 X는 V를 향해 하고 싶은 얘기가 있었다.

—(오늘은 뭘 했지?)

—오전에 잠깐 극단 연습실에 들렀고, 오후엔 라디오 방송국에서 강독 녹음을 했어.

—(아, 여전히 강독 프로그램을 하고 있군. 시?)

—아니, 오늘은 시인의 에세이.

—(내일은 뭘 하지?)

—연극 연습을 하고, 밤에는 반도네온 합주 모임이 있어.

X는 어두운 바다를 바라보았다.

—(오늘 배를 타고 바다로 나가 어느 섬을 보고 왔어. 오래전에 요새가 감옥이 되어버린 섬, 이제는 입장료를 내고 들어

가 사진을 찍는 곳인데…… 아무튼 돌아와 어떤 장면이 띠올랐
어. 그러니까, 서로가 서로를 죽이는 두 남자의 모습이야. 그런
데 두 남자는 어쩌면 한 남자이기도 하지…… 또 딸의 거짓말
에 화를 내는 아버지도 있어. 그는 딸을 무척 사랑하지만 말이
야……)

V는 X가 2년 전 연출한 단편영화에 광인 역할로 출연했다.
누더기 같은 녹색 코듀로이 슈트를 입고 대도시의 하수구에서
튀어나와 사람들을 혼비백산하게 만드는 붉은 머리의 광인. 광
인은 더러운 맨발로 거리를 활보하며 사람들에게서 빼앗은 지
폐와 꽃을 우적우적 씹어 먹었다. 아무도 광인이 하는 말을 알
아듣지 못했다. V가 X의 카메라 앞에 선 것은 16년 만의 일이
었다. X는 전화기 저편 파리에 있는 V에게 종이의 그림과 메모
에 대해 한참을 얘기했다. 선착장의 가로등 아래 입술을 움직이
지 않고 복화술로 열변을 토하는 X의 모습이 무성영화의 한 장
면처럼 보일지도 몰랐다.

— (딸을 집 앞에 내려다준 아버지가 이내 험상궂은 스킨헤
드로 변신해 장발을 죽이러 가면 어떨까?)

— 딸을 데리러 가기 전까지 더럽고 흉측한 모습으로 하수구
에서 튀어나와 사람들을 놀라게 만들고 다녔는지도 모르지.

— (하, 그럴 지도.)

X는 움켜쥐고 있던 종이 뭉치를 다시 코트의 안주머니에 집
어넣었다. 종이는 한 장도 바람에 날아가지 않았다.

—(그런데, 그들은 다 누구인 거지?)

—뭐…… 자네겠지.

X는 다시 선글라스를 꺼내 썼다. 바람을 등지고 어렵게 담배에 불을 붙였다.

—(아니면, 자네거나…… 오늘 미국인이라는 동양인이 내게 다가와 영화배우가 아니냐고 묻더군. 내가 나오는 영화를 봤다는 거야. 나를 자네로 착각한 걸까?)

X가 물었다.

—난 뭐, 종종 있는 일이야. 연극을 본 관객이 사인을 받으러 와서는 심각한 표정으로 요즘은 왜 영화를 안 만드느냐고 하더군. 가끔은 그냥 시나리오를 쓰고 있는 중이라 말해주지.

V가 대답했다. X의 예전 영화들에서 V가 맡았던 주인공의 이름은 모두 X가 열세 살까지 사용했던 X의 원래 이름이었다.

X는 바람 부는 항구를 뒤로 하고 다시 마르세유의 밤거리를 걸었다. X는 주인공이 시체로 위장해 감옥 섬을 탈출한다는 소설 속 설정이 더없이 탁월하다는 생각을 처음으로 했다. 호텔에 돌아가 체크아웃을 하기엔 너무 늦은 시간일지 몰랐다. 그러나 파리로 돌아가는 밤 기차가 끊기기엔 아직 이른 시간임이 분명했다.

CREATOR

9

노파는 어느 날……

타샤 튜더
동화작가, 삽화가, 미국, 1915~2008

1994년 5월 X일, 미국 버몬트

이른 아침, 노파는 잠에서 깨어났다. 창밖에서 새소리가 들렸다. 뻐꾸기, 종달새, 지빠귀, 콩새. 노파는 각각의 새들을 정확히 구분할 수 있었다. 다시 눈을 감고 천천히 숨을 고르며 새소리를 들었다. 5월이었다.

별다른 움직임이 없었음에도 침대 밑 방석에서 잠을 자던 개는 노파가 깨어났음을 단번에 알아차렸다. 개의 발바닥이 나무 바닥을 디디는 소리, 개의 발톱이 침대 다리를 긁는 소리, 혀를 빼고 헥헥거리며 서둘러 아침 인사를 전하고 싶어 하는 한결같은 조바심과 애정. 침대 위 노파에겐 보이지 않았지만 토실토실한 엉덩이의 짧은 꼬리가 바삐 흔들리고 있을 터였다. 5월이었다. 개도 그것을 알고 있는 듯했다.

노파는 침대에서 몸을 일으켰다. 레이스커튼이 반쯤 드리워진 창문, 하얀 공작비둘기 두 마리가 창턱에 내려앉아 있었다. 조심스레 걸음을 떼며 여왕처럼 우아하게 깃을 부풀리는 모습. 노파는 그 모습에 반해 헛간의 새집에 공작비둘기를 들였고, 어느덧 그 수가 마흔 마리에 이르렀다. 두 마리 중 한 마리가 부리로 유리창을 몇 차례 쪼고는 제자리에서 뒤뚱대며 맴을 돌았다. 노파는 미소를 지었다. 잠에서 깨어나자마자 저런 모습을 볼 수 있다는 것이 좋았다. 매일 아침 두세 마리의 비둘기가 창턱으로 날아왔는데, 공작비둘기는 그저 새하얗기만 해서 매번 같은 새들이 날아오는 것인지 아닌지 알 수가 없었다. 저희들끼리 순번을 정해 차례로 아침 인사를 오기로 한 것은 아닐까, 잠에서 깨어나자마자 그런 궁금증을 품을 수 있다는 것이 좋았다. 문득 그 상상을 동화의 한 구절로 쓰거나, 삽화의 한 장면으로 그리면 좋겠다는 생각을 했다. 5월이었다.

제게 빨리 알은체 하지 않는 것에 안달이 난 개가 연신 침대 다리를 긁었다. 노파는 침대를 빠져나와 개의 목덜미와 등줄기를 다정하게 쓰다듬어주었다. 윤기가 흐르는 따뜻한 연갈색의 털, 잠에서 깨어나자마자 이런 감촉을 느낄 수 있다는 것이 좋았다.

노파는 웬만한 남자만큼 키가 껑충 컸고, 장거리 육상 선수처럼 몸매가 호리호리했다. 노파는 79세였다. 침실 한구석에 간이 세면대를 겸한 작은 화장대가 있었다. 노파는 거울을 보며 나무빗으로 흰 머리칼을 꼼꼼히 빗어 넘겼다. 흰색과 하늘색 체크무늬 두건으로 머리를 단정히 감쌌다. 그런 다음 양치질을 하고 세수를 했다.

그사이 창턱의 비둘기들은 건너편 떡갈나무 가지로 자리를 옮겼고, 개는 침실 문을 열어달라 문 앞에서 꼬리를 흔들고 있었다. 노파는 잠옷을 벗고 홈드레스로 갈아입었다. 진보라색 바탕에 흰색 물방울무늬가 있는 면 소재의 원피스였다. 노파가 가장 좋아하는 1830년대 스타일의 디자인이었다. 스카프는 넝쿨

장미가 수놓인 것을 골라 목에 둘렀다. 끝자락은 매듭을 짓는 대신 브로치를 달았다. 브로치를 제외한 두건과 원피스와 스카프는 모두 노파가 직접 만든 것이었다. 중심에 상아 장식이 박힌 브로치는 노파의 어머니가 물려준 것으로 백 년쯤 된 물건이었다.

창문으로 비쳐드는 햇살의 밝기와 기울기로 노파는 이제 막 완전히 해가 떠올랐다는 것을 알았다. 틀림없는 5월의 아침이었다. 노파의 침실에는 시계가 없었다. 지난 22년간 아침에 이 방에서 알람 시계가 울린 적은 한 차례도 없었다. 손님들을 맞는 응접실 한구석에 오래된 골동품 시계가 있긴 했지만, 평소 노파는 거의 시계를 보지 않았다. 노파는 해와 바람과 그림자로 시간을 알았다. 또한 피부와 혈관과 세포로 시간을 알았다. 노파는 제 몸속 시계에 맞춰 같은 시간에 깨어났고 같은 시간에 잠들었다. 식사를 하고 정원 일을 하고 차를 마시고 그림을 그리는 것도 마찬가지였다. 나름의 한 시간, 나름의 1분 1초가 나름의 리듬에 맞춰 흘러갔다. 노파는 새나 개나 꽃이 그러하듯 따로 시계를 보지 않았다.

그러나 달력은 달랐다. 노파는 하루에도 몇 번씩 달력을 들여다봤다. 지난달의 달력은 뜯어 버리지 않고 스프링철의 뒤로 넘겨 책처럼 되짚어 보았다. 몇 년 전의 달력도 마찬가지였다. 침대 옆 나이트테이블이 놓인 벽면에 노파의 눈높이에 맞춘 달력이 걸려 있었다. 노파는 달력의 날짜마다 메모를 적어두었다. 눈이 녹기 시작한 날, 구근의 싹이 돋아난 날, 염소가 새끼를 낳은 날, 종자를 추가로 주문한 날, 첫 서리가 내린 날, 개와 앵무새가 죽은 날, 자식과 손주 들의 생일, 비료를 만들어야 하는 시기, 온실 청소 일정, 작년에 1년간 쓸 양초를 얼마나 만들어두었는지, 3년 전 겨울의 최저 기온이 얼마였는지, 노파는 수시로 달력을 보며 확인하고 가늠하고 계획했다. 5월이었다. 5월의 달력 그림은 튤립과 수선화가 가득한 정원의 모습이었다. 그것은 노파의 정원을 그린 그림이었고, 노파가 직접 그린 그림이었다. 노파의 책을 출간하는 출판사에서는 매년 노파의 일러스트로 여러 종류의 달력을 제작했다. 거실의 벽난로 옆에는 노파의 정원 사진이 인쇄된 달력이 걸려 있었다. 거기엔 또 다른 메모가 가득했다. 다음 주 수요일과 금요일에 손님들의 방문이 예정되어 있었다. 그다음 주도 한 차례. 5월이었으므로, 본격적인 '꽃구경 초대'가 시작된 것이었다. 노파는 달력의 다음 장도 들춰 보았다. 6월은 작약. 화관을 쓰고 작약꽃밭에 서 있는 어린 두 소녀는 노파가 손녀들을 모델로 그린 것이었다. 6월엔 작약 외에도 장미, 라일락, 수국, 바이올렛 등이 앞다투어 피어날 터였다. 그다음엔 수련과 백합과 데이지. 여름 꽃을 생각하니 노파는 마음이 설렜다. 잠에서 깨어나자마자 마음이 설렐 수 있다는 것이 좋았다. 또한 매일 같이 자신의 그림이 인쇄된 달력을 들여다볼 수 있다는 것이 좋았다.

노파는 침실의 창을 열었다. 5월이었다. 5월의 아침이 방 안으로 물결처럼 흘러 들어왔다. 노파는 개와 함께 침실을 나와 집 안의 창문을 차례로 열었다. 현관을 열자마자 개는 밖으로 달려 나갔다. 5월이었다. 5월의 아침이 집 안으로 흘러들어왔다.

우선 가축들의 아침 식사부터 챙겨야 했다. 노파는 헛간으로 향했다. 밤새 튤립이 얼마나 더 많이 피어났는지 보고 싶어 애가 탔지만, 일부러 정원 쪽을 바라보지 않았다. 기쁨은 차근차근 음미하는 것이 좋았다. 헛간을 사이에 두고, 염소 우리와 닭장이 있었다. 염소들이 목책 가까이로 다가와 길게 늘어진 귀를 펄럭이며 노파를 반겼다. 3월 이후 태어난 새끼들 모두 건강한 모습이었다. 염소는 노파에게 젖과 버터와 치즈와 요거트를, 그리고 비료를 만들 배설물을 주는 고마운 존재였다. 노파는 헛간의 사료통에서 먹이를 퍼다 구유에 넣었다. 그리고 정원에서 솎아낸 잡초와 어린잎을 넉넉히 뿌려주었다. 부드러운 풀을 양껏 먹을 수 있기에 염소들도 짧기만 한 봄을 좋아하는 게 틀림없었다. 노파는 어미 염소 두 마리에게서 젖을 짰다. 단지 반 정도의 양이면 충분했다. 염소젖이 담긴 도자기 단지가 이내 따뜻해졌다. 노파가 어미에게서 물러나자 새끼가 다가와 부푼 젖을 빨았다. 목책을 두른 우리가 넓은 편이었음에도 염소들은 당장이라도 밖으로 나가고 싶은 듯했다. 노파는 염소들을 이해했지만 부주의하게 정원을 망칠 수는 없는 노릇이었다. 내일은 염소들을 몰고 언덕에 올라 야생초를 실컷 뜯게 할 셈이었다. 그럴 때면 언제나 개가 든든한 호위군이 되어주었다. 노파는 염소들의 배설물을 치우고 닭장으로 갔다. 모이와 물을 갈아주고, 다섯 개의 달걀을 바구니에 담았다. 달걀은 작고 연약하고 따뜻했다. 겨울 동안 온실에서 부화시킨 병아리들이 이제 제법 뿔닭의 모양새를 갖추고 있었다. 노파는 어린 수탉을 품에 안아 올려 잠시 쓰다듬어주었다. 5월이었다.

안채로 돌아온 노파는 부엌을 제외하고 열어두었던 창문을 차례로 다시 닫았다. 밖으로 나갔던 개가 돌아왔다. 개의 먹이를 챙겨주고 노파도 아침 식사를 준비해 식탁 앞에 앉았다. 노파는 귀리빵과 염소젖과 라즈베리, 그리고 벌꿀에 허브차를 마셨다. 매일 아침 직접 얻은 재료로 만든 신선한 음식을 먹을 수 있다는 것이 좋았다. 노파는 집 안으로 흘러들어온 5월의 아침을 음식과 함께 맛보았다.

5월이었다. 드디어, 5월이었다. 노파가 살고 있는 고장은 미국 내에서도 겨울이 길고 혹독하기로 손꼽히는 곳이었다. 3월은 그저 겨울이었고, 4월에야 눈이 녹았다. 녹은 눈 때문에 사방이 진창으로 변하는 4월을 이곳 사람들은 '진흙탕의 계절'이라 불렀다. 그 진창 속에서도 새싹이 돋고 봉우리가 맺혔지만, 성미 급한 꽃이 피기도 했지만, 변덕스러운 날씨 탓에 얼어 죽는 일이 잦았다. 5월이 비로소 봄이었다. 진짜 봄, 유일한 봄, 온전한 봄은 5월이었다. 5월이 되었다는 것은, 이를테면 이 고장의 대사건이었다. 노파에게도 물론 그러했고, 노파의 정원에는 더욱 그러했다. 길고 긴 겨울의 모든 것을 한순간에 제압하며 봄이 당도했다. 더는 변덕스럽지도 뜸을 들이지도 애를 태우지도 않았다. 5월이었다. 5월은 찬란하고 황홀한 봄의 정수를 보여주었다.

노파는 청회색 앞치마를 두르고, 바구니에 전지가위와 모종삽과 종이끈을 담았다. 물뿌리개도 챙겼다. 그리고 신발을 벗고 맨발이 되었다. 진흙탕의 계절인 4월 내내 정원을 오갈 때면 고무장화를 신어야 했다. 5월이 되어야 맨발로 땅을 밟을 수 있었다. 노파는 시원하고 푹신한 검은 흙이 발바닥에 닿는 감촉을 무엇보다 좋아했다. 5월의 흙은 특히 달랐다. 흙 알갱이 하나하나가 긴 잠에서 깨어나 몸을 뒤채는 듯했다. 그 생동감 넘치는 에너지가 발바닥에서 등줄기를 타고 정수리까지 전해졌다. 노파는 대부분 맨발인 채로 정원 일을 했다.

이 일대에 노파가 소유한 땅은 30만 평에 이르렀다. 노파는 그중 집 앞의 2천 평 정도를 자신만의 특별하고 아름다운 정원으로 만들어 가꾸었다. 노파가 이곳에 땅을 구입하고 집을 짓기 시작한 것은 23년 전, 당시로서는 아직 노파가 아니었던 나이, 56세 때였다. 목수이자 가구 장인인 노파의 큰아들이 터를 다지고 집을 짓는 것을 진두지휘했다. 워낙 외진 곳에서 수작업으로 진행되다시피 한 집짓기는 오랜 시간을 필요로 했다. 1년이 지나 집이 채 완공되기 전부터 노파는 이곳에 들어와 살았다. 살던 곳의 정원에서 아끼는 나무들을 옮겨다 심었고, 살림

살이를 갖추는 것보다 식물들이 겨울을 날 온실부터 손을 보았다. 그 뒤로 22년이 흘렀다.

노파는 집 앞 돌담 주변부터 살폈다. 고사리와 앵초와 팬지가 주를 이루는 곳이었다. 노파는 키가 작고 꽃도 작은 앵초를 마음 깊이 신뢰하고 아꼈다. 앵초는 작은 화초였지만, 노파의 정원에서 없어서는 안 될 큰 존재였다. 마치 그림을 그릴 때의 스케치와도 같은 역할을 하는 것이 바로 앵초였다. 앵초와 팬지 사이 몇 송이씩 무리지어 튤립이 피어 있었다. 그러나 겨우 이곳에서 튤립을 만끽해서는 안 될 일이었다. 노파가 집 앞 돌담 주변에서 꽃꽂이용 꽃을 꺾는 일은 없었다. 노파는 손이 가는 대로 잡초를 뽑았다. 잡초는 언제나 불쑥불쑥 잘도 자랐다. 눈부신 5월이 시작되었다는 것은 잡초와의 끈질긴 전쟁이 시작되었다는 것을 의미하기도 했다.

노파의 맨발이 돌담의 계단을 딛고 섰다. 노파는 계단 위에서 자신의 정원을 둘러보며 지난가을부터 내내 기다렸던 순간을 오롯이 눈에 담았다. 아니, 눈에만 담는 것으로는 부족했다. 귀에도 코에도 입에도 피부에도 담았다. 공기 중에 여러 꽃향기가 섞여 있었다. 그 각각의 향기를 알아내고 싶어 움츠려 있던 감각이 한껏 펼쳐지는 것만 같았다. 투명하게 반짝이는 햇빛은 탄산이 터지듯 알싸한 맛을 냈다. 새가 울고 벌레가 잉잉대고 나뭇잎이 수런거렸다. 노파는 자신의 뺨에 닿는 바람이 불과 몇

초 전 튤립의 매끄러운 꽃잎과 수선화의 섬세한 꽃술을 스치고 왔음을 알고 있었다. 노파는 계단을 내려와 정원으로 들어섰다.

노파는 수십 년째 자급자족하며 지극히 검소한 생활을 하고 있었지만, 꽃과 정원을 위해서라면 아낌없이 돈을 썼다. 노파는 매년 수백 개의 구근을 구입했다. 한 번에 천 개가 넘는 구근을 사들인 적도 있었다. 여름이 되어 꽃이 시들면 바로 구근을 파내 지하 저장고에 소중히 보관했다. 노파는 원하는 구근을 얻기 위해서라면 누구와도 연락했고, 어디든 찾아갔다. 지인의 차를 얻어 탈 때도 있었고, 기차나 비행기를 탈 때도 있었다. 튤립, 수선화, 히아신스, 붓꽃 등 구근식물에 대한 노파의 사랑은 열광적이기까지 했다. 미국 내에서 구할 수 없는 종자의 튤립을 사기 위해 직접 네덜란드에 다녀오기도 했다. 구근식물에 대한 노파의 지식과 경험과 애정은 여행에 동행한 원예가 친구도, 네덜란드에서 만난 튤립 전문가도 혀를 내두를 정도였다.

올봄 노파의 정원에는 색깔과 품종이 다른 열 종류 정도의 튤립이 피었다. 전통적이라 할 수 있는 선명한 다홍색과 노란색의 튤립은 물론 검은빛이 도는 보라색, 채도와 무늬가 미묘하게 다른 여러 종류의 분홍색, 나머지는 진한 원색에 부드러운 크림을 섞은 듯 연한 색감을 내는 것들이었다. 노파는 왕관처럼 우아한 튤립의 꽃잎 못지않게 매끄럽고 탱탱한 튤립의 줄기와 잎도 좋아했다. 그 연하고 싱싱한 줄기가 길고 긴 겨울을 땅속에서 보낸 구근으로부터 돋아났다는 것이 언제나 경탄스러웠다.

혹독한 인내에 이어지는 당당한 연약함이라 해야 할까. 안타깝게도 튤립의 꽃은 쉽게 벌어지고 빨리 시들었다. 그러나 노파는 튤립의 존재 방식에 전혀 불만이 없었다.

수선화는 봄의 정원에서 주연배우를 맡아 활약했다. 노파는 수십 송이씩 빽빽이 무리지어 피어난 수선화를 '우리 아가씨들'이라 다정하게 불렀다. 노파의 정원은 집과 돌담에서 시작해 너른 부채꼴 모양으로 펼쳐졌다. 수선화는 물망초나 붓꽃과 어우러져 주로 넓고 완만한 경사면을 담당했다. 지난가을 노파는 손수레 가득 수선화 구근을 싣고 정원 이곳저곳을 옮겨 다니며 일일이 구덩이를 파고, 바닥에 비료를 뿌린 다음, 그 속에 십수 개씩 구근을 넣고 흙으로 덮었다. 오랜 경험대로 노파의 머릿속에는 이미 다음 해 5월 정원의 전체적인 밑그림이 완성되어 있었다. 수선화의 노란색과 흰색은 당연히 튤립의 노란색과 흰색과는 달랐다. 튤립이 유화나 디자인에 어울리는 꽃이라면, 수선화는 수채화나 파스텔화로 그려져야 어울리는 꽃이었다. 19세기풍의 드레스와 모자와 양산으로 성장(盛裝)을 한, 이제 막 혼기에 이른 숙녀들, 멋을 내고 있다는 자체가 못내 쑥스럽지만, 더 이상 시도 때도 없이 얼굴을 붉히는 것은 아닌 아가씨들, 온전히 아름다운 예스러운 아가씨들, 노파에게 수선화는 그런 꽃이었다. 노파는 그런 수선화를 연보랏빛 물망초 군락에 둘러싸이도록 심거나, 흡사 수선화의 잘생긴 형제 같은 남보랏빛 붓꽃과 대비를 이루도록 심는 것을 좋아했다. 잘 다듬어진 잔디밭

사이사이, 한가득 무리지어 피어난 수선화와 물망초와 붓꽃, 연둣빛 바다 위에 여러 개의 둥근 꽃섬이 떠 있는 듯했다. 누군가 꿈속에서 본 적이 있을 법한.

2천 평에 이르는 정원을 각각의 구역으로 나눠, 그리고 싶은 그림을 그리듯, 기승전결의 홍미로운 플롯을 짜듯, 노파는 매년 다르게 정원을 연출할 수 있었다. 그러나 그러한 정원을 얻기 위해서는 엄청난 정성과 노력을 기울여야 했다. 봄의 정원이 완성되었다 해도 노파는 더 좋은 색감의 조화를 위해 삽으로 화초를 파내 옮겨 심는 것을 마다하지 않았다. 노파의 정원이 바로 그 모습을 갖추기까지의 과정은 무척이나 드라마틱했다. 정원을 찾는 손님들에게 그 과정을 시시콜콜 들려주는 것은 노파의 크나큰 즐거움이었다.

노파는 부지런히 잡초를 뽑기 시작했다. 끈질긴 잡초와 사시사철 구근을 파먹고 싶어하는 짐승들로부터 화초를 지키는 것을 자신의 사명이라 여겼다. 노파는 웃자란 잎은 망설이지 않고 가위로 잘라냈다. 제멋대로 휘어진 줄기는 종이끈으로 조심스레 묶었다. 큰 낫을 휘둘러 풀밭을 고르게 정리할 때도 있었고, 종일 갈퀴로 낙엽과 잔가지를 긁을 때도 있었다. 날이 가물 때는 몇 번이고 물동이를 지어 날랐다. 정원 일의 노동량은 상당한 것이었다. 노파는 정원을 가꾸는 것 외에도, 각종 채소를 심은 텃밭을 일구었고, 여러 종류의 가축을 키웠고, 거의 모든 집안일을 19세기 식으로 일일이 직접 했다. 시시때때로 찾아오는 손님들도 정성껏 대접했다. 물론 그 많은 일과 함께 동화도 쓰고 그림도 그렸다. 달력에 메모가 가득할 수밖에 없었다. 그런데도 79세의 노파는 아픈 곳이 없었다. 종종 유난히 고단하다 느껴지는 날이 있었지만, 지금껏 특정한 병에 걸려 전문적인 의학 치료를 받은 적은 한 번도 없었다.

동화와 일러스트레이션 외에 노파의 정원 가꾸기와 전원생활에 관한 책들이 출간된 최근 몇 년, 노파는 독자들로부터 그 전보다 더 많은 편지를 받게 되었다. 대부분은 따뜻한 호의와 다정한 공감을 담은 내용들이었으나, 가끔 뜻밖의 내용을 담은 편지가 도착하기도 했다. 그토록 꽃과 나무를 좋아한다면서 왜 그토록 추운 고장에 살고 있는지에 대한 질문이 있는가 하면, 자신이 생각하는 자연의 의미를 철학자연 늘어놓은 장광설의 편지도 있었다. 대도시에서 편지를 보내온 어느 독자는 노파의 삶이 근사해 보이고 부럽기까지 하지만, 자신처럼 바쁜 현대인들이 모든 것을 버리고 시골에 정착해 자급자족의 구식 생활을 할 수는 없다며 은근한 항변을 전해오기도 했다. 또한 노파의 책을 읽기나 하고 편지를 보낸 것이지, 그런 곳에서 지내는 것이 외롭거나 무섭거나 힘들지 않냐는 우스꽝스러운 질문도 있었다.

물론 일일이 답장을 하진 않았지만, 노파는 편지를 보내온 그들과 정원이 내려다보이는 테라스에서 차 한 잔을 나누면 좋겠다 생각하곤 했다. 허브차나 밀크티를 마시며 각각의 질문에 자신이 생각하는 바를 차분히 들려줄 수 있다면 좋겠다 생각하곤 했다. 그러나 그럴 수 없다는 것이 노파 입장에서 딱히 아쉬울 건 없었다.

노파는 지극히 뉴잉글랜드적인 사람이었다. 전형적인 양키라 해도 좋았다. 미국 북동부의 척박한 자연환경은 노파에겐 고향의 익숙함이었고, 오랜 세월 자신을 구성하는 일부였다. 유럽을 떠나 신대륙에 정착한 선조들이 그랬듯 긴 겨울을 담담하게 인내하는 만큼 개척에 대한 성실함과 집요함은 남다른 데가 있었다. 노파는 겨울 내내 정원 못지않을 정도로 아름답게 꾸민 온실에서 각양각색의 화초를 가꾸었다. 영하 20도의 혹한 속 화분에서 꽃을 피운 동백을 보는 기쁨은 각별한 것이었다. 물론 온실을 관리하는 것은 결코 쉬운 일이 아니었다. 그러나 손쉽게 식물을 키울 수 있다는 이유로 기후가 온화한 남부 지방으로 사는 곳을 옮기고 싶다는 생각은 한번도 해본 적이 없었다. 짧은 봄의 황홀경을 고대하고 만끽한다는 것이, 긴 겨울의 혹독함을 원망하고 저주한다는 것을 의미하는 것은 아니었다. 노파는 겨울 역시 사랑했다. 그 심오한 적막함과 호젓한 무위, 벽난로의 불길과 작업에의 몰두, 따스한 온기 속에서 하염없이 바라보는 차디찬 눈보라, 그리고 여름부터 모든 것을 하나하나 손수 준비해야 하는 크리스마스……

이곳에 집을 짓기 전, 노파는 이미 50년 전부터 전원생활을 해왔다. 버몬트와 인접한 주인 뉴햄프셔의 외딴 시골에서 오래된 농장과 넓은 정원을 손수 돌보며 살았다. 수도도 전기도 없는 그곳에서 네 아이를 낳아 키웠다. 동화 작가 겸 삽화가로 명성을 쌓기 시작한 것도 그때부터였다. 수십 년이 지나 자식들이 성장해 집을 떠나고, 방이 열일곱 개나 되는 낡은 대저택에 혼자 남게 된 노파는 오랜 바람을 실현하기로 마음먹었다. 원하는 집과 정원을 갖추고 원하는 방식대로 살기 위해 지금의 땅을 사들였다. 그렇게 노파는 평생을 자연 속에 살았다. 때문에 노파는 인간이 문명을 버리고 자연으로 돌아가야 한다고 주장하는 교조적인 자연회귀주의자들을 경계했다. 어느 정도 경멸하기까지 했다. 그들이야말로 자연을 제대로 모르는 자들이었다. 새나 개나 꽃이 아닌 이상 인간은 어떻게 해도 자연 그 자체가 될 수 없었다. 역설적이게도 '인위'야말로 인간의 자연이었다. 물론 인위는 신중하고 겸허하고 지혜로워야 했다. 자연 속에 살기 위해 인간이 하는 숱한 일들, 파종을 하고, 잡초를 뽑고, 가지를 치고, 접을 붙이고, 해충을 쫓고, 거름을 주고, 계절을 달리해 채소를 심고 거두고, 무엇 하나 인위가 아닌 것은 없었다. 잼을 만들고, 술을 담그고, 치즈를 발효시키고, 실을 잣고, 우물을 파고, 장작을 패는 것 역시 수고스러운 인위였다. 물론 오만하고 어리석은 인위가 자연과 인간 모두를 위협하고 있는 현대 사회의 작태에 노파는 깊은 우려와 분노를 느끼고 있었다. 그러나 자연의 순수함이 낭만적일 거라 기대하는 태도는 환상에 불과하다는 것을 노파는 누구보다 잘 알고 있었다. 자연 그 자체는 맹목적이고 가차 없는 것이었다. 자연에 의미를 부여하고 섭리를 찾는 것은 인간의 인위였다. 자연과 조화를 이뤄 자연을 즐기기 위해서는 사려 깊은 인위의 공을 들여야 했다.

5월이었다. 무언가 부드러운 것이, 풀잎이나 꽃잎과는 다른 방식으로 부드러운 것이 노파의 왼쪽 종아리를 스쳤다. 고양이였다. 멀찍이 떨어진 곳에서 벌레를 쫓던 개가 냉큼 노파 쪽으로 달려왔다. 고양이는 천천히 노파의 오른쪽으로 자리를 옮겼다. 오른쪽 종아리를 살짝 스치는 것을 잊지 않았다. 매번 못마땅하다는 듯 개가 짧게 컹 하고 짖었다. 이내 고양이는 물뿌리개 주둥이에 제 주둥이를 갖다 대며 딴청을 부렸다. 두 살배기 얼룩 수고양이는 노파의 동물들 중 가장 제멋대로인 녀석이었다. 지난겨울 내내 고양이는 집 밖으로 한 걸음도 나가지 않았다. 구근을 노리는 들쥐들을 열심히 잡아주길 바랐지만, 매일 같이 몸을 둥글게 말고 벽난로 앞을 차지하고 있을 뿐이었다. 4월 하순에야 집 밖을 드나들기 시작하더니, 5월이 되어서는 단 한 번도 집 안으로 들어오지 않았다. 종종 정원 일을 하는 노파의 다리에 몸을 부비며 교태를 부리거나, 여러 번 불러도 본체만체 햇빛 가득한 수풀 속에 늘어져 있거나. 노파는 충직한 개를 훨씬 더 좋아했지만, 자기본위적인 고양이도 싫지 않았다. 5월이었다.

어느덧 해가 노파의 머리 위를 지나고 있었다. 잠깐의 휴식이 필요한 시간이었다. 노파는 앞치마를 털고 두건을 다시 고쳐 썼다. 큼직한 바구니에 그새 잡초가 가득했다. 염소들이 틀림없이

좋아할 터였다. 노파는 맨발로 정원의 풀밭을 걸어 다시 집 쪽
으로 향했다. 꽃송이가 유난히 큰 새먼핑크 튤립과 아직 봉우리
가 벌어지지 않은 겹꽃 종의 수선화와, 붉은 자줏빛 앵초와, 짙
푸른 반점이 있는 팬지를 대견하다는 듯 차례로 살펴보며 집 안
으로 들어갔다. 개는 연신 꼬리를 흔들며 부지런히 노파를 따랐
고, 돌담 위에 올라앉은 고양이는 노파가 이내 다시 밖으로 나
올 것을 알고 있었다. 5월이었고, 환한 오후였다.

돌능금나무 아래,

노파는 며칠 새 분홍 꽃망울을 터뜨리기 시작한 돌능금나무
아래 낡은 체크무늬 담요를 반듯하게 깔았다. 그리고 그 위에
나무쟁반을 올려놓았다. 쟁반 위 찻잔과 접시에는 밀크티와 진
저쿠키가 담겨 있었다. 개는 담요 끝자락에 자리를 잡았고, 고
양이는 돌담 위 햇빛이 더 잘 드는 곳에 옮겨 앉아 노파를 바라
보았다. 노파는 팔을 뻗어 꽃가지 하나를 꺾었다. 그리고 나무
에 등을 기대고 앉아 다리를 뻗었다. 능금꽃 향기를 맡으며 밀
크티를 마셨다. 과연 5월은 대사건이라 할 만했다. 이 돌능금
나무는 노파의 큰아들이 집 뒤편에 헛간을 짓고 있을 당시, 노
파가 먼저 살던 집의 정원에서 옮겨와 심은 나무였다. 그때 나
무의 키는 노파의 키와 같았다. 22년이 흘러, 봄마다 수천 송이
분홍 꽃을 피우는 아름드리나무는 이 정원의 엄연한 터줏대감
이 되었다. 노파는 쿠키를 반으로 잘라 개에게 주었다. 나무 위

230

에서 되새들이 지저귀는 소리가 들려왔다. 노파는 고개를 젖혀 나무를 올려다보았지만, 어여쁜 노래만 들려올 뿐 무성한 꽃가지 사이에 숨은 새들의 모습은 보이지 않았다. 20년이 넘도록 노파는 돌능금나무의 열매를 거둔 적이 없었다. 긴 겨울 내내 작고 새빨간 능금 열매는 새들의 차지가 되었다. 노파는 봄의 정원을 감상하며 느긋한 티타임을 즐겼다. 수선화나 앵초에 비해 적은 수였지만, 제비꽃, 금낭화, 왕관초도 하나하나 책처럼 긴 이야기를 가진 아름다운 꽃들이었다. 노파는 내일 이 시간에 왕관초를 스케치해야겠다 생각했다. 때맞춰 자신이 원하는 만큼 활짝 피어나 있을 게 분명했으므로.

노파는 자신을 자연 속에 숨어 살아가는 은둔자나 구도자로 바라보는 시선을 못마땅하게 여겼다. 자신은 결코 고행을 자처하고 있는 것이 아니었다. 겨우 몇 년 전에야 사용하기 시작한 수도와 전기는 놀랄 만큼 편리하고 감사한 것이었지만, 노파는 아직도 우물물을 길어 마시고, 저녁이면 밀랍양초에 불을 밝혔다. 검소한 삶을 통해 거창한 깨달음을 얻고자 해서가 아니었다. 속에서 이끼가 자라는 우물이 유난히 맛있고, 직접 만든 초의 빛과 향이 더없이 사랑스럽기 때문이었다. 어려서부터 그랬다. 노파는 제가 입은 옷이 어떠한 과정을 거쳐 만들어졌는지 궁금했고, 암소가 송아지를 낳는 장면에 고개를 돌리지 않았고, 직접 수확한 과일로 잼이나 피클을 만들어 먹는 것에 큰 기쁨을 느꼈다. 땔감을 마련하는 것은 고된 일이었지만, 바싹 마른 장작만이 줄 수 있는 감각적 만족과 벽난로의 불길로부터 얻는 온기와 위안과 몽상은 무엇과도 바꾸고 싶지 않았다. 노파의 서재에는 동화나 화집 외에도 요리, 재봉, 원예, 농업, 생물학 관련 서적이 수십 권씩 꽂혀 있었다. 긴 겨울밤이면 노파는 천체물리학이나 문화인류학 전집을 독파하기도 했다. 노파는 타고난 독학자였고, 그러한 자신의 성향을 잘 알고 있었고, 스스로 그 점을 신뢰하고 존중했다.

누군가에게 보여주기 위해 그토록 많은 꽃을 심은 것은 아니었다. 수십 년 뒤의 베스트셀러를 노리고 19세기식 전원생활을 시작한 것도 아니었다. 노파는 자신의 삶의 방식이 옳다고 말하거나, 다른 사람에게 그처럼 살 것은 권한 적이 없었다. 모든 것은 그저 좋아서였고, 그저 즐거워서였다. 노파는 자신이 좋아하는 것을 하며 즐겁게 살기 위해 기울여야 하는 노력과 치러야 하는 대가가 만만치 않음을 분명히 알고 있었다. 물론 시간도 필요했다. 노파가 오랜 꿈을 실행에 옮긴 것은 56세가 되어서였다. 자신의 정원에 감탄하는 사람들에게 노파는 원하는 정원을 얻기 위해서는 십수 년쯤 시간이 걸린다고 말해주었다. 큰 비밀이지만 선심을 써 일러준다는 듯 말했다.

티타임을 마친 노파는 다시 정원의 꽃밭으로 향했다.

마저 잡초를 뽑고 꽃꽂이용 꽃을 꺾을 생각이었다. 침실과 부엌과 아틀리에와 현관에 한 아름씩 5월의 꽃을 두고 싶었다. 노파는 애지중지 꽃을 아꼈지만, 결국 노파에게 꽃은 단순히 보는 것을 넘어 맑은 공기나 깨끗한 물처럼 실질적으로 누려야 하는 대상이었다. 노파는 자신을 위한 꽃을 따며 다음 주 찾아올 손님들의 '꽃 대접'에 대해 생각했다. 집 안은 물론 그들 각자의 취향에 따라 침실을 꽃으로 꾸며줄 생각이었다. 그럴 수 있는 꽃이 얼마든지 있다는 것이 좋았다. 개는 꽃을 따는 노파를 졸졸 따라다녔고, 고양이는 어디론가 사라져 모습이 보이지 않았다.

5월이었다. 눈부신 햇살이 수채화 물감처럼 번져가는 오후, 반죽처럼 부푼 뭉게구름이 흘러가며 노파가 허리를 굽힌 꽃밭에 잠시 그림자를 드리웠다. 문득, 어둠 속에서 흰빛이 다가왔다. 어디선가 흰빛이 일렁이며 가까이 다가왔다. 어디선가, 히아신스의 구근에서, 라일락의 새순에서, 나무 위 새의 둥지에서, 막 탈피를 마친 나비의 날개에서, 뱀이 머리를 내밀고 볕을 쬐는 돌담 틈에서, 어디선가, 흰빛이 일렁이며 다가왔다. 아주 오래전, 부모가 이혼한 뒤 노파는 부모의 지인의 집에서 어린 시절을 보냈다. 열다섯 살 이후로는 혼자 살았다. 흰빛이 일렁였다. 구름이 꽃밭 속으로 들어온 것 같기도 했고, 꽃밭이 구름 속으로 들어온 것 같기도 했다. 오래전, 깊은 밤이면 침대시트가 차갑게 식어버리곤 했다. 남편은 처음부터 전원생활을 좋아하지 않았다. 이혼 후, 노파는 결혼 전 사용했던 아버지의 성 대신 어머니의 성을 선택했다. 모든 것은 그저 자연스러운 일이었다. 언제나 인위보다 먼저일 수밖에 없는 자연, 인위의 대전제인 자연, 그리고 지극히 인위적인 인간이라는 자연. 결국은 자연스럽게 나름의 좋은 일들이 생겨나기도 했다. 노파가 삶을 통해 배운 게 있다면, 자연을 가꾸어 나가는 인위의 방법을 알게 되었다는 것이었다. 여전히 흰빛이 일렁였다. 꽃들이 구름처럼 떠올랐다. 꽃은 누군가의 영혼이 잠시 깃드는 장소일지 몰랐다. 이내 흰빛이 노파의 맨발에 닿았다. 그러자 노파가 사라지기 시작했다. 노파는 이 사라짐의 기분 좋은 공포를 잘 알고 있었다. 죽음은 무엇보다 자연스러운 일이었다. 겨울처럼 추울지언정 봄처럼 기다려서 안 될 게 무어란 말인가. 자신에게 가장 끔찍한 일이 벌어진다면, 그건 다시 젊어지는 일일 거라 노파는 생각했다. 흰빛이 눈처럼 노파에게 내렸다. 언제나 기다렸던, 언제나 찾아왔던 5월이었다. 언제나 아쉬웠고, 언제나 지나갔던 5월이었다. 뭉게구름이 흘러가자 다시 햇빛이 쏟아졌다. 꽃들이 만발한 눈부신 봄의 정원, 5월이었다.

봄의 저녁. 노파는 꽃을 따고, 텃밭을 가꾸고, 다시 가축들을 먹이고, 집으로 돌아와 침실과 부엌과 아틀리에와 현관을 각각 한 아름씩의 다양한 꽃들로 장식했다. 장작 스토브에 불을 지펴 저녁 식사를 준비하며 봄의 저녁을 맞았다. 촛불을 밝히고 식탁에 앉았다. 부엌의 작은 서쪽 창으로 서서히 노을이 지고 서둘러 어둠이 찾아왔다. 노파는 텃밭에서 따온 시금치와 토마토에 치즈를 넣어 만든 샐러드와 순무 피클과 삶은 달걀을 곁들인 감자수프를 먹었다. 화병 가득 꽂아둔 꽃들이 어여쁘기만 했다.

식사를 하며 물망초의 향기를 맡고 다섯 가지 빛깔의 튤립을 바라볼 수 있다는 것이 좋았다. 5월이었다. 노파는 다음 주에 찾아올 손님들을 위한 메뉴를 구상했다. 닭고기크림스튜는 기본이었고, 버터스카치 롤빵을 구울 생각이었다. 덩치 큰 사진작가는 엄청난 대식가였고, 출판사의 신입 편집자는 까다로운 채식주의자였다. 가을에 결혼을 한다는 손녀는 노파의 민트소스와 블루베리머핀을 언제나 좋아했고, 3년 만에 외국에서 돌아온 막내아들 부부가 좋아하는 요리를 위해 노파는 일찌감치 시내 정육점에 고기를 주문해둔 참이었다. 디저트는 커피젤리나 구운 커스터드가 좋을 것 같았다. 이미 제 밥그릇을 비운 개는 식탁 아래 얌전히 배를 깔고 앉아 있었다.

노파가 밤을 맞는 장소는 언제나 아틀리에 창가의 작업 테이블 앞이었다. 정원 일이 가장 분주한 5월은 노파의 작업량이 1년 중 가장 적을 때였다. 그래도 노파는 매일 밤 조금씩 그림을 그렸다. 그림은 노파가 자신의 인생에서 가장 먼저 발견한 기쁨이었고, 가장 분명히 확신한 행복이었다. 언제라도 그림을 그릴 수 있게 팔레트와 스케치북은 항상 펼쳐둔 채로 두었다. 23세에 첫 그림책을 펴낸 이후, 노파는 지금껏 1백여 권에 이르는 책의 제작에 관여했다. 저녁 식사 전 화병에 담아 아틀리에 선반 위에 놓아둔 수십 송이의 수선화가 공작비둘기를 소묘하는 노파의 모습을 조용히 내려다보았다. 5월이었다. 유리창엔 램프와 양초 불빛 속에 그림을 그리는 노파의 모습이 거울처럼 되비쳐, 어둠에 잠긴 정원의 모습은 보이지 않았다. 그러나 어둠 속 수천 송이 꽃들은 변함없이 아름다울 터였다. 그토록 매혹적인 향기가 제게서 뿜어져 나오는 줄도 모르고 그 향기에 한껏 취해 있을 터였다. 여름이 제철이긴 했지만 노파는 손님들을 위해 모닥불 파티를 준비해야겠다고 생각했다. 정원의 동쪽 끝에 모닥불 마당이 있었다. 오직 모닥불을 피우기 위해 마련된 마당을 갖고 있다는 것이 좋았다. 장작을 사람 키보다 높이 쌓아 올려 불을 붙이면, 일렁이며 타오르는 모닥불 조명 아래 꽃들의 또 다른 얼굴을 볼 수 있었다. 그럴 때면 누군가는 기타를 쳤고, 누군가는 노래를 불렀고, 누군가는 머리에 꽃을 꽂고 춤을 추었다. 그럴 때면 모두 함께 웃으며 즐거워했다. 사랑하는 사람들에게 그러한 시간을 선사할 수 있다는 것이 좋았다. 그리고 그들이 모두 돌아간 다음, 다시 혼자가 될 수 있다는 것이 좋았다.

노파는 자리에서 일어섰다. 이제 잠자리에 들어야 할 시간이란 것을 시계를 보지 않고도 분명히 알 수 있었다.

10

남편은 어느 날 ……

에드워드 호퍼
화가, 미국, 1882~1967

1942년 2월 XX일, 미국 뉴욕

남편은 빠르게 집 주변을 벗어나 대로변으로 나왔다. 자동차의 소음과 거리를 오가는 사람들의 움직임, 가로등과 간판의 불빛, 이제야 겨우 집 밖으로 나왔다는 느낌이 들었다. 밤이 깊어가고 있었다. 남편은 코트 깃을 여미고 중절모를 바로잡은 다음 두 손을 주머니 깊숙이 찔러 넣었다. 2월 하순의 밤거리, 봄은 아직 요원한 듯했다.

코트 주머니 속 왼손이 찬 기운에 점점 더 욱신거렸다. 아내는 먼저 검지와 중지를 물고 다시 손등을 물었다. 기습적인 공격이었지만, 그 짧은 순간, 남편은 오른손 대신 왼손을 물리는 게 낫다는 생각을 했다. 지난가을처럼 오른손 엄지라도 물렸다간 며칠이고 제대로 그림을 그릴 수 없을 게 뻔했다. 피멍이 든 오른손으로 연필을 쥘 때마다, 붓질을 할 때마다 화가 치밀어 올랐다. 남편은 걸음을 멈추고 가로등 불빛에 왼손을 비춰보았다. 손등엔 아내의 못난 치열대로 잇자국이 나 있었다. 망할 놈의 여편네, 남편은 이를 갈 듯 중얼거렸다. 그렇게 애지중지 고양이를 끼고 돌면서 하는 짓은 영락없이 극성맞은 개와 같았다. 남편은 아내를 닮았다는 이유로 개를 싫어했다. 아내의 고양이는 더욱 싫어했다. 문득 오른쪽 무릎이 쑤셨다. 아내를 벽으로 밀치며 의자 다리에 부딪혔기 때문이었다.

아내는 깨진 접시 조각이 남아 있는 게 아닌지 연신 부엌 바닥을 살폈다. 몇 번이나 빗자루로 바닥을 쓸어낸 참이었다. 아내는 한숨을 내쉬고 부엌의 문을 열었다. 기다렸다는 듯 고양이가 안으로 들어왔다. 아내는 걱정스러운 눈길로 고양이의 발걸음을 좇았다. 언젠가처럼 유리 파편을 밟아 고양이 발바닥에 피가 난다면, 그때는 정말이지 남편을 가만두지 않을 작정이었다. 배가 고픈 고양이가 가냘픈 소리를 내며 울었다. 그래, 배가 많이 고프지, 인정머리 없는 작자 같으니, 네 밥그릇에 화풀이를 할 게 뭔지. 남편은 고양이에게 먹일 우유가 담긴 접시를 발로 걷어차버리고 집 밖으로 나간 참이었다.

고양이의 조그만 혀가 부지런히 우유를 핥았다. 접시가 깨지며 사방으로 튄 우유를 닦아낸 행주에서 고약한 우유 비린내가 풍겼다. 먹다 만 저녁 식사도 마저 뒷정리를 해야 했다. 그러나 심사가 뒤틀린 아내는 인상을 쓰며 식탁 의자에 걸터앉았다. 목이 말라 물을 들이켰다. 날카로운 통증에 절로 신음이 터져 나왔다. 잇몸이 시큰거리고 턱관절이 얼얼했다. 남편이 자신을 벽으로 밀친 것에 대한 반격으로 아내는 남편의 손가락을 힘껏 물어버렸다. 그 짧은 순간, 아내는 자신이 남편의 오른손이 아닌 왼손을 물고 있다는 것을 확인했다. 그것이 다행이란 생각이 들어 손등을 한 번 더 물었다. 우유를 먹던 고양이가 귀를 젖히고 아내를 바라보았다.

남편은 키가 컸다. 무척 컸다. 2미터에서 2센티미터가 모자 랐다. 남편은 살아오면서 자신보다 키가 큰 사람을 만나보지 못 했다. 사람들은 곧잘 남편의 큰 키를 화제 삼아 대화를 이어가 려 했다. 동료 화가나 화상 들은 미국 화가들 중 남편이 가장 키가 클 거라고, 어쩌면 전 세계 화가들 중 가장 키가 클 거라 고 우스갯소리를 했다. 남편은 사람들이 자신의 키에 대해 이러 쿵저러쿵 말하는 게 싫었다. 그에 대해 자신이 어떤 반응을 보 여야 한다는 것도 싫었다. 지나치게 큰 키는 늘 일상의 불편함 을 가중시킬 뿐이었다. 자신이 198센티미터 키에 걸맞는 운동 신경이나 체력을 갖춘 것도 아니었다. 남편은 큰 키가 자신을 동작이 굼뜨고 신경이 둔한 사람으로 보이게 한다고 생각했다. 언제부턴가 사람들이 키에 대해 말할 때면 남편은 아무런 반응 을 보이지 않았다. 어떠한 대꾸도 하지 않았고 어떠한 표정도 짓지 않았다. 그러면 사람들은 차츰 입을 다물고 남편의 눈치를 살폈다.

큰 키에 대한 얘기를 끝도 없이 입에 올리는 유일한 사람은 바로 아내였다. 남편의 키가 너무 커서 옷을 세탁하고 수선하기 가 힘들고 번거롭다느니, 다림질을 한 번 하고 나면 기진맥진 쓰러질 지경이라느니, 함께 우산을 쓰면 자신만 전부 비를 맞게 된다느니, 남편을 올려다보느라 늘 고개가 아프다느니 등등 끝 이 없었다. 하다못해 육탄전을 방불케 하는 부부 싸움 와중에도 팔다리가 긴 남편이 자신보다 훨씬 유리하다며 억울해했다. 아내가 자신의 큰 키에 대해 말할 때면 남편은 다른 사람들에게 그러는 것처럼 어떠한 대꾸도 하지 않고 어떠한 표정도 짓지 않으려 노력했다. 그러나 남편이 기억하기에 아내가 자신에게 하던 말을 그친 적은, 자신의 눈치를 본 적은 한 번도 없었다.

아내는 키가 작았다. 무척 작았다. 150센티미터를 겨우 2센티미터 넘긴 정도였다. 키가 작은 여자들 중에서도 유난히 작은 편에 속했다. 아내는 어려서부터 자신의 작은 키로 사람들의 이목을 끌 수 있다는 것을 알았다. 왈가닥 소녀다운 곱슬머리, 크고 또렷한 갈색 눈동자, 명랑한 웃음소리, 애교 섞인 몸동작, 화려하고 여성스러운 옷차림까지. 152센티미터의 아내는 자신에게 작고 귀여운 여자, 아담하고 사랑스러운 여자 같은 수식어가 붙는 것을 흡족해했다. 아내는 자신의 외모가 사람들에게 어떠한 느낌을 불러일으키는지 잘 알고 있었다. 활발하고 사교적인 태도를 취하는 것은 자신의 개성에 부합하는 일이라 생각했고, 유쾌한 수다로 분위기를 주도하는 것은 자신의 매력을 증대시키는 일이라 생각했다.

작은 키에 대해 끝도 없이 험담을 일삼는 유일한 사람은 바로 남편이었다. 애처럼 작으니 나이가 들어도 여전히 애처럼 군다느니, 그렇게 짧은 팔다리로 운전을 한다는 것 자체가 애당초 무리였다느니, 모델을 서주어도 평균 키의 여성을 그리는 데는

별 도움이 안 된다느니, 잠시도 가만히 있지 못하고 정신없이 수선을 피우는 것도 모두 키가 작기 때문이라는 등등, 끝이 없었다. 그러나 아내가 기억하기에 그렇게 말하는 남편이 키가 작은 자신을 위해 무언가를 배려해준 일은 한 번도 없었다. 이젤이나 의자의 높이를 제 키에 맞게 조절하는 일도, 받침대에 올라 높은 곳의 물건을 꺼내는 일도 번번이 혼자 애를 써야 했다. 성큼성큼 보폭이 큰 걸음을 걷는 남편과 보조를 맞추기 위해 아내는 늘 종종걸음으로 뛰듯이 길을 걸어야 했다.

대로변을 걷던 남편은 다시 이면도로 쪽으로 발걸음을 옮겼다. 밤이 깊어지며 기온이 빠르게 떨어지고 있었다. 집을 나서며 모자를 챙겼지만, 코트 안에 입고 있는 것은 셔츠와 내의뿐이었다. 다행히 주머니 속에 몇 달러가 들어 있었다. 남편은 자신의 단골 이발소가 있는 상점가를 향해 걸었다. 짝을 이뤄 순찰을 돌고 있는 두 명의 경찰관이 남편 곁을 스쳐갔다. 겨울 전에는 거리와 술집에서 휴가를 나온 군인들의 모습을 심심치 않게 볼 수 있었다. 그러나 작년 12월 진주만 공습 이후 군인들은 뉴욕 시내에서 완전히 모습을 감추었다. 지난달 일본군이 필리핀 마닐라를 점령한 후로 사태는 더욱 악화되었다. 신문은 연일 미국의 대대적인 반격 준비에 대한 기사로 도배되었다. 반격 준비가 대대적이라는 것은 일본으로부터 받은 타격과 피해와 충격이 그만큼 크다는 것을 의미했다.

남편은 거리를 걸었다. 불이 켜진 직사각형의 창문들, 언뜻 언뜻 검은 그림자가 내비쳤다. 창문 밖으로는 보이지 않는 금발 머리, 창문 밖으로는 들리지 않는 슬리퍼 끄는 소리, 창문 밖으로는 새어 나오지 않는 커피 향, 갑자기 불이 꺼지고 검은 그림자는 어둠 속으로 사라졌다. 뉴욕에 공습 사이렌이 울린 적은 없지만, 뉴욕 시민들이 방공호로 대피한 적은 없지만, 지금은 전시였다. 멀리 태평양과 대서양 저편 쉼 없이 포탄이 쏟아지고 총알이 발사되고 사람들이 죽어가고 있었다. 남편은 거리를 걸었다. 유럽 대륙에서 희미하게 들려오는 소문, 특히 유대인 게 토와 강제수용소에 대한 소문은 도저히 믿기 어려운 것들이었 다. 남편은 젊은 시절 프랑스 체류 당시 만났던 유대인 화가들 을 종종 떠올렸다. 남편은 거리를 걸었다. 불길한 엔진 소리를 내며 적기들이 뉴욕의 밤하늘을 뒤덮는다면, 무차별 폭탄을 투하한다면, 저 높은 빌딩들을 향해 전투기가 자살 공격을 감행한 다면, 창문 안의 금발 머리는, 슬리퍼 끄는 소리는, 커피 향은, 그토록 견고한 연약함은……

아내는 소파에 앉아 고양이를 쓰다듬었다. 밤이 깊어가고 있 었다. 남편이 문을 쾅 닫고 밖으로 나간 뒤 살펴보니, 현관 입 구 옷걸이에 코트와 모자가 보이지 않았다. 돈을 가지고 있다면 지금쯤 술 한 잔 마실 곳을 찾아 거리를 어슬렁거리고 있을 터 였다. 고양이는 자신을 쓰다듬는 아내의 손길이 만족스러운지

가늘게 눈을 뜨고 몸통을 울리는 특유의 소리를 내며 제 기분이 좋다는 것을 아내에게 전하고 있었다. 아내는 곧잘 남편에게 고양이만도 못한 인간! 하며 소리를 질렀다. 남편은 8년이나 키운 고양이를 한 번도 쓰다듬어준 적이 없었다. 먹이를 챙겨준 적도 배설물을 치워준 적도 없었다. 남편이 고양이만도 못한 가장 결정적인 이유는 제 기분을 표현하는 데 말은커녕 그르릉거리는 소리조차 내지 않으려 한다는 점이었다. 아내는 연신 고양이를 쓰다듬었다. 고양이는 남편이 집에 없는 편을 훨씬 좋아하는 듯했다. 그러나 남편이 집에 없는 경우는 거의 없었다.

얼마 전 맞은편 소파에 앉아 신문을 보고 있는 남편을 향해 아내는 지인들이 피난에 대비해 짐을 꾸려두고 있다는 얘기를 꺼냈다. 남편은 신문에서 눈을 떼지 않았다. 아내는 자신도 가방 속에 이것저것을 챙겨두었다고 말했다. 남편은 신문을 다음 장으로 넘겼다. 아무래도 남들처럼 비상식량을 구입해두어야겠다고 말했다. 그제야 남편은 신문에서 눈을 떼고 인상을 쓰며 말했다. 일본에서 태평양을 건너 미국까지 날아올 수 있는 전투기는 없어. 유럽에서 대서양을 건너 미국까지 날아올 수 있는 전투기도 없고. 불과 세 번 만에 남편이 제법 긴 대꾸를 했다는 것에 고무된 아내가 빠르게 말을 이었다. 독일 놈들한테는 잠수함이 있잖아, 가미카제 얘기도 못 들었나, 자유의 여신상이 폭파될지도 모른다고, 엠파이어스테이트 빌딩이 무너져 내릴지도 몰라. 남편은 못마땅하다는 듯 소리 나게 신문을 접고 자리에서 일어나 작업실로 들어가버렸다.

　남편은 골목길 어귀에서 밤샘 영업을 하는 간이식당을 바라
보았다. 커다란 유리벽을 통해 식당 안이 훤히 들여다보였다.
홀 중앙을 에워싸듯 놓인 긴 바 테이블, 등받이 없는 스툴에 손
님들 몇몇이 앉아 있었다. 빈자리가 더 많았다. 흰색 유니폼을
입은 종업원이 테이블 안쪽을 오가며 커피와 술, 간단한 요깃거
리를 서빙하고 있었다. 남편은 자신이 지금 보고 있는 장면을
전에도 언젠가 본 적이 있다고 느꼈다. 열흘 전쯤, 넉 달 전쯤,
어쩌면 작년 이맘때쯤, 혹은 언젠가 막막하고 지루한 꿈속에서,
모두 아니라면 괜한 착각일지도 몰랐다.
　남편은 간이식당의 문을 열고 안으로 들어갔다. 출입문에 달
린 작은 종이 울리자, 바 테이블에 앉아 있던 손님들이 남편을
바라보았다. 키가 꽤나 큰 남자로군, 채 1초도 지나지 않아 시
선은 다시 거두어졌다. 종업원이 메뉴가 적힌 종이를 가져왔다.
제대로 저녁을 먹지 못한 탓에 감자포타주나 오믈렛이 먹고 싶
었으나, 주머니 사정상 그러면 술을 마실 수 없었다. 남편은 꼬
냑을 주문했다. 종업원이 한순간 자신의 손등을 미심쩍은 눈길
로 바라보는 것을 남편은 눈치챘다. 식당의 환한 불빛 아래 검
푸른 빛깔로 변해버린 아내의 잇자국이 선명하게 드러났다. 서
투른 솜씨 탓에 꼴사납게 망쳐버린 문신 같았다. 남편은 왼손을
다시 코트 주머니 속에 넣었다.

종업원이 꼬냑을 가져왔다. 남편은 서둘러 술잔을 들이켰다. 술기운이 몸 안으로 퍼지며 서서히 체온이 오르는 것이 느껴졌다. 남편이 꼬냑의 맛을 음미하게 된 것은 몇 차례 파리에 머물렀던 이십대 때의 일이었다. 미술학교를 졸업한 후 남편은 생계를 위해 디자인 사무실에서 일러스트레이터로 일했다. 책이나 잡지에 들어갈 삽화를 그리는 것이 주 업무였다. 레저룩을 차려입고 야외 스포츠를 즐기는 사람들, 어린아이를 다정하게 돌보는 보모, 쇼윈도 속 화려하고 새로운 상품들, 남편은 주로 그런 것을 그렸다. 부두 노동자를 모집하는 광고의 포스터도 여러 차례 그렸다. 얼마간 돈이 모이면 탈출하는 심정으로 유럽행 배에 몸을 실었다. 파리의 미술관을 순례하며 지난 세기 거장들의 그림을 보고 또 보았다. 자신만이 그릴 수 있는 그림을 그리고 싶었으나, 좀처럼 가능한 일이라 여겨지지 않았다. 포도주보다 꼬냑이 자신에게 맞는 술이라는 것을 그때 알았다. 그림을 그리는 키 큰 미국 청년, 30여 년 전 남편은 유럽 여행 내내 혼자였다. 남편은 꼬냑이 담긴 술잔을 기울이며, 나치 깃발이 나부끼고 있을 파리의 미술관을 떠올렸다.

　아내는 남편의 작업실로 들어갔다. 유화물감 냄새, 그리고 남편의 냄새, 어쩐지 남편이 없는 작업실은 다음 회 공연을 기다리고 있는 연극 무대 같다는 느낌이 들었다. 이젤, 캔버스, 의자, 책장, 모두 연극의 무대장치나 소품처럼 느껴졌다. 아내는 다른 화가들의 작업실을 여러 차례 방문해보았다. 남편의 작업실처럼 깔끔하게 정리 정돈이 잘되어 있는 작업실은 찾아보기 어려웠다. 적당히 지저분하고 온갖 물건이 뒤죽박죽인 그들의 작업실이 훨씬 자유롭고 예술가답게 느껴졌다. 남편은 작업실의 가구나 물건의 위치가 바뀌는 것을 극도로 싫어했고, 바닥에 물감 얼룩 한 점 떨어져 있는 것을 용납하지 않았다. 작업실의 청소 상태가 만족스럽지 않으면 그림을 그릴 수 없다고 투덜거렸다. 아내의 고양이가 작업실에 드나드는 것도 질색했다. 고양이 털이 팔레트나 캔버스에 붙어 있기라도 했다가는 우유 접시가 아닌 고양이를 걷어찰지도 모를 일이었다.

최근 몇 년, 남편의 작업은 순조로운 편이었다. 전시나 판매 성과도 나쁘지 않았다. 그러나 남편은 화상들이라면 모조리 사기꾼 취급을 했고, 미술관 관계자나 평론가 들이 하는 말은 귓등으로도 들으려 하지 않았다. 그들을 상대하는 건 언제나 아내의 몫이었다. 온갖 서류를 처리하고 회계장부를 관리하는 것 역시 마찬가지였다. 남편은 동료 화가들과의 교류도 탐탁지 않아 했다. 업계의 모임이나 파티가 있을 때면 152센티미터의 아내가 198센티미터의 남편을 억지로 끌고 가다시피 해야 했다. 이 작업실이 남편만의 연극 무대인 것은 아니었다. 종일 아무 말 없이 그림만 그리는 남자가 나오는 연극이라니, 생각만으로도 따분한 노릇이었다. 18년의 결혼 생활, 이 집에 사는 것은 11년째, 이 연극 무대 같은 작업실에서 아내는 남편에게 숱하게 잔

소리를 퍼붓고 화를 내는 악처의 역할을 맡았다. 그리고 그보다 훨씬 더 많은 시간, 남편의 그림을 위해 모델로 포즈를 취했다.

올겨울 남편은 새로운 작품을 시작하지 못하고 있었다. 진주만 공습으로부터 비롯된 전쟁 쇼크가 나라 전체를 뒤숭숭하게 만든 탓도 있었다. 아내는 남편의 스케치북이 꽂혀 있는 책장으로 다가갔다. 한 치의 흐트러짐도 없이 일렬로 늘어선 수십 권의 스케치북, 남편은 매 작품마다 지나치다 싶을 만큼 꼼꼼하게 스케치를 거듭한 후 캔버스 작업에 들어갔다. 최종본이 나올 때까지 가안으로 삼는 스케치가 수십 종에 이르렀다. 인물의 자세와 옷차림, 창문이나 가구의 위치와 크기, 이런저런 소품의 개수와 각도까지. 거기에 각 스케치마다 상세한 메모를 덧붙였다. 남편은 항공모함의 설계도라도 그리듯 스케치에 공을 들이고 완벽을 기했다. 답답할 정도로 철저한 방식이었다. 오랜 시간을 들여 최종 스케치가 완성되고 나면 캔버스 작업은 의외로 속도감 있게 진행됐다. 아내는 남편의 최근 스케치북을 넘겨보기 시작했다.

이제 남편을 포함해 간이식당의 손님은 넷뿐이었다. 남편과 의자 세 개를 사이에 두고 떨어져 앉아 있는 남자, 남편처럼 코트 차림에 중절모를 썼고, 남편처럼 혼자 술을 마시고 있었다. 남편과 대각선으로 왼쪽 자리에 커플로 보이는 남자와 여자가 있었다. 둘은 식당 안에 있는 사람들 중 가장 젊어 보였으나,

동시에 가장 피로해 보였다. 둘은 닮아 있었다. 그러나 혈연의 느낌은 아니었다. 둘은 커플임이 분명했지만, 역시 부부 같지는 않았다. 의자 세 개 건너에 앉은 남자가 술 대신 추가로 커피를 주문했다. 남자는 코트의 안주머니에서 입구가 뜯긴 편지 봉투를 꺼냈다. 그리고 심각한 표정으로 편지를 펼쳐 읽기 시작했다. 주문한 커피가 나왔지만 한동안 입에 대지 않았다. 갑자기 대각선 자리의 여자가 목소리를 높였다. 말도 안 돼, 브루클린이라니!

남편은 그들이 어떤 사람인지, 무슨 사연을 가졌는지 궁금하지 않았다. 자신과는 무관한 사람이었고, 자신과는 무관한 사연이었다. 도시의 공기를 이루고 있는 것은 바로 그 무관함이었다. 모두가 무관함을 들이마시고 내뱉으며 무관함 속에 깃들어 살아가고 있었다. 때문에 그토록 자신과 무관한 그들이 어떤 사람인지 조금이라도 궁금해하는 것, 무슨 사연을 가졌는지 잠시라도 관심을 갖는 것, 이 거대하고 복잡한 도시에서 타인의 존재를 인지하는 최소한의 예의일지 몰랐다. 그 조금과 잠시마저 없다면, 자신과 무관한 타인은 카페의 의자나 거리의 소화전과 다를 바 없는 존재였다. 의자나 소화전의 유용함을 생각한다면 타인이란 존재는 더욱 위태로워질 수밖에 없었다.

그러나 그 조금과 잠시라는 것, 그 궁금증과 관심이라는 것에 남편은 짐짓 회의적이었다. 그러한 태도가 결국 어디에 가닿을 수 있단 말인가. 심각한 표정으로 되풀이해 읽는 편지의 내용이, 뜨악한 태도로 거부반응을 보이는 브루클린이란 지명이 자신에게 어떤 의미가 될 수 있단 말인가, 또한 그것의 평균적인 양이나 이상적인 질은 애초에 존재하기 어려운 것이었다. 깊은 밤 혼자 간이식당을 찾아 꼬냑을 마시는, 늙수그레한 남자인 자신에게서 저들은 무엇을 보고 무엇을 느낄 것인가. 남편은 지금 이곳에 자신을 있게 한 아내를 떠올렸다. 아내는 남편의 작품을 보며 제멋대로 그림 속 인물의 이야기를 지어내는 것을 좋아했다. 이 남자는 몇 달 전 사기를 당해 전 재산을 잃었어, 이 커플은 어린 시절부터 쭉 알고 지낸 사이야, 이 여자는 부모의 유산을 상속받지 못할까 노심초사하고 있지, 이 사람들은 일행이 아니라 오늘 처음 만난 사이가 틀림없어. 남편은 단호하게 고개를 가로저었지만, 아내는 조잘조잘 이야기를 이어갔다. 지난해 남편이 완성한 작품 중 사무실에서 야근을 하는 남녀의 그림이 있었다. 서류함 앞에 서 있는 그림 속 여자의 이름을 아내는 제멋대로 셜리라고 명명했다. 아니, 난 그런 이름을 떠올린 적 없어, 인물의 이름 따윈 생각하지 않아. 남편의 퉁명스러운 반응에 아내는 입을 삐죽거리며 어깨를 으쓱해 보였다.

아내는 남편의 스케치북을 넘겨보고 있었다. 항공모함의 설계도에 버금가는 스케치북. 사무실에서 야근을 하는 남자와 여자, 남편이 작년에 완성한 그림의 스케치들이 있었다. 책상 앞에 앉아 서류를 들여다보고 있는 남자, 서류함의 서랍을 열고 무언가를 찾다가 남자를 돌아보는 여자. 여자의 자세는 유난히 여러 번 수정되었다. 결국 기이하게 혹은 야릇하게 몸을 틀어 상반신은 옆모습으로 하반신은 뒷모습으로 그려졌다. 투피스를 입고 있는 여자의 가슴과 엉덩이가 유난히 도드라졌다. 아내는 그림 속 여자의 이름을 셜리라고 지었다. 나이는 스물일곱, 스물셋에 결혼했지만, 스물다섯에 사고로 남편을 잃었다. 아이는 없었다. 셜리는 석 달 전 처음 뉴욕으로 왔다. 이 사무실의 타이피스트는 셜리가 태어나 처음으로 갖게 된 일자리였다. 책상을 대각선으로 마주하고 남자와 함께 일을 한 지 6주째, 남자는 셜리의 고용주이기도 했다. 유난히 도드라진 가슴과 엉덩이로 셜리가 남자를 유혹하고 있는 것은 아니었다. 셜리는 그저 자기 자신을 감당하기가 버거울 뿐이었다. 뚫어져라 서류만 들여다보고 있는 이 남자의 이름은 뭐가 좋을까, 아내의 말에 내내 손사래를 치던 남편은 더 이상 들어줄 가치가 없다는 듯, 작업실 밖으로 나가버렸다.

아내는 남편의 그림에 대해 자신이 상상한 내용을 일기장에 적어두곤 했다. 아내는 남편의 스케치북만큼 많은 일기장을 가지고 있었다. 남편에게 했던 얘기, 남편에게 하지 못한 얘기, 남편이 한 얘기, 남편이 했어야 한 얘기, 남편의 유난한 성향, 남편의 괴상한 태도, 남편과 다툰 정황, 남편의 그림에 대한 감상과 평가, 남편의 작업 진행 상황, 남편의 그림을 전시하고 판매할 계획 등등, 일기의 내용은 종종 지인들에게 보내는 편지의 일부가 되기도 했다. 남편의 침묵은 정말 나를 미치게 만들어, 남편과 대화를 하는 건 마치 벽에 돌멩이를 던지는 것 같아, 차이가 있다면 남편은 돌멩이와 달리 바닥에 떨어지면서도 소리조차 내지 않는다는 거지.

부부의 침실과 남편의 작업실, 남은 방 하나가 아내의 작업실이었다. 일반적인 가정의 경우라면 아내의 작업실은 아이 방이거나 손님방이 되었을 터였다. 아이와 손님은 남편이 지극히 싫어하는 대상이었다. 남편은 그림 속에 한 번도 아이를 그린 적이 없었다. 아내는 자신의 작업실에서 일기와 편지를 쓰고, 서류와 장부를 정리했다. 그리고 그림을 그렸다. 오래전 화가로 먼저 이름을 알린 것은 아내였다. 이십대 초반, 남편과 아내는 같은 미술학교를 다녔다. 재학 중 두 사람은 전혀 가까운 사이가 아니었다. 공통점이라고는 찾아볼 수 없던 두 사람은 졸업 후 마흔이 넘어 우연히 다시 마주쳤다. 남편은 여전히 일러스트레이터 일을 겸하고 있었고, 아내는 다른 화가들과 그룹전을 여는 등 활발한 활동을 하고 있었다. 재회 1년 후 둘은 결혼했다. 남편은 전업 화가가 되었고, 전시회를 열었고, 그림을 팔기 시작했다. 아내는 지금껏 자신이 그림을 포기한 적이 없다고 생각했다. 그러나 결혼 후 오래지 않아 아내는 남편의 엄마와 딸과 비서와 라이벌과 모델과 하녀와 섹스파트너가 하나로 합쳐진 그 무엇이 되었다.

남편의 오른손은 뭉툭한 몽당연필을 쥐고 있었다. 잇자국이 난 왼손은 냅킨을 반듯하게 붙잡기 위해 코트 주머니를 빠져나 와야 했다. 남편의 부탁에 종업원은 별말 없이 제가 쓰던 연필 을 건네주었다. 자신을 향한 종업원의 곁눈질이 느껴졌으므로, 남편은 최대한 무심한 태도로 냅킨에 메모를 해나갔다. 종업원 이 더 이상 자신을 의식하지 않는 듯하자, 남편은 의자 세 개 건너에 앉은 남자의 옆모습을 스케치하기 시작했다. 예의 편지 는 다시 안주머니 속에 있었다. 테이블 위 커피 잔은 어느새 비 어 있었다. 남자의 얼굴, 술과 잠이 깨기를 바라는 듯한 얼굴, 술과 잠이 깰까 두려워하는 듯한 얼굴. 이 늦은 시간 다른 볼 일이 남아 있는지도 모를 일이었다. 서둘러 어딘가로 가야 하는 처지, 조금만 더 그것을 지체하고 싶은 마음. 남자는 남편에게 전혀 주의를 기울이지 않고 있었다. 그럼에도 남편은 자주 연필 을 멈췄다. 아내라면, 남자의 이름이며 직업, 예의 편지가 누구 에게서 받은 어떤 내용의 편지인지 잘도 지어낼 터였다.

대각선 왼쪽의 남자와 여자. 여자의 짙은 화장이 환한 조명 아래 얼룩진 분장처럼 거북하게 느껴졌다. 좀더 지쳐 있는 쪽 은 확실히 남자였다. 남자는 지쳐 보였고 내심 전전긍긍하고 있 었다. 그리고 계속 담배를 피웠다. 이따금 둘의 대화는 끊어졌 다. 번번이 먼저 말을 시작하는 건 남자였다. 남자는 입술을 거 의 움직이지 않고 말했고 어떤 단어도 남편이 있는 자리까지 들 려오지 않았다. 여자는 고개를 끄덕이거나 머리칼을 매만지거나 미간을 찌푸리거나 하며 남자의 얘기를 듣고 있었다. 그리고 간간이 짧은 대꾸를 했다. 특이한 억양의 몇 마디가 남편의 귀에까지 들려왔다. 아니, 그 사람이 먼저, 5번가에 있어요, 영 별로인데. 한순간 여자와 남편의 눈이 마주쳤다. 남편은 왼손으로 술잔을 들이켰다. 모두가 무언가를 견디고 있었다. 모두가 자신이 무언가를 견디고 있다는 것을 타인에게, 또 자신에게 들키지 않으려 노력하고 있었다.

싸움의 발단은 번번이 그랬듯 운전이었다. 겨우내 거리 이곳저곳에 쌓였던 눈은 이제 거의 남아 있지 않았다. 부부는 오랜만에 차를 몰고 쇼핑에 나섰다. 아내가 운전대를 잡았다. 남편은 아내가 운전하는 것을 내켜하지 않았다. 자신이 직접 운전하는 것은 더욱 내켜하지 않았다. 언제나 그랬다. 아내는 남편이 운전하는 것을 좋아했다. 자신이 직접 운전하는 것은 더욱 좋아했다. 언제나 그랬다. 두 사람이 각자 생각하기에, 자신이 알고 있는 사람들 중 자신보다 더 고집이 센 유일한 사람은 바로 상대방이었다. 아내는 차를 거칠게 다루었다. 언제나 그랬다. 특히 주차가 말썽이었다. 범퍼가 긁히고 기둥에 부딪히고 차 문이 찌그러졌다. 언제나 그랬다. 여러 곳을 돌며 물건을 사는 동안 남편은 또다시 아내의 부주의한 운전 솜씨에 화가 치밀어 오르기 시작했다. 집에 도착해 주차를 앞두고 남편은 아내를 차에서 내리게 했다. 아내는 내리지 않고 버텼다. 남편은 차 문을 열고 아내의 팔을 잡아끌었다. 아내는 운전대를 움켜쥐고 버텼다. 남편은 아내의 다리를 잡아끌었다. 아내가 발버둥을 치는 바람에 차가 위태롭게 요동쳤다. 이웃들이 그러한 소동을 목격한 것은 이미 여러 차례였다.

아내는 남편의 스케치북을 넘겨보며 남편이 그리는 숲에 대해 생각했다. 주로 교외의 집과 사람을 그릴 때 그 배경이 되는 나무와 숲, 혹은 언덕이나 산. 남편이 그린 나무는 그 나무가 무슨 나무인지 전혀 알아볼 수 없었다. 품종이나 이름 따위 알 바 아니라는 듯, 남편은 거친 터치로 어둡고 진하게 나무를 그렸다. 숲과 언덕과 산도 그렇게 그렸다. 남편이 그린 숲은 뚜렷하고 분명했다. 그런 만큼 왠지 부자연스럽고 불길한 느낌을 주었다. 유유자적 거닐고 싶은 마음이 들지 않는 숲, 자연의 상쾌함이나 푸근함을 기대할 수 없는 산. 남편이 그린 숲은 인물로부터 아주 가까이, 너무나 태연스럽게 존재하는 심연이었다. 남편의 그림 속 인물들은 모두 어딘가로 도망치듯 떠나고 싶은 충동에 사로잡혀 있었다. 그러나 그것을 끝내 결행하지 못하는 인물들, 한 발짝만 나서도 치명적인 심연과 마주치게 될 터였다. 그들은 짐짓 포위되어 있었다. 어디든 갈 수 있었으나 결국 어디든 막혀 있었다. 남편이 그리는 하늘과 바다 역시 마찬가지였다. 그 끝이 어디를 향하고 있는지 가늠할 수 없는 길 또한 마찬가지였다.

남편은 다시 골목길 어귀에서 밤샘 영업을 하는 간이식당을 바라보았다. 여전히 커다란 유리벽을 통해 식당 안이 훤히 들여다보였다. 안주머니에 편지를 넣어 둔 남자는 굳은 듯 자리를 지키고 있었고, 커플로 보이는 남자와 여자는 나란히 앉아 끊어질 듯 이어지는 대화를 나누고 있었다. 남편이 앉았던 의자는 비어 있었고, 빈 술잔은 종업원에 의해 치워진 참이었다. 남편은 자신의 뒷모습이 유리벽 밖으로 어떻게 내비쳤을지 가늠해 보았다. 흐릿한 잔상이 어른거렸다. 공포를 불러일으킬 만한 여력이 없는 시무룩한 유령의 뒷모습 같은. 남편은 주머니에서 흐릿한 연필 스케치가 그려진 냅킨 석 장을 꺼냈다. 집으로 돌아가 이 냅킨들을 들여다보면 이 역시 유령을 스케치한 듯 보일 것 같다는 생각이 들었다. 남편은 냅킨을 다시 주머니에 넣었다. 아무래도 시점의 위치는 식당 안이 아닌, 자신이 서 있는 이 자리가 더 좋을 듯싶었다. 세세하고 정교한 스케치가 필요했다. 남편은 인상파식 야외 작업이 자신에게 맞지 않는다는 것을 진작부터 잘 알고 있었다. 꼬냑으로 더워진 피가 아직 식지 않았지만, 차가운 밤기운이 코트 속을 파고들었다.

아내는 다시 셜리에 대해 상상했다. 셜리는 얼마 전 브로드웨이에서 뮤지컬을 보았다. 그토록 큰 극장에 가본 것도, 그토록 화려한 뮤지컬을 본 것도 처음이었다. 배우들이 무대 위에서 열정적으로 표현하는 춤과 노래와 사랑이 한껏 마음을 부풀게 했다. 흥겨움과 설렘과 아름다움. 그러나 셜리는 동시에 가눌 수 없는 슬픔을 느꼈다. 그토록 신나고 활기찬 모든 것이 자기와는 무관하게만 느껴졌다. 셜리는 그런 자신의 마음을 감당하기가 버거웠다. 내가 배우가 된다면 어떨까, 지금이라도 할 수 있을까, 농담처럼 그 얘기를 고용주에게 해본다면 그는 어떤 반응을 보일까. 아내는 셜리의 모습을 그려보고 싶어졌다. 일을 마치고 자신의 남루한 방으로 돌아와 침대에 누워 있는 모습, 센트럴파크 벤치에 앉아 지나가는 사람들을 바라보는 모습, 브로드웨이 극장 이곳저곳을 기웃거리는 모습, 아내는 오랜만에 스케치를 해야겠다 생각하며 남편의 작업실을 나왔다. 이내 자신의 작업실로 들어와 조명을 켜고 책상 앞에 앉았다. 아내를 따라온 고양이가 이젤의 나무다리에 제 뺨을 쓸었다. 아내는 연필을 쥐었다. 셜리, 외로운 셜리, 쓸쓸한 셜리, 아내는 스케치를 시작했다. 어떻게든 자신을 감당해보고 싶은 셜리, 새로운 삶을 살아보고 싶은 셜리, 아내는 문득 스케치를 멈췄다. 셜리, 자신의 그림을 위해서도 남편의 모델인 자신처럼 유능한 모델이 있어주었으면 좋겠다는 생각이 들었다.

남편은 더욱 어두워지고 더욱 차가워진 밤거리를 걸었다. 남편은 전쟁이 벌어지고 있는 태평양과 유럽을 생각하며 걸었다. 간이식당에서 밤을 새는 사람들의 모습을 담을 새 작품에 대해 생각하며 걸었다. 문득, 어둠 속에서 흰빛이 다가왔다. 인상파의 빛과는 다른 빛, 어디선가 흰빛이 일렁이며 가까이 다가왔다. 아내는 집에서 남편을 기다리고 있었다. 제가 그리고 싶은 셜리에 대해 남편에게 얘기하고 싶었다. 남편은 셜리라는 이름을 마음에 들어 하지 않았지만, 사무실에서 야근을 하는 그 여자, 하고 얘기하면 그만이었다. 그러나 오늘밤은 아무래도 참는 편이 좋을 터였다. 여전히 흰빛이 일렁였다. 남편은 집을 향해 걸었다. 내일부터는 꽤 오래 쉬었던 스케치를 시작할 수 있을 듯싶었다. 골목길의 모퉁이를 돌자 환하게 불을 밝힌 또 다른 간이식당이 나타났다. 커다란 유리벽을 통해 식당 안이 훤히 들여다보였다. 익숙한 도시의 빛, 이내 흰빛이 남편에게 닿았다. 그러자 남편이 사라지기 시작했다. 남편은 이 사라짐의 기분 좋은 공포를 잘 알고 있었다. 아내는 남편이 곧 돌아올 거라 생각했다. 삐걱 문이 열리는 소리가 나는 것은 아닌지 귀를 기울였다. 남편을 기다리다 까무룩 잠이 든 건지도 몰랐다. 어둠 속에서 아내는 일렁이는 흰빛을 보았다. 언제나 그랬다. 검은 그림자가 길게 드리워지자, 흰빛이 눈처럼 아내에게 내렸다. 아내는 남편에게 셜리가 되어주고 싶었다.

CREATOR

2013년 3월 XX일, 미국 뉴욕

아마도The Maybe

뉴욕현대미술관MOMA, 전시장 중앙에 커다란 유리관이 설치되어 있었다. 견고해 보이는 철제다리 위엔 싱글 사이즈의 매트리스, 흰 시트가 깔려 있었고, 흰 베개가 놓여 있었다.

미술관 개장 30분 전이었다. 배우가 모습을 드러냈다. 금발에 쇼트커트, 뿔테 안경을 꼈고, 리넨 셔츠에 데님 진을 입었다. 낮은 굽의 단화를 신었어도 키가 무척 컸다. 마른 체형의 남자를 연상시키는 여자였다. 여자는 배우였다.

배우는 유리관의 작은 문을 열고 몸을 굽혀 그 안으로 들어갔다. 안에서 잠금장치를 채우고 침대에 걸터앉았다. 안경을 벗고 침대 위로 몸을 뉘였다. 몇 차례 몸을 뒤척였다. 비스듬히 옆으로 누운 자세가 되었다. 배우는 눈을 감고 잠을 청했다.

퍼포먼스는 닷새째였다. 배우는 전시장에 설치된 유리관 속 침대에 들어가 잠을 잤다. 매일 일곱 시간씩 잠을 잤다. 하루 중 언제 어디에서 배우가 나타날지 알 수 없었다. 어제는 정오 무렵이었고, 그제는 개장 후 한 시간쯤이 지나서였다. 유리관의 위치 역시 매일 전시장 여기저기로 옮겨졌다. 세계적인 유명 여배우가 유리관 속 침대에 들어가 하루 일곱 시간씩 잠을 자는 '작품'. 작품 전시에 대한 미술관 측의 사전 공지는 없었다. 보도 자료도 배포되지 않았고, 언론의 소개 기사도 없었다. 며칠 새 전시 소식이 알려지며 관람객과 기자들이 미술관으로 몰려들었다. 20여 년 전, 배우가 같은 형식의 퍼포먼스를 영국의 한 미술관에서 진행했던 적이 있음이 확인되었다. 뒤늦게 이번 전시는 한 달간 진행된다는 내용만이 간략히 공지되었다.

다른 모든 전시 작품들이 그러하듯 배우가 잠을 자는 유리관 하단에도 작은 팻말이 붙어 있었다. 팻말에는 배우의 이름과 출생지와 출생 연도, 유리관 침대를 만드는 데 쓰인 재료들, 그리고 작품의 제목이 적혀 있었다——'아마도The Maybe'.

유명인의 사생활을 엿보고 싶어 하는 현대인의 관음증을 풍자한 작품이라느니, 모두에게 노출되고 주목받는 유명인의 처지를 상징적으로 표현한 작품이라느니. 작품을 감상한 관람객의 블로그나 SNS, 언론의 기사나 리뷰 등에는 비슷비슷한 평이 올라왔다. '아마도' 그럴지 몰랐다.

그러나 배우가 유리관 속 침대에서 매일 일곱 시간씩 잠을 자는 이유는 다른 사람들의 '꿈'에 출연하기 위해서였다. 유리관 속 침대는 누군가의 꿈으로 출입하는 비밀 통로였다.

배우는 눈을 감고 잠을 청했다. 문득, 어둠 속에서 흰빛이 다가왔다. 눈을 감아야만 보이는 것, 문을 닫아야만 열리는 곳. 어디선가 흰빛이 일렁이며 가까이 다가왔다. 바람에 나부끼는 깃발, 소용돌이치는 바다, 하프시코드 연주, 흰빛이 일렁였다. 늑대들이 무리지어 들판을 달리는 밤, 줄사다리가 던져진 깊고 오래된 우물, 꿀과 치즈의 언덕, 열기구 여행, 눈사태 경보, 잠자리 날개, 여전히 흰빛이 일렁였다. 함께 페달을 돌리자 오리보트가 앞으로 나아갔다. 가면을 쓰고 횃불을 들고 맨발로 행진했다. 이내 흰빛이 배우에게 닿았다. 그러자 배우가 사라지기 시작했다. 배우는 이 사라짐의 기분 좋은 공포를 잘 알고 있었다. 물수제비를 뜨려 골라 든 조약돌, 오르골의 태엽을 감는 소리, 모래사장에서 찾아낸 녹슨 열쇠. 이윽고 배우는 잠이 들었다. 누군가의 꿈에 출연하기 위해 잠 속으로 빠져들었다. 빛바랜 편지 뭉치를 묶었던 리본이 풀리고, 거미줄 가득 무겁게 이슬이 맺히고, 그곳에 가면 꾸고 싶은 꿈을 상영하는 극장이 있다고 했다. 유리관 속 침대 위, 흰빛이 눈처럼 배우에게 내렸다.

23HG81-VS501B-86TRW7-44AU95

격자 철망이 쳐진 작은 문을 빠져나오니 어느 건물의 환기설비실이었다. 크고 작은 파이프가 복잡하게 얽힌 기계장치들이 윙윙거리는 소음을 내며 작동하고 있었다. 배우는 설비실 밖으로 나왔다. 복도의 코너를 돌아 유리문을 열자 지하 주차장이었다. 배우는 차들이 들고 나는 곡선 통로를 따라 아래로 내려갔다. 지하 2층에 '꿈의 주인'이 있었다. 꿈의 주인은 어딘가에 주차해둔 자신의 차를 찾고 있었다. 배우는 주차장 기둥에 몸을 숨겼다. 꿈의 주인과의 거리는 30미터 정도. 배우가 착용한 헤드셋을 통해 꿈의 주인에 대한 인적 사항이 전달되었다. 31세

히스패닉계 여성, NGO단체에서 환경 운동가로 활동 중.

넓은 주차장이었다. 다양한 종류와 디자인의 자동차들이 빼곡하게 들어차 있었다. 흡사 대형 쇼핑몰의 지하 주차장을 연상시켰다. 배우는 자동차 사이로 몸을 숨겨가며 꿈의 주인에게 접근했다. 꿈의 주인은 긴 원피스 차림에 어깨에 커다란 가방을 두르고 있었다. 주차해둔 자신의 차를 찾기 위해 연신 고개를 두리번거렸다. 헤드셋을 통해 꿈의 주인의 상태가 스캔되었다. 꿈의 주인은 난감해하고 있었다. 주차장을 헤매고 다닐수록 자신이 어디에 주차를 했는지 떠오르지 않았다. 게다가 자신의 차가 어떤 차종의 무슨 모델이었는지도 기억이 가물가물해지고 있었다. 찾아낸다면 바로 알아볼 수 있겠지만, 찾아내지 못한다면 끝내 알아보지 못할 것만 같았다. 꿈의 주인은 초조한 표정으로 주차된 차들 사이를 헤매고 있었다.

어디선가 흰옷을 입은 아이들이 등장했다. 족히 스무 명은 되어 보였다. 예닐곱 살쯤의 어린 소년들이 왁자지껄 떠들어대며 꿈의 주인이 있는 방향으로 몰려왔다.

—뭐지? 이 애들은?

배우가 헤드셋의 버튼을 누르고 말했다.

—합창단입니다. 공연을 하러 왔어요.

헤드셋 속 기계음이 대답했다.

—합창단?

배우는 SUV 차량 뒤편에서 조심스레 목을 빼고 아이들을 살폈다. 아이들이 입고 있는 흰옷은 연미복이었다. 하얀 셔츠에 하얀 나비넥타이에 하얀 바지에 하얀 구두, 그리고 뒷자락이 제비 꼬리처럼 늘어진 하얀 연미복. 합창단 아이들이 꿈의 주인 앞을 우르르 지나쳐갔다. 아이들의 모습에 정신이 팔렸는지, 꿈의 주인은 자동차를 찾다 말고 아이들의 뒤를 따르기 시작했다.

배우는 아이들을 쫓아가는 꿈의 주인을 쫓아갔다. 모두가 뛰듯이 잰걸음으로 걸었다. 주변이 점점 밝아졌다. 많은 차들이 들어찬 지하 주차장이 흐릿하게 지워져갔다. 이내 입구에 무성하게 넝쿨장미가 피어 있는 건물이 나타났다. 교회 같기도 했고 박물관 같기도 했다. 아이들은 그 안으로 들어갔고, 꿈의 주인도 그 안으로 들어갔다. 배우는 헤드셋을 조작해 후드가 달린 망토를 걸쳤다. 몸집을 줄여 눈에 띄지 않는 모습으로 위장했다.

건물의 내부는 다시 건물의 외부였다. 전면에 작은 무대가 있었다. 경사진 돌계단이 그 무대를 반원형으로 둘러싸고 있었다. 돌계단이 그대로 객석인 야외 소극장 같았다. 흰옷을 입은 아이들이 무대 위에 올라 있었다. 그사이 아이들은 열네댓 살 사춘기 무렵의 소년들로 변해 있었다. 지하 주차장에서 보았던 아이들이 두 배쯤 나이를 먹은 듯한 모습이었다. 인원도 열 명 남짓으로 줄어 있었다. 꿈의 주인은 무대가 정면으로 보이는 자리에 혼자 앉아 있었다. 돌계단 여기저기 소년들과 비슷한 또래로 보이는 소녀들이 삼삼오오 무리를 지어 앉아 있었다. 소녀들은 교복을 입고 있었다. 체크무늬 스카프와 스커트, 옥스퍼드화에 무릎까지 올려 신은 남색 스타킹.

—여학생들, 이번엔 누구지?

배우가 다시 헤드셋의 버튼을 누르고 말했다.

—기숙학교 시절의 동급생들입니다.

헤드셋 속 기계음이 다시 대답했다.

하얀 연미복을 입은 소년들이 노래를 부르기 시작했다. 그러나 소리가 들리지 않았다. 음소거 버튼이 눌러진 것처럼 조용했다. 소년들은 진지한 표정으로 입을 크게 뻐끔거리며 노래를 불렀다. 그러나 소리가 들리지 않았다. 교복을 입은 소녀들이 수군거리며 동요했다. 꿈의 주인이 벌떡 자리에서 일어섰다. 곧장 무대를 향해 다가가서는 노래를 부르는 소년들을 향해 수화 같은 손짓 발짓을 해 보였다. 소년들은 아랑곳하지 않고 계속 노래를 불렀다. 그러나 소리가 들리지 않았다. 배우는 꿈의 주인의 상태를 스캔했다. 꿈의 주인은 소리가 들리지 않는 것에 답답해하고 있었다. 마이크나 스피커 같은 오디오 장치에 문제가 생긴 거라 생각하고 있었다. 그러나 이곳은 마이크나 스피커를 통하지 않고도 얼마든지 소리가 전달될 만한 공간이었다. 꿈의 주인은 애가 탔고, 오디오 장치를 찾아 자신이 직접 문제를 해결해야 한다고 생각하기 시작했다.

꿈의 주인이 무대 위로 올라갔다. 무대 구석구석을 살피며 오디오 장치를 찾았지만 아무것도 발견하지 못했다. 꿈의 주인은 소년들 뒤편에 드리워진 검은 커튼을 들추었다. 소년들은 여전히 소리가 들리지 않는 노래를 부르고 있었다. 갑자기 꿈의 주인이 커튼 자락 뒤로 사라졌다. 배우도 자리에서 일어섰다. 성큼성큼 돌계단을 내려가 무대 위로 뛰어올랐다. 커튼 자락을 젖히고 꿈의 주인이 사라진 곳으로 배우도 모습을 감추었다.

물 흐르는 소리가 들려왔다. 깊고 울창한 숲 속이었다. 열대 우림의 정글은 아니었다. 침엽수림 특유의 어둡고 서늘한 기운이 감돌고 있었다. 물 흐르는 소리를 향해 나아가니, 눈앞에 작은 강이 나타났다. 빠른 물살이 계곡처럼 굽이쳐 흐르고 있었다. 배우는 꿈의 주인의 위치를 확인했다. 꿈의 주인은 강가의 자갈밭에서 카누에 오를 준비를 하고 있었다. 1인용의 작은 카누였다. 나무와 동물 가죽으로 만들어진 인디언식 카누였다. 강물에 카누를 띄운 꿈의 주인이 노를 젓기 시작했다. 배우의 헤드셋이 신호음을 냈다. 드디어 배우의 역할이 결정된 것이었다. 배우는 헤드셋 계기판에 고유 번호를 입력했다. 입력을 마치자 배우는 비버로 변했다. 비버로 변신한 배우는 지체 없이 강물로 뛰어 들어갔다.

비버는 곧장 카누를 향해 헤엄쳐갔다. 뒷발의 물갈퀴로 물살을 헤치고 노처럼 생긴 둥글넓적한 꼬리를 지느러미처럼 흔들었다. 꿈의 주인이 자신을 발견하도록 해야 했다. 카누 가까이 접근한 비버가 물 밖으로 고개를 내밀었다. 카누 주변을 맴돌며 반복해 고개를 내밀고 헤엄쳤다. 비버를 본 꿈의 주인은 노를 젓던 손을 멈췄다. 비버의 작고 까만 눈과 큼지막하게 튀어나온 앞니를 보자, 꿈의 주인은 자신이 무엇을 해야 하는지 알 것 같은 기분이 들었다. 비버는 천천히 헤엄치며 꿈의 주인이 자신을 따르도록 했다. 꿈의 주인은 비버를 따라 카누의 노를 저었다. 비버는 강기슭으로 꿈의 주인을 인도했다. 수생식물들이 우거진 바위 틈새, 비버는 집을 짓고 있었다. 강물 위를 떠내려 오는 나뭇가지를 물어다 댐을 쌓듯 집을 짓고 있었다. 꿈의 주인이 비버를 향해 고개를 끄덕였다. 비버는 다시 나뭇가지를 찾아 나섰다. 꿈의 주인은 카누를 타고 비버를 따랐다.

꿈의 주인은 주변 어딘가에 악어가 있을지도 모른다고 생각했다. 자신이 비버를 지켜줘야 한다고, 무사히 집을 지을 수 있도록 비버를 도와야 한다고 생각했다. 비버는 강 이쪽저쪽을 부지런히 오가며 나뭇가지를 물어왔다. 카누를 탄 꿈의 주인이 비버를 에스코트했다. 물결 위로 쏟아진 햇빛이 비늘처럼 빛났다. 바람이 나뭇잎들을 날개처럼 펄럭이게 했다. 집이 완성되면, 비버는 배불리 먹고 편안히 잠을 자며 머지않아 새끼를 낳게 될 터였다. 악어로부터 안전하게 비버를 지켜야 했다. 꿈이 끝나가고 있었다.

꿈의 주인은 비버가 등장한 꿈을 유독 선명한 꿈으로 두고두고 기억했다.

TK39MF-413GQL-NS285Z-19PB63

배우는 좁은 굴뚝을 타고 내려왔다. 발밑으로 타다 남은 장작 개비들이 보였다. 배우가 힘겹게 빠져나온 곳은 벽난로였다. 재와 검댕을 털어내다 배우는 깜짝 놀랐다. 거실 저편 창가에 '꿈의 주인'이 있었다. 배우는 재빨리 소파 뒤로 몸을 숨겼다. 거리는 불과 10미터 남짓, 다행히 꿈의 주인은 벽난로 쪽을 등진 채 창가를 향해 앉아 있었다. 배우는 헤드셋을 조작해 자신의 몸을 흐릿하게 위장했다.

꿈의 주인의 인적 사항이 전달되었다. 25세의 동양계 여성, 광고 회사의 그래픽디자이너, 지금의 직업을 갖게 된 것은 불과 2주 전.

배우는 조심스레 집 안을 살펴보았다. 꿈의 주인 말고는 아무도 없는 듯했다. 집 안의 모습이 다소 기이했다. 도시에 살고 있는 젊은 여성의 집이라기보다, 부유한 중년 남자의 전원 별장 같은 느낌이었다. 8인용의 커다란 가죽 소파 세트를 비롯해 가구는 모두 고풍스러운 앤티크 제품이었다. 소파 세트의 탁자 위에는 시가가 담긴 나무 상자와 주석으로 만들어진 술잔 모양의 라이터, 값비싼 크리스털 재떨이가 놓여 있었다. 배우가 빠져나온 벽난로 위에는 커다란 뿔이 달린 사슴 머리 박제가 걸려 있었다. 그것은 모형이 아니라 실제 사슴 머리의 박제였다. 그 옆 벽면에는 모양이 조금씩 다른 세 자루의 사냥총이 지지대 위에 반듯하게 걸려 있었다. 그것 역시 실제 사용되는 총임에 분명했다. 상아 같은 동물 뼈 재질의 장식품들, 여러 단체의 로고가 수놓인 휘장들, 중세 기사들이 사용했을 법한 투구와 갑옷, 손도끼와 원형 방패도 있었다.

꿈의 주인은 창가에 놓인 작업대 앞에 앉아 그림을 그리고 있었다. 배우는 민첩하게 움직여 창가 쪽 장식장 옆에 몸을 숨겼다. 유리문이 달린 장식장 안에는 각종 상패와 트로피가 가득했다. 배우는 꿈의 주인의 상태를 스캔했다. 꿈의 주인은 자신이 집으로 초대한 손님들을 기다리고 있었다. 2주 전부터 함께 일을 하게 된 직장 동료들을 초대한 참이었다. 그들은 꿈의 주인을 환영하는 의미로 선물을 마련했다고 했다. 곧 그들이 도착할 시간이었다. 꿈의 주인은 서둘러 그들을 대접할 음식을 준비해야 했다. 그러나 음식보다 먼저 그림을 그려야 했다. 반드시 완성해 직장 동료들에게 보여줘야 하는 그림이었다. 그림을 완성한 후에야 음식을 준비할 수 있었다. 그러나 종이 위에는 아직 무엇도 그려져 있지 않았다. 흐릿한 연필 자국만이 있었다. 그나마 무엇을 스케치한 것인지 알아보기 어려웠다.

꿈의 주인은 그림 도구와 씨름하고 있었다. 팔레트가 지저분하다는 것이 몹시 신경에 거슬렸다. 보관 상태가 엉망인 오래된 물감도 말썽이었다. 물감의 알루미늄 튜브는 하나같이 비틀려 있었다. 뻑뻑해진 뚜껑은 잘 열리지 않았고, 라벨의 글자는 희미하게 지워져 있었다. 꿈의 주인은 팔레트에 억지로 물감을 짜냈다. 딱딱하게 굳어버린 물감들, 어느 것은 색깔이 변색되어 있었고, 어느 것은 아슬아슬할 정도로 조금밖에 남아 있지 않았다. 라벨의 글자를 알아볼 수 없어 손가락 끝에 일일이 물감을 묻혀 색깔을 확인해야 했다. 도통 원하는 색을 찾을 수 없었다. 얼굴이 빨개지도록 손가락에 힘을 주어도 제대로 물감을 짜낼 수 없었다. 시간이 없었다. 손님들에게 그림을 보여주고 음식을 대접해야 했다. 꿈의 주인은 전전긍긍 붓을 들었다. 낭패였다. 이번에 붓에서 자꾸 털이 빠졌다. 팔레트는 더욱 지저분해졌다.

꿈의 주인은 물감 상자에서 비교적 상태가 양호한 튜브를 찾아냈다. 급한 마음에 튜브를 종이 위에 그대로 짰다. 좀 전과는 비교할 수 없을 정도로 부드럽게 물감이 튜브를 빠져나왔다. 더할 나위 없이 사랑스러운 연분홍색 물감이었다. 꿈의 주인은 서둘러 물감을 짰다. 계속 짰다. 분홍 물감이 기세 좋게 튜브 입구에서 밀려나왔다. 계속해서 물감을 짜내도 튜브의 크기는 줄어들지 않았다. 금세 종이 위가 물감 덩어리로 범벅이 되었다. 커다란 연분홍색 덩어리를 물끄러미 바라보던 꿈의 주인이 손가락으로 물감을 찍어 조심스레 맛을 보았다. 믿을 수 없다는 듯 표정이 상기되었다. 꿈의 주인은 손가락 가득 질척한 물감 덩어리를 찍어 연신 제 입으로 가져갔다. 이내 종이에 얼굴을 파묻다시피 하고 게걸스럽게 물감을 핥아먹기 시작했다. 입가를 훔치고 손가락을 빠느라 연분홍빛 혀가 쉴 새 없이 날름거렸다.

—뭐야, 저걸 왜 먹어?

배우가 헤드셋의 버튼을 누르고 말했다.

—물감이 아닙니다. 아이스크림입니다.

　헤드셋 속 기계음이 대답했다.

　시공간이 변했다. 빠르게 책장이 넘어가듯 갑작스레 시공간이 변했다. 시공간이 변하기 전, 배우는 예의 물감－아이스크림이 라즈베리 맛이었다는 것과, 사슴 머리 박제가 있던 그 집에 음식을 준비할 부엌이 없었다는 것을 알게 되었다.

　눈이 내리고 있었다. 폭설은 아니었다. 가루처럼 작은 입자의 눈송이가 드문드문 떨어지고 있었다. 날은 쌀쌀했지만 바람은 불지 않았다. 머지않아 어두워질 시간이었다. 도시의 광장에 부드럽게, 속삭이듯 눈이 내리고 있었다.

　배우는 카페의 문을 열고 광장으로 나왔다. 먼 이국의 낯선 도시였다. 배우는 바로 꿈의 주인을 찾을 수 있었다. 꿈의 주인은 혼자 여행 중이었다. 어깨에는 무거운 배낭을 멨고, 점퍼 차림에 털모자를 쓰고 있었다. 꿈의 주인은 고운 가루 같은 눈을 맞으며 광장 입구에 서 있었다. 광장은 도시의 중심이자 출발점이었다. 광장의 전면에 이제는 박물관으로 사용되는 구 시청사가 있었다. 광장을 에둘러 상점과 카페 들, 먹거리와 잡동사니를 파는 노점들, 거리의 화가들, 즉석 공연을 하는 행위예술가들이 있었다. 광장을 벗어나 서쪽으로 가면 대성당이 있었다. 동쪽은 호텔과 쇼핑 타운, 북쪽엔 기차역이 있었고, 남쪽엔 국경을 넘어 온 강이 흐르고 있었다. 꿈의 주인은 박물관 앞 동상을 올려다보았다. 하얀 눈이 희끄무레한 청동 조각에 닿자마자 불씨가 꺼지듯 녹아 사라졌다. 영웅의 동상, 수백 년 전 어느 날 이 광장을 사람들로 가득 채우게 했다는 남자가 늠름한 모습으로 말 위에 올라앉아 있었다. 좀처럼 쌓일 것 같지도, 좀처럼 그칠 것 같지도 않은 눈이 내리고 있었다.

배우는 꿈의 주인을 스캔했다. 꿈의 주인은 여행자답게 다소 지쳐 있었다. 오늘 밤 이 도시에 머물지 기차를 타고 이 도시를 떠날지 아직 마음을 정하지 못한 상태였다. 꿈의 주인은 상점의 쇼윈도를 구경했다. 화려하고 진기한 이국의 물건들, 그러나 상점 안으로 들어가지는 않았다. 빨간 광대코를 붙이고 저글링을 하는 남자 앞에 관광객들이 모여 있었다. 손님용 의자가 비어 있는 거리의 화가는 술병을 홀짝거리고 있었다.

배우의 헤드셋이 신호음을 냈다. 드디어 배우의 역할이 결정된 것이었다. 배우는 헤드셋 계기판에 고유 번호를 입력했다. 입력을 마치자 배우는 만돌린 연주자로 변했다. 만돌린 연주자로 변신한 배우는 광장 한 귀퉁이에 자리를 잡았다. 동전 몇 닢이 담긴 악기 케이스를 제 앞에 펼쳐놓고, 접이식 의자에 앉아 만돌린을 연주하기 시작했다.

광장에 만돌린 소리가 눈송이처럼 떨어져 내렸다. 사람들이 다가왔다. 꿈의 주인도 다가왔다. 느린 곡조로 만돌린을 연주하는 남자는 동양인이었다. 마른 얼굴에 동그란 은테 안경, 흰 털이 반쯤 섞인 장발과 수염. 만돌린 연주자는 알 수 없는 곡을 연주했다. 다른 대륙에서 익힌 선율일지도 몰랐다. 만돌린은 기타보다 가벼운 소리를 냈지만, 기타보다 무거운 시간을 연주하고 있었다.

꿈의 주인은 만돌린 연주자 앞에 동상처럼 서 있었다. 만돌린 연주자가 제 가족 중 한 사람이란 느낌을 지울 수 없었다. 아주 오래전 다른 대륙으로 떠난 뒤 소식이 끊겨버린 누군가. 꿈의 주인은 만돌린 연주자가 연주하는 곡을 저도 모르게 허밍으로 따라했다. 노래의 제목을 기억해낸다면, 만돌린 연주자가 누구인지도 기억해낼 수 있을 것 같았다. 먼 이국의 낯선 도시, 광장에 눈이 내리고 있었다. 꿈이 끝나가고 있었다.

꿈의 주인은 만돌린 연주자가 등장한 꿈을 유독 선명한 꿈으로 두고두고 기억했다.

R29SOD-UJC81K-54XE36-704WCP

커다란 죽은 나무, 흰개미들이 사정없이 파먹은 시체 같은 죽은 나무, 말라죽은 나무 둥치의 구멍 안에서 배우가 고개를 내밀었다. 얼굴 가득 뜨거운 열기가 느껴졌다. 배우는 구멍을 빠져나왔다. 마른 나뭇조각이 흙덩이처럼 힘없이 부서졌다.

누런 가시덤불과 죽은 나무들, 사막이나 황무지에 가까운 초원, 타들어가듯 말라붙는 건기(乾期)였다.

말라죽기 일보 직전의 나무 아래 사람들이 모여 앉아 있었다. 배우는 자신이 빠져나온 말라죽은 나무 뒤로 몸을 숨겼다. 헤드셋을 조작해 그들과 비슷한 옷차림으로 위장했다. 햇빛과 열기로부터 몸을 모두 가리는 길고 치렁치렁한 옷, 머리에는 히잡을 썼다.

말라죽기 일보 직전인 나무 아래 '꿈의 주인'이 있었다. 열댓 명 정도의 사람들 사이에 끼어 있었다. 길을 가던 중 잠시 휴식을 취하고 있는 듯했다. 배우는 헤드셋을 통해 꿈의 주인의 인적 사항을 전달받았다. 47세 백인 여성, 20년 넘게 종합병원의 간호사로 근무, 현재 수술과 항암 치료를 위해 1년 가까이 휴직 중.

휴식을 취하던 사람들이 떠날 채비를 했다. 각각의 자리를 정리하고 짐을 챙겼다. 배우는 수선스러운 분위기를 틈타 무리에 끼어들었다. 비슷비슷한 옷차림 때문에 개개인을 구별하기가 어려웠다. 대체로 중년 이상의 성인 남녀들인 듯했다. 모두가 일행인 것은 분명했지만, 서로 간의 친밀함은 느껴지지 않았다. 배우가 무리에 끼어든 것을 아무도 눈치채지 못했다.

히잡 속으로 감춘 헤드셋에서 신호음이 울렸다.

—자동신발이 필요합니다. 짊어지고 갈 짐이 필요합니다.

모두가 같은 신발이었다. 모두가 맨발에 묻은 흙을 털고 벗어두었던 자동신발을 신었다. 발등을 감싸는 형태의 모카신, 재질은 가죽이나 합성고무가 아닌 가볍고 매끄러운 금속이었다. 배우도 헤드셋을 통해 자동으로 걸음을 걷게 해주는 자동신발을 신었다.

신발과 달리 등짐처럼 짊어져야 하는 물건은 사람마다 제각각이었다. 잔디깎기 기계를 짊어진 사람이 제일 먼저 떠날 채비를 마쳤다. 그 옆 사람은 턱시도를 입힌 마네킹의 관절을 구부려 그것을 제 등에 업었다. 수백 개의 손목시계를 담은 투명한 비닐백을 짊어진 사람도 있었다. 모두가 각자의 짐이 있었다. 네온사인이 달린 카페의 입간판, 곡예사가 탔을 법한 외발자전거, 가죽 쿠션을 덧씌운 피아노 의자, 커다란 바구니에 구겨진 영수증을 꾹꾹 눌러 담은 사람도 있었다. 배우에게도 짐이 필요했다. 헤드셋을 조작하며 배우는 꿈의 주인의 짐을 살폈다.

꿈의 주인은 동전 교환기를 짊어지고 자리에서 일어섰다. 스테인리스로 만들어진 직육면체의 동전 교환기, 지폐를 집어넣으면 액수만큼의 동전을 쏟아내는 동전 교환기, 오랫동안 사용된 탓인지 사용법이 적힌 표찰의 글씨는 바래 있었고, 크고 작은 플라스틱 버튼은 표면이 닳아 있었다.

배우가 짊어지게 된 짐은 실을 잣는 물레였다. 나무를 둥글게 깎아 만든 낡은 물건이었다. 삐걱거리는 소리를 내며 손잡이가 돌아갔지만 실을 뽑을 솜뭉치는 없었다. 배우는 끈으로 물레를 묶어 등에 짊어졌다. 그리고 사람들을 따라, 꿈의 주인을 따라 흙먼지가 날리는 건조한 초원을 걷기 시작했다. 아니, 자동신발이 저절로 다리를 움직이게 했다. 다리뿐만이 아니었다. 걸음의 속도도 방향도 자동신발에 의해 결정되고 있었다.

제각각의 짐을 짊어진 사람들이 앞서거니 뒤서거니 걸었다. 레코드 턴테이블을 짊어진 사람이 있었고, 보행자용 신호등을 짊어진 사람이 있었다. 신호등은 적색불과 녹색불이 모두 켜져 있었다. 배우는 꿈의 주인을 놓치지 않으려 애썼다. 아무도 말을 하는 사람이 없었다. 자동신발이 알아서 걸어주고 있었으므로 눈을 감고 있는 사람도 있었다. 잠이 들었는지도 모를 일이었다.

일행이 걷고 있는 왼쪽으로 거꾸로 펼쳐진 수백 개의 우산이 모습을 드러냈다. 뒤집혀 나뒹굴고 있는 것이 아니었다. 우산 꼭지를 땅에 심기라도 한 것처럼 활짝 펼쳐진 채 손잡이가 똑바로 하늘을 향하고 있었다. 색깔과 무늬가 제각각인 우산들이었다. 거꾸로 펼쳐진 우산을 재배하는 밭이라 불러도 좋을 것 같았다. 모두가 왼쪽으로 고개를 돌려 우산을 보았지만, 자동신발에 의해 그곳을 벗어나자 다시 고개는 정면을 향했다. 배우는 동전 교환기를 짊어진 꿈의 주인 바로 뒤쪽에 있었다. 꿈의 주인이 움직일 때마다 잘그랑잘그랑 동전 소리가 났다.

정면에서 갑자기 공이 굴러왔다. 배구공이었다. 테니스공이었다. 당구공이, 축구공이, 골프공이 굴러왔다. 야구공, 농구공, 핸드볼공, 탁구공이 마구잡이로 뒤섞여 일행을 향해 굴러왔다. 럭비공도, 볼링공도 있었다. 사람들이, 아니 자동신발들이 온갖 종류의 공을 피해 이리저리 움직였다. 행렬이 사방으로 흩어졌다. 그러나 공에 맞아 넘어지는 사람은 없었다. 모두가 각자의 짐을 동여맨 끈을 힘주어 움켜쥐고 있을 뿐이었다. 정신없이 굴러오던 공의 흐름이 멈추고, 한참 만에 흩어졌던 사람들이 다시 모였다. 인원이 얼마간 줄어든 듯했다. 일행이 아니었던 사람들이 합류한 것 같기도 했다. 그물 가득 냄비와 프라이팬을 짊어진 사람, 빈 새장을 짊어진 사람. 자동신발은 쉬지 않고 움직였다.

쿵, 오른쪽 멀리, 무언가 세게 맞부딪히는 소리가 들려왔다. 쿵, 코뿔소였다. 일곱 마리의 코뿔소였다. 코뿔소들의 앞은 높은 성벽으로 가로막혀 있었다. 쿵, 코뿔소들이 제 뿔로 성벽을 들이박고 있었다. 쿵, 뒤로 물러났다 전속력으로 돌진해 성벽을 가격하고 있었다. 쿵, 쿵, 충돌의 울림으로 건조한 초원의 땅이 흔들렸다. 쿵, 쿵, 쿵, 제 순서를 기다리듯 코뿔소들이 차례로 성벽을 들이박았다. 커다란 나무가 쪼개지는 듯한 소리가 들려왔다. 뿔이 꺾이고 부서진 자리에서 피가 흘러나왔다. 쿵, 흙먼지가 일며 코뿔소들이 하나둘 쓰러졌다.

자동신발에 의해 일행은 흩어지고 모이는 것을 반복했다. 어느 순간, 꿈의 주인은 혼자가 되었다.

배우의 헤드셋이 신호음을 냈다. 드디어 배우의 역할이 결정된 것이었다. 배우는 헤드셋 계기판에 고유 번호를 입력했다. 입력을 마치자 배우는 체조 선수로 변했다. 겨우 열세 살쯤으로 보이는 열다섯 살의 소녀 체조 선수. 창백한 흰 얼굴, 얼룩 같은 주근깨, 푸른빛이 도는 회색 눈동자, 짧은 포니테일로 묶은 붉은 갈색 머리. 소녀는 또래보다 키와 몸집이 작았지만, 조금도 연약해 보이지 않았다. 반듯하게 벌어진 어깨, 길고 가는 다리는 탄탄한 근육질이었다. 체조 선수로 변한 배우는 타이트한 경기복 차림으로 우물우물 팝콘을 먹기 시작했다.

꿈의 주인은 벤치를 발견했다. 내내 짊어지고 있던 동전 교환기를 내려놓고 벤치에 앉았다. 자동신발을 벗고 맨발이 되었다. 소녀 체조 선수가 팝콘을 우물거리며 꿈의 주인에게 다가왔다. 체조 선수는 팝콘이 담긴 종이 상자를 꿈의 주인에게 건넸다. 먹으라 권하는 것이 아니었다. 아무 말이 없었지만 제 것을 잠시 맡아달라는 부탁이었다. 꿈의 주인에게 팝콘을 맡긴 체조 선수는 벤치로부터 물러났다.

가만히 서서 잠시 숨을 고르던 체조 선수는 이내 몇 걸음을 힘차게 달려 텀블링을 했다. 다시 반대 방향으로 세 차례 연속 텀블링을 했다. 마지막 텀블링에 몸을 비틀어 공중회전을 하고 흔들림 없이 착지했다. 꿈의 주인은 팝콘 상자를 든 채 체조 선수를 지켜보았다. 열세 살쯤으로 보이는 열다섯 살 소녀의 가뿐한 물구나무서기를, 민첩하고 유연하게 움직이는 팔과 다리를, 탄력적인 텀블링을, 경쾌한 착지 동작을 홀린 듯 지켜보았다. 뜀틀을 넘은 체조 선수가 평균대 위로 올라섰다. 폭이 좁은 평균대에서 신중하게 균형을 잡고 빠르게 회전을 해 다시 텀블링을 한 다음, 높이 도약해 이단 철봉에 매달렸다. 꿈이 끝나가고 있었다.

꿈의 주인은 체조 선수가 등장한 꿈을 유독 선명한 꿈으로 두고두고 기억했다.

61AHS4-098EKG-FR34BJ-UI75KQ

세탁물 수거함에서 빠져나오려 배우는 머리 위로 수북이 쌓인 흰 수건들을 힘겹게 걷어냈다. 복도는 고요히 비어 있었다. 바퀴가 달린 커다란 세탁물 수거함은 'B2046'이란 번호가 붙은 문 옆에 세워져 있었다. 복도 건너편 어느 문이 열리더니 누군가 밖으로 나왔다. 앞치마를 두른 뚱뚱한 메이드였다. 배우는 세탁물 수거함 뒤로 몸을 숨겼다. 청소를 마친 모양인지 청소 도구가 담긴 양동이를 들고 있었다. 메이드는 꿈의 주인이 아니었다.

배우는 복도 끝의 비상계단을 통해 아래층으로 내려왔다. 로비의 천장엔 화려한 샹들리에, 중앙엔 대리석으로 만든 분수대가 물을 뿜어 올리고 있었다. 이곳은 리조트 호텔이었다. 배우는 호텔 밖으로 나왔다. 호텔의 정원을 지나자 바로 야자수가 늘어진 열대의 해변이었다.

드문드문 덱 체어를 차지한 투숙객들이 바다와 햇빛을 즐기고 있었다. 뭉게구름이 떠가는 하늘, 덥고 부드러운 바람, 푸른 바다가 넘실대고 있었다. 배우는 해변 여기저기를 돌아다니며 '꿈의 주인'을 찾았다. 꿈의 주인은 모래사장 뒤편 군락을 이룬 야자수를 올려다보고 있었다. 하늘거리는 비치웨어 차림에 커다란 모자와 선글라스를 쓰고 있었다. 배우가 착용한 헤드셋을 통해 꿈의 주인에 대한 인적 사항이 전달되었다.

여러 인종의 혼혈 여성, 34세의 호텔리어, 이 해변의 리조트는 꿈의 주인이 근무하는 호텔이 아니었다. 꿈의 주인은 대도시의 유서 깊은 대형 호텔에서 일했다. 약 6개월 전, 꿈의 주인은 투숙객으로 만난 남자와 재혼했다.

꿈의 주인은 고개를 젖히고 야자수를 올려다보고 있었다. 배우도 야자수를 올려다보았다. 꿈의 주인은 마침 자기 옆을 지나가던 리조트 직원을 불러 세웠다. 깡마른 흑인 청년은 유니폼 조끼를 입고 있었다. 그러나 헐렁한 반팔 티셔츠에 맨발, 호텔리어라기보다 심부름꾼 정도로 보였다. 꿈의 주인은 청년에게 야자수를 가리키며 무어라 심각한 표정으로 말했다. 청년은 야자수와 꿈의 주인을 번갈아 바라보더니, 어깨를 으쓱하며 난처하다는 듯 고개를 가로저었다.

—무슨 얘기를 하는 거지?

배우가 헤드셋의 버튼을 누르고 말했다.

—야자수에 와인 잔이 열린 것에 대해 컴플레인하고 있습니다.

헤드셋 속 기계음이 대답했다.

—와인 잔?

야자수에 코코넛 대신 와인 잔이 열려 있었다. 해변의 야자수마다 그 높다란 곳에 수십 개씩 와인 잔이 달려 있었다. 햇빛을 받은 와인 잔이 반짝반짝 빛났다.

배우는 꿈의 주인의 상태를 스캔했다. 꿈의 주인은 서둘러 사람들을 불러와야 한다고 생각했다. 와인 잔이 나무에서 떨어져 해변 여기저기 유리 파편이 나뒹군다면 큰일이었다. 긴 사다리라도 구해와 자신이 직접 나무에 올라가야 할 것만 같았다. 그러나 와인 잔의 수가 너무 많았다.

꿈의 주인은 호텔을 향해 걸음을 빨리했다. 배우는 꿈의 주인 뒤를 따랐다. 로비의 프런트 데스크에는 아무도 없었다. 주위를 둘러보았지만 직원으로 보이는 사람은 없었다. 꿈의 주인은 자신이 투숙하고 있는 방으로 올라갔다. 세탁물 수거함이 놓여 있던 B2046호실이었다. 꿈의 주인이 방 안으로 들어가며 문이 닫혔다. 배우는 헤드셋을 조작해 B2046호실의 문을 통과했다. 꿈의 주인은 침대 옆 테이블의 서랍을 뒤지고 있었다. 무언가를 찾고 있었다. 배우는 벽에 걸린 사진 액자 속으로 들어가 몸을 숨겼다. 사진 속 파도타기를 하는 서퍼로 위장해 계속 꿈의 주인을 지켜보았다.

꿈의 주인은 단단히 화가 나 있었다. 객실에 메모지와 필기구를 갖춰놓지 않았다니, 있을 수 없는 일이었다. 테이블 위 전화 수화기를 들었다. 신호음이 들리지 않았다. 여러 차례 버튼을 눌렀지만 먹통이었다. 화가 치밀어 올랐다. 이 리조트는 겉만 번드르르할 뿐 허술하기 짝이 없는 곳이었다. 꿈의 주인은 발코니로 다가가 커튼을 열어젖혔다.

어느새 밤이 되어 있었다. 바다도 해변도 어둠 속에 잠겨 있었다. 와인 잔이 열린 야자수를 살필 수 없었다. 발코니의 유리

문을 열려다 꿈의 주인은 흠칫 놀라고 말았다. 도둑? 검은 옷을 입은 남자들, 조직 범죄단? 검은 옷을 입은 수십 명의 남자들이 리조트 벽면을 기어오르고 있었다. 테러리스트? 특수 요원? 완만한 곡면체의 건물 표면을 시커먼 벌레들처럼 꿈틀거리며 기어오르고 있었다. 꿈의 주인은 마음을 진정시키려 안간힘을 썼다. 이 상황을 자기 혼자 목격한 것이 틀림없었다. 이 상황을 빨리 다른 사람들에게, 호텔 측에 알려야 했다. 그러나 마땅한 방법이 떠오르지 않았다. 꿈의 주인은 다시 커튼을 여미고 좁은 틈을 내 계속 밖을 살폈다. 검은 옷을 입은 남자들이 발코니를 통해 투숙객들이 머물고 있는 방에 침입하려 하고 있었다. 꿈의 주인은 이 일이 야자수에 와인 잔이 열린 것과 관련된 일이라 확신했다. 어째서 그런 확신이 드는지 자신도 알 수 없었다. 떨리는 손가락으로 발코니 유리문의 잠금 고리를 채웠다. 순간 겉만 번드르르한 리조트답게 문틀과 잠금 고리가 무척이나 허술하다는 것을 알게 되었다.

배우의 헤드셋이 신호음을 냈다. 드디어 배우의 역할이 결정된 것이었다. 배우는 헤드셋 계기판에 고유 번호를 입력했다. 입력을 마치자 사진 속에 서퍼로 숨어 있던 배우가 액자를 빠져나왔다. 그리고 '거미할머니'가 되었다. 거미할머니, 몸은 거미였고, 얼굴은 할머니였다. 크기는 백열전구만 했다. 거미할머니는 곧바로 몸에서 실을 뽑아 창가의 천장을 향해 거꾸로 기어갔다. 검은 남자들이 발코니를 넘고 있었다.

유리문이 덜컹거렸다. 꿈의 주인은 잠금 고리를 필사적으로 움켜쥐었다. 커다란 검은 그림자가 커튼 자락에 드리워졌다. 유리문이 거세게 덜컹거렸다. 거미할머니가 천장에서 거미줄을 타고 내려왔다. 꿈의 주인은 뜻밖에도 크게 놀라지 않았다. 얼굴이 할머니인 거미의 얼굴이 어쩐지 낯익었던 것이다.

—거기보다 문틈이 문제야.

거미할머니가 말했다. 꿈의 주인은 이 와중에 거미할머니가 어느 애니메이션의 캐릭터 같다는 생각을 했다.

—봐, 들어오기 시작하잖아.

거미할머니가 미닫이 유리문 아래쪽으로 내려갔다. 꿈의 주인은 허리를 굽히고 눈을 크게 떴다. 문틈의 좁은 틈으로 검은 벌레들이 밀려들어오고 있었다. 거미할머니가 몸에서 실을 뽑아 거미줄을 치기 시작했다. 한 치의 망설임도 없는 능숙한 움직임이었다. 징그러운 털투성이 검은 벌레들이 꿈틀꿈틀 문틈 여기저기를 파고 들어왔다. 문 밖 검은 옷을 입은 남자의 검은 그림자는 크기가 서서히 줄어들고 있었다. 꿈의 주인은 이 상황을 다른 사람들이나 호텔 측에 알릴 필요가 없겠다는 생각을 하기 시작했다. 거미할머니가 친 거미줄에 검은 벌레들이 걸려들기 시작했다.

—뭐 해, 보고만 있을 거야?

거미할머니가 버럭 소리를 질렀다. 꿈의 주인은 뭐라 대답하지 못하면서도, 이내 제 상의를 걷어 올렸다. 배꼽 밖으로 하얀

실 같은 것이 비어져 나와 있었다. 꾸역꾸역 밀려드는 검은 벌레들, 꿈의 주인은 배꼽에서 가늘고 끈적이는 실을 뽑아 거미할머니를 따라 유리문 여기저기에 거미줄을 치기 시작했다. 몸은 거미, 얼굴은 할머니, 크기는 백열전구만 한 거미할머니가 딸꾹질을 하듯 웃으며 말했다.

—징그러워 보여도, 얘네들, 맛이 썩 나쁘지 않아.

배꼽에서 끝없이 실이 뽑혀 나왔다. 꿈이 끝나가고 있었다.

꿈의 주인은 거미할머니가 등장한 꿈을 유독 선명한 꿈으로 두고두고 기억했다.

CREATOR

12

선생은 어느 날 ……

가스통 바슐라르
철학자, 프랑스, 1884~1962

1926년 6월 X일, 프랑스 상파뉴

선생은 침실 문을 열고 밖으로 나왔다. 새벽 어스름의 희붐한 기운이 집 안 곳곳으로 번져드는 시간, 아침의 빛과 밤의 어둠이 고루 섞일 수 있도록 옷장 모서리와 거실 창턱과 부엌 식탁 밑을 나무 스푼으로 잘 저어줘야 할 것만 같았다.

부엌으로 향하는 선생의 손에는 책이 들려 있었다. 어린 딸이 깨지 않도록 발소리를 죽였다. 의식하지 않아도 저절로 그리 되었다. 부엌문을 열자 공기 중에 섞여 있는 달큼한 향이 코끝에 감겼다. 어젯밤 늦도록 선생은 잼을 만들었다. 법랑냄비 속 나무딸기 잼은 완전히 식어 있었다. 식탁 위로 냄비를 옮기고 선생은 무쇠 화덕에 불을 지피기 시작했다.

불꽃, 하루의 시작을 알리는 신호처럼, 반짝 작은 불꽃이 일었다. 가느다란 나뭇가지들이 타들어가며 굵은 나뭇가지로 불이 옮겨붙었다. 빛과 열, 각성과 안심, 아침이 시작되려 하고 있었다. 화덕 주변으로 희미한 연기가 피어올랐다. 선생은 물을 반쯤 채운 주전자를 화덕 위에 올렸다. 박하차를 끓일 참이었다.

선생은 미리 준비해둔 단지에 잼을 담았다. 법랑냄비 속 잼을 나무 스푼으로 퍼 여섯 개의 작은 단지에 나눠 담았다. 새끼손가락으로 잼을 찍어 맛을 보았다. 달고 진하게 졸아든 햇빛, 바람, 구름, 밤이슬, 새소리. 선생은 그 모두를 삼켰다. 나무딸기 잼 속에 검붉은 빛깔로 녹아든 조심스러운 기대, 자연스러운 혼잣말, 풀잎처럼 가벼운 근심, 씨앗처럼 단단한 다정함 같은 것들 역시 삼켰다. 잼을 만들 때면 자연스레 어머니와 할머니가 화덕 앞에 서서 오래도록 끈기 있게 잼을 젓던 모습이 떠올랐다. 어린 시절 집 안 가득 퍼지던 달콤한 향기는 저도 모르게 발뒤꿈치가 바닥에서 들릴 만큼 설레는 것이었다. 냄비 속에서 뜨거운 김을 뿜으며 물과는 다르게 부글거리는 진득한 액체. 그러나 그 냄새와 훈기는 부유함과는 무관한 것이었다. 부엌에서 잼을 졸일 때면 가난은 한 겹 설탕 시럽을 바른 듯 잠시 시름없이 빛났다. 선생은 어머니와 할머니에게서 잼 만드는 법을 배웠다. 언젠가 자연스레 딸아이에게도 가르쳐주게 될 터였다. 선생은 잼 단지의 입구를 종이로 감싸 막고 끈으로 주둥이를 단단히 묶었다. 차례로 여섯 개의 단지를 그렇게 했다. 나무 스푼으로 냄비 바닥을 긁어내니 아침 식사에 곁들일 정도의 양이 되었다. 그사이 물이 끓었다. 탁탁 불티가 일며 땔감이 타들어갔다. 사위가 점점 밝아졌다.

선생은 식탁 앞에 앉아 박하차를 마시며 책을 읽기 시작했다. 두어 시간쯤 책을 읽고 딸아이를 깨워 아침 식사를 할 참이었다. 오늘은 일요일, 딸아이와 함께 마을 성당의 미사에 참석해야 했다. 선생이 책을 읽는 동안 화덕의 장작은 시나브로 사위어갔다. 대신 종이 위 작고 검은 글자들에 불을 지펴야 했다. 반짝 불꽃이 일듯, 책을 빛나게 밝혀야 했고, 책을 뜨겁게 덥혀야 했다. 책의 글자들을 화인처럼 제 안에 새겨야 했다. 논문을 완성해 제출해야 하는 날이 다가오고 있었다. 선생은 불을 지피듯 책을 읽기 시작했다.

선생은 딸아이가 잠들어 있는 방으로 들어갔다. 밤새 딸아이가 호흡한 공기가 방 안 가득 베일처럼 드리워져 있었다. 일곱 살 어린 소녀가 무탈하게 아침을 맞았다는 작은 기적. 딸아이는 지난봄부터 혼자 방을 쓰기 시작했다. 6년 전 아내가 죽은 뒤 딸아이는 매일 밤 선생과 함께 잤다. 6년 간 딸아이와 함께 잠을 잔 침대에서 6년 전 어느 가을 아침 아내는 숨을 거두었다. 무서운 꿈에서 깨어나 엄마를 찾듯, 딸아이는 한밤중 잠옷 차림으로 몇 번이나 선생의 침실로 돌아왔다. 선생은 딸아이를 막지 않았다. 별말 없이 딸아이를 안아주고 침대 옆자리에서 재웠다. 그러나 다음 날 밤은 다시 제 방 침대에서 잠들도록 딸아이가 잠이 들 때까지 침대 맡을 지켰다. 5년간의 결혼 생활에서 선생이 아내와 함께 잠들 수 있었던 시간은 1년 반이 채 되지 못했다. 한밤중 잠옷 차림으로 딸아이의 방으로 가고 싶은 것은 선생도 마찬가지였다. 선생은 결혼 후 3주 만에 사병으로 군에 징집되었다. 1차 대전이 발발한 직후였다. 이후 선생은 3년 반의 시간을 전쟁터에서 보냈다. 그사이 아내는 중병에 걸렸고, 선생이 짧은 휴가를 나올 때면 초등학교 교사였던 아내 대신 수업을 맡아 진행하기도 했다. 아내의 병간호에 도움이 될까 싶어 선생은 전선에서 장교 진급시험을 치러 소위로 임관했다. 그러나 전황은 갈수록 심각해져갔고, 통신 중대의 중대장이 된 선생은 무자비한 참호전을 겪어야 했다. 종전이 되었을 때 선생의 나이는 35세였다. 선생은 참전 무공훈장을 수여받고, 고향으로 돌아왔다. 1년 뒤 딸아이가 태어났다. 그로부터 7개월 뒤 아내가 세상을 떠났다.

이즈음 딸아이가 한밤중 선생의 침실로 돌아오는 횟수는 현저히 줄어들었다. 선생은 창문의 커튼을 젖혔다. 그리고 침대에 걸터앉아 딸아이의 이름을 불렀다. 속삭이듯 불렀다. 세번째 부름에 딸아이의 눈꺼풀과 속눈썹이 움직였다. 선생은 어미 개처럼 딸아이의 체온과 안색과 냄새를 살폈다. 딸로부터 빠르게 휘발하는 지난밤의 꿈을 살폈다. 딸아이가 손을 뻗어 선생의 덥수룩한 수염을 만졌다.

선생은 문을 열고 집 밖으로 나왔다. 문 앞에 두었던 덮개 달린 바구니에 빵과 우유가 담겨 있었다. 아침이면 마을 빵집의 큰아들이 집집마다 바게트와 크루아상을 배달했다. 목장의 주인 노인은 새벽에 짠 우유를 유리병에 담아 마을을 돌았다. 선생은 빵과 우유가 담긴 바구니를 집 안으로 들였다. 크루아상과 버터와 우유로 식탁을 차렸다. 예의 나무딸기 잼이 빠질 수 없었다. 선생은 크루아상에 버터와 잼을 골고루 발라 식탁 옆자리에 앉은 딸아이에게 건넸다. 바닥에 닿지 않는 딸아이의 작은 발이 덜렁대며 흔들렸다. 나무딸기 잼 때문이었다. 딸아이는 제

턱에 묻은 잼을 손가락으로 훑어 입으로 가져갔다. 딸아이가 빨고 있는 작은 손가락을 바라보며 선생은 어머니의 손가락을 떠올렸다. 검버섯이 피고 핏줄이 불거진 손등, 옹이가 박힌 마디와 갈라진 손톱, 선생은 어머니의 두 손을 고스란히 기억하고 있었다. 자신을 먹이고 입히고 씻긴 어머니의 손, 어머니의 손이 만졌던 모든 것. 어머니는 작년에 돌아가셨다. 어머니는 엄마를 기억하지 못하는 어린 손녀를 먹이고 입히고 씻겨주었다. 딸아이도 어머니가 잼 만드는 것을 지켜보곤 했다. 딸아이가 빨고 있는 작은 손가락은 제 할머니의 늙은 손가락이기도 했다.

식사를 마친 선생은 성당에 갈 채비를 했다. 딸아이에게 원피스를 입히고 양말을 신겼다. 그리고 머리를 빗겨주었다. 딸아이의 짙은 갈색 머리칼을 빗길 때면 선생은 죽은 아내를 만날 수 있었다. 부드럽고 따뜻한 머릿결을 따라 아내의 눈빛과 숨결이 선생의 손가락에 묻어났다. 선생은 능숙하게 딸아이의 머리칼을 리본으로 묶었다.

선생은 딸과 함께 마을의 성당으로 향했다. 오른손은 딸의 손을 잡았고, 왼손은 덮개와 손잡이가 달린 바구니를 들었다. 바구니 안에는 종이로 주둥이를 감싸 막은 잼 단지들이 들어 있었다. 선생은 여름용 슈트를 입고 밀짚모자를 썼다. 쾌청한 날씨, 기온이 빠르게 오르고 있었다. 흙과 나무와 시든 봄꽃과 탈피한 벌레와 이웃 마을에서 태어난 망아지가 뿜어내는 냄새, 빠른 걸음으로 여름이 다가오고 있었다.

미사가 시작되기 전, 인근 마을 사람들이 성당 앞에 모여 서로 인사를 나누고 있었다. 마을 사람들 모두가 모두를 알았다. 모두가 당연히 선생을 알았다. 모두가 선생이 훈장을 받은 참전 용사이자, 마흔두 살의 홀아비이자, 몇 년 새 늙은 부모마저 차례로 잃었다는 것을 알고 있었다. 선생이 물리와 수학을 가르치는 중학교는 선생 자신의, 또 마을 사람들 대부분의 모교이기도 했다. 마을 사람들은 또한 알고 있었다. 어머니가 돌아가신 후 돌봐줄 사람이 마땅치 않게 된 어린 딸을 선생이 학교에 데리고 다닌다는 것을, 교실 구석 자리에 앉은 어린 딸은 수업에 방해가 되지 않도록 저 혼자 그림을 그리며 논다는 것을, 쉬는 시간이면 선생이 딸에게 정성껏 오렌지를 깎아주곤 한다는 것을. 교사 생활을 하며 독학으로 철학 학위를 취득한 선생이 작년부터 일주일에 한 차례 기차를 타고 디종의 대학으로 출강을 하고 있다는 것 역시 모두가 알고 있었다. 성당 종탑의 종이 울렸다.

신부의 집전으로 미사가 시작되었다. 선생은 아내를 위해 기도했다. 아버지와 어머니를 위해 기도했다. 전쟁터에서 끔찍한 고통을 겪으며 죽어간 전우들을 위해 기도했다. 자신이 가르치고 있는 학생들을 위해 기도했다. 그리고 딸을 위해 기도했다. 딸도 선생을 따라 두 손을 모으고 눈을 감았다.

선생 또한 마을 사람들 모두를 알았다. 미사가 끝나고 선생은 다섯 사람에게 차례로 자신이 만든 나무딸기 잼을 나눠 주었다. 선생의 수업을 듣는 학생 중 몇 주 전 아버지를 잃은 열다섯 살 소년과 그의 어머니에게 하나, 선생이 디종의 대학으로 출강을 갈 때면 딸아이를 돌봐주는 선생의 늙은 고모에게 하나, 그리고 이웃 마을에 사는 아우와 제수, 다섯번째 아이를 임신한 외사촌 누이에게도 하나씩, 마지막으로 성당에 새로 부임한 젊은 신부에게도 잼 단지를 건넸다. 종종 선생과 딸아이의 세탁물을 맡아주는 제수가 종이에 싼 닭고기와 치즈를 선생의 바구니에 넣어주었다. 외사촌 누이는 살구를 한 무더기 주었다. 젊은 신부는 딸아이의 정수리에 입을 맞춰주었다. 신혼인 동료교사의 젊은 아내가 말린 라벤더 묶음을 딸아이 손에 쥐어주었다.

선생은 다시 무거워진 바구니를 들고 딸아이의 손을 잡고 집으로 돌아왔다. 딸아이는 몇 번이나 걸음을 멈추고 킁킁거리며 라벤더 향을 맡았다.

선생은 딸아이와 함께 계곡으로 소풍을 가기로 했다. 지난주 내내 약속하고 다짐한 일이었다. 담요를 둘둘 말아 가죽띠로 묶고, 예의 덮개가 달린 바구니에 바게트와 치즈와 잼과 살구를 넣었다. 접시와 나이프와 수건도 넣었다. 선생 자신을 위해 샴페인 한 병과 책 한 권을 챙겼다. 선생은 딸아이와 함께 다시 집을 나서 마을의 들판을 지나 언덕을 올랐다. 딸아이는 선생의 손을 잡지 않고 내내 뛰듯이 앞서 걸었다.

언덕 아래 아름드리 느티나무들이 늘어선 계곡, 가까이 호밀밭이 펼쳐져 있었고, 얼마쯤 계곡을 따라가면 마을 유지 소유의 넓은 포도밭이 있었다. 정오를 지난 시간, 내리쬐는 햇빛 속에 계곡을 흐르는 물소리가 크고 선명하게 들려왔다. 선생은 느티나무 아래 담요를 펼치고 그 위에 바구니를 내려놓았다.

딸아이의 채근에 바로 물가로 향했다. 부녀는 이내 신발을 벗고 맨발이 되었다. 물가의 모래와 자갈이 햇빛에 따뜻하게 데워져 있었다. 딸아이가 손가락과 발가락을 꼼지락거리며 웃었다. 차갑고 맑고 부드러운 세계의 입구. 선생은 얕은 곳을 골라 딸아이가 물속에 발을 담글 수 있도록 주의 깊게 손을 잡아주었다. 딸아이의 가늘고 하얀 종아리가 흐르는 물에 잠겼다. 선생의 커다란 발도 물살을 갈랐다. 상쾌한 기운이 발바닥을 타고 몸 안으로 흘러 들어왔다. 딸아이가 발을 첨벙거렸다. 수면에 비친 하늘과 구름이 주름져 일렁였다. 딸아이가 허리를 굽혀 물속을 들여다보았다. 제 눈동자라도 되는 양 조약돌 하나를 무심히 집어 올렸다.

이 부근의 계곡은 선생이 어린 시절부터 즐겨 찾던 놀이터였다. 아우와 함께 혹은 마을의 친구들과 함께 물장구를 치고 물고기를 쫓았다. 풀과 나무와 돌을 가지고 놀았다. 저절로 웃고 저절로 소리를 질렀다. 나뭇가지와 나뭇잎으로 모양이 제각각인 작은 배를 만들어 물 위에 띄웠다. 누구의 것이 제일 멀리까지 떠가는지 시합을 벌이곤 했다. 대부분은 바위 틈새에 걸리거나 뒤집히고 흩어져 떠내려갔다. 아주 가끔은 따라잡을 수 없을 정도의 빠른 속도로 멀리 흘러가버리는 배도 있었다. 그 작은 배가 어디까지 떠내려가 어떻게 되었는지는 영원히 알 수 없게 되어버렸다. 어린 소년이었던 선생은 한순간도 쉬지 않고 물이 흘러간다는 것에 대해 생각했다. 낮에도 밤에도, 어제도 오늘도 내일도, 수십 년 전에도 수십 년 후에도, 잠시도 멈추지 않고 물이 흐른다는 것. 숨을 쉬는 것처럼, 눈을 깜박이는 것처럼, 원래 그러하다는 것, 지극히 당연해서 아득히 신비하다는 것.

느티나무 잎사귀가 바람에 뒤집힐 때마다 잎사귀 모양으로 조각난 햇빛들이 담요 위로 떨어져 내렸다. 선생은 딸아이의 발을 수건으로 닦아주었다. 시원하게 체온이 내려간 작은 발을 크고 따뜻한 손으로 한동안 움켜쥐고 있었다. 딸아이는 또다시 발가락을 꼼지락거리며 웃었다. 선생이 바구니에서 먹을 것을 꺼내놓는 동안 딸아이는 물속에서 꺼내 온 조약돌 몇 개를 햇빛 아래 이리저리 돌려가며 들여다보고 있었다. 아마도 그 조약돌은 딸아이가 태어나기 전부터, 선생이 아내와 함께 이곳을 찾기 전부터, 소년이었던 선생이 물 위로 나뭇잎 배를 띄우기 전부터 계곡 속에 잠겨 있던 것이리라. 부녀는 물가의 느티나무 아래에서 바게트와 치즈와 잼을 먹었다. 넷째 아이를 임신한 외사촌 누이가 준 살구도 먹었다. 딸아이는 제 손바닥 위로 뱉어낸 살구씨를 물끄러미 들여다보았다. 나무껍질처럼 단단한 씨앗 주위로 물기를 머금은 고운 진흙 같은 시간이 펼쳐졌다.

선생은 아내와 함께 이곳으로 소풍을 오곤 했다. 전쟁이 끝나

고향으로 돌아온 후 아내가 세상을 떠날 때까지 그 횟수는 채 열 번이 되지 않았다. 그때도 느티나무 아래 담요를 폈다. 덮개가 달린 바구니 속을 채운 것은 아내였다. 부부는 계곡물에 발을 담갔다가 따뜻한 돌 위에 걸터앉는 것을 반복했다. 바람이 불면 아내는 눈을 가늘게 뜨고 바람이 불어오는 쪽을 바라보았다. 팔짱을 끼며 움츠리던 어깨, 가는 연기처럼 흩날리던 머리칼, 자주 핏기가 가시던 얇은 입술. 부부는 떨어져 지낸 3년 반의 시간을 이미 읽은 책을 다시 펼쳐보듯 서로에게 얘기했다. 책의 한 페이지 같은 이야기가 한 장 한 장 계곡의 물을 따라 흘러갔다.

아내는 벌에 쏘였던 일에 대해 얘기했다. 선생은 행군 중에 만났던 지독한 폭우에 대해 얘기했다. 아내는 고양이가 차례로 다섯 마리의 새끼를 낳던 밤에 대해 얘기했다. 선생은 자신을 유난히 따르던 젊은 병사가 오른쪽 다리를 절단해야 했던 일에 대해 얘기했다. 간절히 기다린 편지를 좀처럼 뜯어보지 못했던 오후, 화약 냄새 속에서 바라보았던 붉은 저녁노을, 오래도록 멈추지 않은 기침, 밑창이 떨어져 나간 신발, 식은땀을 흘리며 깨어난 새벽, 상한 포도주, 석탄의 검댕, 기상나팔, 현기증, 기도, 잠꼬대. 무엇이든 얘기할 수 있었다. 그리고 무엇이든 흘러가버렸다.

그때, 느티나무 아래 담요 위에 누워 있던 아내, 선생은 생각했다. 그때, 아내와 자신 곁을 흘러갔던 계곡의 물은 지금 어디

까지 가 있을까. 선생은 생각했다. 어두워지면, 흐름을 멈추면,
물은 두려움을 주었다. 끝없는 불안을 주었다. 선생은 아내의
무릎을 그러안고 얼굴을 묻었다. 포탄이 터지며 머리 위로 흙이
쏟아져 내리던 참호, 공포에 귀가 멀던 시간, 아내의 손가락이
선생의 등 위로 뿌리처럼 뻗쳤다. 철조망을 두른 숨 막히게 더
러운 막사 안. 느티나무의 무성한 가지 사이로 새들이 날아들었
다. 선생은 발기했다. 그때, 부부는 태어날 아기가 딸이길 바랐
다. 그렇게 꿈꾸었다.

   딸아이는 다시 신발을 신고 계곡 가까이로 갔다. 풀을 뜯고,
나뭇잎을 들춰보고, 조약돌을 주워 물속으로 던지거나 제 주머
니 속에 넣었다. 바위 틈새의 개미 떼를 나뭇가지로 훑기도 했
다. 선생은 샴페인을 마시며 책을 읽었다. 논문을 완성해 제출
해야 하는 날이 다가오고 있었다.

   오래전, 소년이었던 선생은 현재 자신이 가르치고 있는 마을
의 중학교를 졸업한 뒤 인근 도시의 고등학교에 입학했다. 대학
입학 자격시험인 바칼로레아에 합격했지만 가정 형편상 대학에
진학할 수 없었다. 청년이 된 선생은 중학교 보조 교사로 일하
며 돈을 모으기 시작했다. 친구의 권유로 1년여의 준비 끝에 전
신 기사 자격증을 취득한 선생은 우체국에서 2년간 전신 기사
로 일했다. 첫 입대는 그 즈음이었다. 기병대의 통신병으로 군
복무를 마친 선생은 다시 파리의 우체국으로 발령을 받았다. 이
후 6년간 선생은 우체국에서 전신 기사로 근무했다. 고향의 가

족들에게 생활비를 보내며 어렵게 주경야독의 생활을 이어갔
다. 선생은 독학으로 수학, 물리학, 천문학 등의 대학 학사 자
격증을 하나하나 취득했다. 선생이 고향으로 돌아와 결혼식을
올린 것은 서른 살 때의 일이었다. 결혼 직후 선생은 다시 군에
입대해야 했다.

딸아이가 선생을 불렀다. 선생은 눈을 떴다. 나무에 기대 깜
빡 잠이 들 뻔한 참이었다. 딸아이는 오줌이 마렵다 했다. 선생
은 책과 샴페인 병을 치우고 자리에서 일어섰다. 딸아이는 물론
혼자 소변을 가릴 수 있었다. 그러나 이렇게 소풍을 나올 때면
번번이 선생을 찾았다. 선생은 적당한 곳을 물색했다. 수풀 더
미 사이 편편한 곳을 골라 발로 적당히 땅이 패도록 했다. 딸이
웅크리고 앉아 소변을 보는 동안, 선생은 바람을 따라 물결치는
밀밭과 멀리 구릉의 능선을 바라보았다. 넓은 들판으로 뭉게구
름의 그림자가 얼룩처럼 흘러갔다.

부녀는 다시 느티나무 아래로 돌아왔다. 최근 선생은 딸아
이에게 글자를 가르치기 시작했다. 담요 위에 마주 앉은 부녀
는 집게손가락을 들고 허공에 알파벳을 써나갔다. 선생이 물으
면 딸아이가 손가락을 꼼지락거렸다. 딸아이를 따라 선생의 손
가락도 꼼지락거렸다. 다시 선생이 책을 읽는 동안 딸아이는 살
구를 하나 더 먹었다. 이내 딸아이는 잠이 들었다. 선생은 수건
을 펼쳐 딸아이를 덮어주었다. 구름이 해를 가리며 짐짓 어두워
졌다. 선생은 천천히 눈을 감았다 떴다. 샴페인을 몇 모금 마셨

을 뿐이지만 취기가 오르듯 주위의 모든 것이 둥실 떠오르는 느낌이 들었다. 문득, 어둠 속에서 흰빛이 다가왔다. 아내,라고 선생은 생각했다. 아니, 그것은 생각한 것이 아니었다. 어디선가 흰빛이 일렁이며 가까이 다가왔다. 아내였다. 그저 알 수 있었다. 아내였다. 환하고 강렬한 알아챔, 불꽃이 점화하는 듯한 깨달음, 아내였다. 선생은 아내가 딸아이를 낳던 밤을 떠올렸다. 흰빛이 일렁였다. 땀과 피, 신음과 울음, 밤이 갈라지고 빛이 터져 나오던 순간, 아내는 침대에서 아기를 안아들고 젖을 물렸다. 이후로 아내는 좀처럼 침대를 벗어나지 못했다. 여전히 흰빛이 일렁였다. 딸아이는 엄마를 기억하지 못했고, 선생은 딸아이에게 젖을 먹이던 아내를 기억했고, 딸아이는 선생에게 엄마라는 단어의 철자를 배워가고 있었다. 이내 흰빛이 딸아이에게 닿았다. 그러자 딸아이가 사라지기 시작했다. 아내가 딸아이의 잠 속으로 스며들고 있었다. 선생은 이 사라짐의 기분 좋은 공포를 잘 알고 있었다. 구름에 가렸던 해가 다시 나왔다. 모든 것이 타오르듯 환해졌다. 흰빛이 눈처럼 느티나무 아래 선생과 딸아이에게 내렸다.

딸아이와 함께 집으로 돌아온 선생은 집 안의 창문을 활짝 열고 빗자루로 바닥을 쓸었다. 덮개가 달린 바구니 속을 비우고 느티나무 아래 깔았던 담요도 여러 번 털어냈다. 먼지 입자들이 오후 햇살 속을 요란하게 부유하다 시나브로 스러졌다.

칭소를 마친 선생이 책장 앞에서 필요한 책들을 골라내고 있을 무렵 누군가 문을 두드렸다. 몇 주 전 아버지를 잃은 열다섯 살 소년, 오늘 아침 성당에서 만났던 선생의 학생이 문 앞에 서 있었다. 소년의 손에는 작은 자루가 들려 있었다. 감자라고 했다. 어머니가 선생에게 가져다드리라 해서 심부름을 왔다고 했다. 선생은 감자가 담긴 자루를 받아들고 소년을 집 안으로 들였다. 딸아이가 멀찍이서 선생과 소년을 살폈다. 낯을 가리듯 고개를 꼬았지만 제 방으로 숨어버리거나 하지는 않았다.

선생이 권한 의자에 앉은 소년은 조심스레 주위를 두리번거리며 벽면을 가득 채운 책들을 바라보았다. 선생이 박하차를 내오자, 소년은 잼이 아주 맛있었다고 말했다. 점심 식사 때 이미 맛을 보았다고, 어머니도 아주 맛있어했다고 말했다. 선생은 고개를 끄덕이고 만족스러운 미소를 지어 보였다.

소년의 아버지는 재단사였다. 소년의 할아버지도 재단사였다. 선생이 디종의 대학으로 강의를 갈 때 즐겨 입는 슈트는 지난해 소년의 아버지에게서 맞춘 것이었다. 마을에는 대를 이어 가업에 종사하는 사람들이 많았다. 선생의 할아버지는 구두 수선공이었다. 선생의 아버지 역시 구두 수선공이었다. 아버지가 세상을 떠난 지 3년, 무심히 마을 사람들이 신고 있는 구두를 바라볼 때면, 언젠가 아버지가 수선한 적이 있는 구두가 아닐까 자신도 모르게 상상을 하곤 했다. 몇 주 전 패혈증으로 아버지를 잃은 소년 역시 아버지가 만든 옷을 입고 있는 게 아닐까 유심히 마을 사람들을 살피고 있을 게 분명했다.

선생이 소년을 남달리 기억하고 있는 것은 소년의 그림 솜씨 때문이었다. 선생은 수업 시간 중 소년의 노트 한 귀퉁이에 낙서처럼 그려진 그림을 보고 깜짝 놀랐다. 바로 선생의 옆모습을 스케치한 그림이었다. 노트의 다른 페이지에도 이런저런 낙서가 가득했다. 모두 낙서라 부를 수 없는 수준의 그림이었다. 그럴 듯한 드로잉 초상화를 의뢰해보고 싶을 정도였다. 선생은 소년을 불러 그림 솜씨를 칭찬해주었다. 파리에서 전신 기사로 일하는 동안 루브르나 오르세에서 보았던 그림들을 언급하기도 했다. 소년은 별말이 없었지만 짐짓 상기된 표정을 감추지 못했다. 선생은 학생들에게 체벌을 가하지 않는 학교 내 유일한 선생이었다. 학생 모두가 그 사실을 알고 있었다.

소년과 마주앉은 선생은 소년에게 최근에 무엇을 그렸는지 물었다. 소년은 고개를 저었다. 무엇을 그려보고 싶은지 물었다. 다시 고개를 저었다. 선생은 오랫동안 타지에 살던 소년의 삼촌이 고향으로 돌아와 소년의 아버지 가게를 처분했다는 풍문을 들은 참이었다. 어지럽게 책들이 꽂혀 있는 책장을 한동안 바라보던 소년이 말했다. 파리에 가보고 싶어요.

선생은 오래전 파리의 어느 미술관에서 본 의자 그림에 대해 소년에게 말해주었다.

어느 화가가 있었다. 언제나 가난했고, 언제나 외톨이였던 화가가 있었다. 그는 외진 시골 마을에서 하루 종일 그림을 그리며 지냈다. 최선을 다해 열심히 그림을 그렸지만, 아무도 그의 열정과 재능을 알아주지 않았다. 그런 그가 좋아하는 친구가 있었다. 친구 역시 화가였다. 그는 파리에 살고 있는 친구에게 편지를 썼다. 그는 친구와 함께 살기를 바랐다. 함께 그림을 그리고, 함께 이야기를 나누고, 함께 술을 마시면, 더는 외롭지 않을 것 같았다. 더욱 그림을 잘 그릴 수 있을 것 같았다. 여러 차례 편지를 보낸 끝에 친구는 그의 제의를 승낙했다. 친구가 짐을 싸들고 시골 마을로 내려왔다. 둘은 한 집에서 함께 살기 시작했다. 함께 그림을 그리고, 함께 이야기를 나누고, 함께 술을 마셨다. 그러나 행복해지지 않았다. 친구는 이내 시골 마을에 흥미를 잃었다. 자신을 향한 그의 집착을 부담스러워했다. 그는 친구의 마음을 돌리기 위해 애를 썼다. 둘의 다툼은 늘어만 갔다. 그는 친구가 곁에 있음에도 외로움을 느꼈고, 제대로 그림도 그리지 못했다. 그는 친구를 이해할 수 없었다. 친구 역시 그를 이해할 수 없었다. 심한 싸움 끝에 친구가 그의 곁을 떠났다. 그는 큰 상처를 받았다. 그는 두 개의 의자를 그렸다. 캔버스 하나에는 자신의 의자를 그렸고, 다른 하나에는 친구의 의자를 그렸다. 의자의 초상화를 그린 셈이었다. 그의 의자는 볼품없는 싸구려 의자였다. 대패질도 사포질도 제대로 되지 않은 듯한, 앉아 있으면 얼마 못 가 등이나 엉덩이가 배길 것 같은 그런 의자였다. 그림 속 의자 위에는 담배 파이프와 담배쌈지가 놓여 있었다. 의자는 외롭고 고집스러워 보였다. 그가 친구를 위해 마련한 의자는 훨씬 고급스러운 것이었다. 둥글게 곡선으로 다듬은 등받이와 팔걸이, 의자 받침은 비단이 덧씌워 있었다. 그 위에는 불을 밝힌 초와 촛대, 그리고 책이 놓여 있었다. 간절히 흠모하고 경외하는 누군가를 앉혀야 하는 의자였다.

어느새 두 사람 가까이 다가온 딸아이가 선생의 왼쪽 어깨에 고개를 기대고 서 있었다. 선생은 소년에게 말했다. 의자 다리 하나를 그리기 위해서도 사랑과 추억이 필요하단다. 붓질 한 번을 하기 위해서도 슬픔과 그리움이 필요하지. 화가는 의자를 그렸지만 그저 의자만 그린 게 아니라고 한번 생각해보렴. 분명히 의자를 그렸을 뿐인데, 어째서인지 그 의자에서 조바심이, 쓸쓸함이, 따스함이 솟아나와. 화가는 의자만 그리고 싶었던 게 아니라, 소망과 질투와 두려움과 고함과 다짐도 그리고 싶었던 거 같더구나. 선생이 딸아이를 자신의 무릎에 앉혔다.

몇 주 전 재단사인 아버지를 잃은 소년은 집으로 돌아갔다. 선생은 책상 서랍을 뒤져 스케치북으로 사용해도 좋을 법한 새 노트 몇 권을 집을 나서는 소년에게 건네주었다. 선생은 그 노트에 무언가를 그리고 있는 소년의 모습을 상상해보았다.

선생은 부엌으로 갔다. 저녁 식사를 준비할 시간이었다. 제수가 준 닭고기와 소년의 어머니가 준 감자로 스튜를 끓일 생각이었다. 닭고기의 핏물을 빼는 동안, 선생은 감자를 깎았다. 작은 손칼로 아주 얇게 감자 껍질을 벗겨냈다. 식탁 맞은편 의자에 앉은 딸아이가 칼날이 감자의 표면을 사각사각 베어내는 모습을 뚫어져라 쳐다보고 있었다. 선생은 손가락 크기로 끊어진 감자 껍질 하나를 딸아이에게 주었다. 딸아이는 그것의 냄새를 맡고 앞뒤로 모양을 살폈다. 손톱으로 찔러도 보았다. 딸아이의 표정이 실험실의 과학자처럼 심각해 절로 웃음이 나왔다. 의자를 그린 그림이 그저 의자를 그린 것이 아니듯, 어린 딸을 먹일 감자가 그저 감자일 수만은 없었다.

선생은 다시 무쇠 화덕에 불을 지폈다. 선생이 그렇듯, 누구나 그렇듯, 딸아이 역시 불 피우는 것을 지켜보길 좋아했다. 닭과 감자를 익혀야 했으므로 땔감을 넉넉히 넣었다. 딸아이는 선생 옆에 쪼그려 앉아 이것저것 참견을 하며 화덕 속의 불길을 들여다보았다. 번번이 반복되는 질문, 번번이 대답이 흡족할 수 없는 질문, 번번이 새롭게 궁금한 질문. 불은 왜 뜨거워, 나무는 왜 사라져, 물은 왜 끓어…… 선생은 감자를 썰고 닭을 토막 냈다. 어젯밤 잼을 졸였던 법랑냄비에 감자와 닭고기를 넣었다. 향신료와 허브도 넣었다. 선생은 진득한 닭기름이 묻은 손을 앞치마에 닦았다. 이마 가득 땀이 맺혔다.

선생은 식탁 위에 촛불을 켰다. 부녀의 저녁 식사가 시작되었다. 뜨거운 감자를 으깨고 닭고기의 살을 발라 딸아이가 먹을 수 있도록 따로 접시에 덜어 식혔다. 이내 손가락이 닭기름으로 번들거렸다. 딱딱해진 바게트를 뜯어 따끈한 스튜 국물에 찍어 먹었다. 식탁 아래 바닥에 닿지 않는 딸아이의 발이 또다시 덜

렁대며 흔들렸다.

어린아이가 있다면 견딜 수 있는 거다, 선생의 어머니는 그렇게 말하곤 했다. 누군가 혼자 어린 딸을 키우는 일이 힘들지 않냐고 안쓰러운 듯 물어오면, 선생은 어머니가 했던 말을 상대에게 들려주었다. 아이가 있기 때문에 힘든 일들을 버텨낼 수 있는 거지요. 선생은 닭기름이 묻은 딸아이의 입가를 닦아 주었다.

식사를 마치고, 빈 접시를 한쪽으로 치우고, 선생은 딸아이에게 글자를 가르쳤다. 전 세계 모든 아이들이 제일 먼저 배우는 단어, 엄마, 다른 무엇일 수 없었다. 딸아이가 삐뚤삐뚤한 글씨로 종이 한 장을 채우는 동안, 화덕 위엔 다시 물을 채운 커다란 솥이 올려져 있었다.

선생은 딸을 목욕시켰다. 찬물과 더운물을 적당히 섞어 오래된 나무 목욕통을 반쯤 채웠다. 발가벗은 채 목욕통 속에 들어간 딸아이가 계곡에서 그러했듯 발장구를 쳤다. 선생은 나무딸기 잼처럼 달콤하고 익은 감자처럼 보드라운 어린 피부에 비누칠을 했다. 커다란 나무 목욕통은 아주 오래된 물건이었다. 선생은 자신이 전쟁터에 있는 동안 이 목욕통 속에 들어앉아 몸을 씻었을 아내를 생각했다. 밤이 오고 있었다. 마을의 언덕과 들판에, 성당의 종탑에, 담요를 펼쳤던 느티나무 아래, 좋은 샴페인을 생산하는 드넓은 포도밭에 밤이 오고 있었다. 마을 공동묘지에 나란히 묻힌 아내와 아버지와 어머니, 수풀 속의 땅으로 스며든 딸아이의 오줌, 파리에 가보고 싶다는 열다섯 살 소년, 그림이 되어버린 두 개의 의자, 내일 아침이 되기 전까지는 아직 생겨나지 않은 빵과 우유. 내일 아침 이곳에 도착하기 위해 어두운 밤하늘을 흘러오고 있는 구름. 부엌은 더운 습기로 가득 찼다. 선생은 목욕통 속에서 딸아이를 꺼냈다. 오랫동안 물속에 잠겨 있던 조약돌을 꺼내듯 딸아이를 안아 올렸다. 선생은 수건으로 꼼꼼히 딸아이의 몸을 닦아주었다. 화덕의 불씨가 완전히 꺼졌다. 딸아이의 젖은 머리칼이 마르는 동안 선생은 딸아이를 씻겼던 물로 설거지를 했다. 잼과 스튜를 끓인 냄비를 닦고, 접시를 닦고, 포크와 스푼을 닦았다. 이마에서 뚝뚝 땀방울이 떨어졌다.

딸아이가 혼자 잠이 들 때까지 선생은 침대 밑에서 딸아이의 양말을 기웠다. 손가락을 집어넣은 작은 양말로 인형 놀이를 해가며 구멍 난 곳을 실과 바늘로 꿰맸다. 양말이 정말 토끼라도 되는 양 까르르거리며 웃던 딸아이가 천천히 눈을 깜빡이기 시작했다. 침대 옆 선반 위엔 말린 라벤더 묶음과 조약돌이 놓여 있었다. 선생은 어미 개처럼 딸아이의 정수리를 킁킁거리며 젖은 머리칼이 모두 말랐는지 살폈다.

밤이 멀리 구릉처럼 펼쳐졌다. 온전히 혼자가 된 선생은 책상 앞에 앉았다. 다시 책을 펼치고, 다시 작은 글자들에 불을 지필 시간이었다. 논문을 완성해 제출해야 하는 날이 다가오고 있었다.

화가; 헤어진 연인을 닮은 등신대 인형을 오페라극장에 데려가는 등 사회적 물의를 일으켰던 화가는 94세까지 장수했다. 1차 대전에 참전해 머리에 총상을 입고, 가슴을 검에 찔리고, 수류탄 유탄까지 맞는 등 심각한 부상을 당했던 것을 감안하면 의외라는 생각이 든다. 당시 불행과 불운 속에 단명했던 숱한 예술가들을 떠올리면 더욱 그렇다. 화가는 일찌감치 이미 죽은 사람이었던 것 같다. 이미 죽은 사람이었기에, 다시 태어나기 위해 오래 살아야 했던 것 같다. 화가는 사십대 중반에 결혼했고, 중립국에 정착했다. 훗날 화가가 그린 「아내와 함께 있는 자화상」 속 아내는 따뜻하고 평화로운 오렌지빛으로 빛나고 있다. 당연하게도, 아니 다행히도, 아내는 결코 인형처럼 보이지 않는다.

여자; 카메라는 양성적인 물건이다. 필름을 넣는 몸속 어두운 방을 가진 카메라 말이다. 집요하게 발기하는 렌즈라는 눈을 가진 카메라 말이다. 카메라의 어둠은 빛을 삼킨 뒤 여자처럼 시치미를 떼며 침묵한다. 카메라의 시선은 사냥감을 모는 남자처럼 공격적이고 강박적이다. 그리하여 카메라로 만들어낸 사진이란 물건은 여자이거나 남자인 인간처럼 하나의 시간과 하나의 공간만을 가진다. 그 한계가 인간을 꿈꾸게 했듯이, 충격을 주는 사진보다 생각에 잠기게 만드는 사진이 훨씬 큰 파괴력을 갖는다는 롤랑 바르트의 말은 언제나 옳다.

아버지; 노벨문학상을 받은 아버지에 대해 쓰고 있던 와중에, 바로 며칠 전 인터넷에 올라온 뉴스 동영상에 등장한 아버지의 모습을 볼 수 있었다. 곧 만 80세가 되는 백발의 아버지는 집회가 열리는 연단에 올라 극우주의자 총리를 향해 평화헌법을 고쳤다가는 본때를 보여주겠다고 으름장을 놓고 있었다. 거기까지는 노벨문학상을 받지 못한 우리 아버지들도 어쩌면 할 수 있는 일이리라(립서비스와 쇼맨십은 우리 아버지들이 한 수 위라 할 만하다). 그다음은 아니다. 집회가 끝나고 집으로 돌아온 아버지는 수십 년 동안 해왔던 일로 하루를 마무리했을 것이다. 아버지는 거실 소파에 앉아 있다, 자정쯤 자다 깨어 화장실에 가는 복합 장애를 가진 아들이 제 침대로 돌아와 다시 잠들 수 있도록 보살피는 일로 하루를 끝낸다. 도쿄와 시차가 없는 서울에서 종종 자정 즈음이 되면 아버지를 생각한다. 도쿄 세타가야구의 어느 집, 지금쯤 노벨문학상을 받은 팔순의 아버지가 자다 깨어 똥을 누러 간 오십대의 아들을 기다리며 맥주를 마시고 있겠구나, 하고 생각한다.

시인; 시인과 마찬가지로, 나도 이 도시에서 태어났다. 홍대앞 주차장 거리를 걸을 때면, 가까운 듯 먼 듯 당인리발전소의 굴뚝이 보일 때면, 굴뚝에서 흰 연기가 뿜어져 나올 때면 더욱더, 시인을 떠올리게 된다. 발전소가 들어서기 훨씬 전, 바로 그 강변 둔덕 어디쯤에 시인이 살았다고 한다. 닭은 키우며 시를 쓰며 번역을 하며 딸아이와 놀아주며 살았다고 한다. 종종 밥상을 엎거나 신문을 찢거나 누군가와 싸우거나 그렇게 살았다고 한다. 이 도시에서 태어난 이들이 때로 그러하듯이, 시인도 오래도록 한강을 바라보았을 것이다. 그러면 전쟁이, 공포가, 폭행이, 탈출이, 증오가, 굶주림이, 설움이, 수용소가, 시체가, 이념이, 독재가, 혁명이, 실패가 강물처럼 흘러갔을 것이다. 시인은 글을 쓰거나 술을 마시지 않고는 못 배겼을 것이다. 지금 이 도시의 시인들이 그러하듯이.

Z; "나는 이 세상에 존재하지 않는 것들과 내가 보고 싶은 장면을 그림으로 표현한다." "나는 기존의 체제와 관점에 부딪치고 맞선다. 그리고 그것이 나에게 복종하도록 만들려고 노력한다. 그 후 그것은 내가 좋아하는 형태가 된다."—레오노르 피니

소년; 소년은 자라 20세기 최고의 음악가이자 팝스타가 되었다. 지구상의 거의 모든 사람이 소년을 알게 되었다. 지구상의 거의 모든 사람이 소년에게 열광하게 되었다. 가정폭력을 경험하고 자란 천재 소년은 중년의 막바지, 아동 성추행범이라는 모함과 온갖 악의적인 추문을 뒤집어쓴 채 돌연사했다. 소년의 아버지는 여전히 살아 있고, 소년의 유작 앨범이 발표됐다. 30여 년 전, 청년이 된 소년을 티브이에서 처음으로 보았던 순간을 나는 지금껏 생생히 기억하고 있다. 소년은 반짝이며 달 위를 걸었다. 다른 많은 사람들처럼 나 역시 나의 눈과 귀를 어느 정도 소년에게 빚지고 있음을 고백하지 않을 수 없다. 그러므로 중년의 소년이 괴물 취급을 받으며 조롱거리로 전락했을 때, 그렇게까지 쓴웃음을 지어서는 안 되는 일이었다. 소년이 죽은 그해, 또 다른 죽음이 있었다. 결코 잊을 수 없는 죽음들, 부정하고 외면했던 내 죽음들까지 해일처럼 쏟아져 나와, 나는 캄캄한 죽음 속을 폐선의 잔해처럼 오래도록 떠다녔다.

174517; 지난 수천 년간 지구상에 살다 죽은 모든 사람 중에 내가 가장 손을 잡아보고 싶은 사람, 가만히 머리를 안아주고 싶은 사람, 174517이다. 언젠가 폴란드 아우슈비츠 제3수용소에 가게 될 것이다. 언젠가 이탈리아 토리노 공동묘지에 가게 될 것이다. '174517' 단 한 줄이 새겨진 묘비를 찾게 될 것이다. 그 언젠가가 되면 174517이 나로 하여금 쓰게 한 몇 줄의 문장

을 그에게 조용히 들려줄 것이다.

X; 고등학교 3학년 봄, 전철을 타고 한강을 건너와 경복궁에서 졸업 사진을 찍었다. 나는 교복을 입지 않은 마지막 세대였고, 사진 촬영이 끝난 뒤 명동의 중앙극장으로 미성년자관람불가였던 「퐁네프의 연인들」을 보러 갔다. 여자주인공은 "눈이 완전히 멀어버리기 전에 마지막으로 한 번만 렘브란트를 보고 싶어"라고 말하고는 깊은 밤 몰래 미술관으로 숨어 들어갔고, 남자주인공은 "잊으라고? 아무도 내게 잊는 법 따위 가르쳐주지 않았어"라고 말하고는 오른손의 권총으로 자신의 왼손을 날려버렸다. 나는 그런 것에 경도되어 스무 살을 맞았다. 길고 긴 청춘이 다 가도록 내내 그렇게 살려고 했던 것 같다. 의기양양 멜랑콜리 신나고 어리석은 꿈이 깨지지 않으리라 믿었다. 이제와 하는 얘기지만, 뭐, 어쩔 수 없었지 싶다. 나는 꿈에서 깨어났지만, 꿈으로 깨어나는 법 또한 잊지 않고 있다. 그래서였을까, 죽지 않고 살아 돌아와 준 X에게 거의 전우애를 느꼈다.

노파; 이제는 번번이 화초를 죽이지 않는다. 연재를 하는 동안 시든 줄 알았던 가지에서 싹이 돋고, 줄기와 잎이 크게 자랐다. 일어나자마자 햇빛 드는 창가로 화분을 옮겼고, 잊지 않고 물을 줬다. 그뿐이면 부족하다. 화초의 영혼까지 살필 줄 알아야 한다. 밥을 짓고 국을 끓이고 청소를 하고 빨래를 했다. 고

양이와 대체로 다정하게 지냈고, 가끔 실랑이를 벌였다. 모두
진심이 필요한 일이었다. 소설 연재라는 중노동을 하는 와중에
도 내가 타자를 격려하고 사랑할 수 있다는 것을 확인하는 일이
기뻤다. 타자의 격려와 사랑도 기꺼이 받고자 했다. 부처는 여
자는 성불(成佛)할 수 없다고 말했다. 부처는 깨달았기에 한 말
이지만, 많이들 깨닫지 못하고 오용하기에 하는 말인데, 여자는
굳이 성불할 필요가 없다. 이미 어느 정도 선취(先取)하고 세상
에 오기 때문이다. 그런데 대부분의 여자는 그것을 그만 깜빡
잊어버리고 있다. 깜빡, 기억해내기만 하면 된다. 노파와 마찬
가지로, 내가 여자인 것이 갈수록 좋아진다.

남편; 그렇지 않은 인간들이 훨씬 더 많지만, 세상에는 2인
1조로만 존재할 수 있는 인간들이 있다. 나는 그것에 대한 강렬
한 판타지가 있었는데, 이제는 아니다. 다행이란 생각이 든다.
그러나 2인 1조가 되느냐 마느냐 역시 결국 선택의 문제만은
아닌 것 같다. 우산대로 얻어맞으면 사정없이 얼굴을 할퀴는 것
으로 반격하며 43년을 함께 산 아내는 남편이 죽은 10개월 뒤
사망했다.

배우; 버지니아 울프가 만들어낸 불사의 인간은 남의 피를 빠
는 흡혈귀 따위일 필요가 없는 모양이었다. 어둠 속 거울 같은
스크린, 여자이자 남자인, 인간이자 신인, 과거이자 미래인 배

우가 나를 똑바로 쳐다보고 있었다. 크리에이터는 특별한 영감을 받은 사람임에 분명하다. 그뿐이면 부족하다. 크리에이터는 반드시 특별한 영감을 주는 사람이어야만 한다.

선생; "몽상가에게 지독한 혜택을 주는 몽상 속의 상상세계는 자신의 아니마를 위해 이루어진다. 아니마는 언제나 단순하고 조용하고 계속적인 삶의 피난처다. 〔……〕 조용하고, 안정되어 있고, 통합되어 있고, 드라마 없는 존재의 기본 리듬에 맞는 삶의 원형, 지식을 찾지 아니하고 삶, 단순한 삶을 꿈꾸는 사람은 여성성으로 기운다. 아니마 주위로 집중하면서, 몽상은 몽상가가 휴식을 발견하는 것을 도와준다. 가장 좋은 우리의 몽상은, 남자든 여자든 우리 각자 자신 속에 있는 우리의 여성성에서 나온다. 그것은 부정할 수 없게 여성성의 흔적을 갖고 있다. 우리 속에 여성적 존재가 없다면, 어떻게 우리가 쉴 수 있을까?"—『몽상의 시학』(기린원, 1989)

흰빛; 3개월간의 연재, 4개월간의 집필이 끝났다. 그 후 6개월간의 딴청부리기도 끝났다. 새로운 시도를 허락해준 문학과지성사에 감사드린다. 특히 편집자 이정미 씨에게 큰 신세를 졌다. 한 회도 빠짐없이 연재소설을 읽어준 나의 엄마에게, 격려와 응원을 아끼지 않은 사랑하는 친구들에게, 이런저런 방식으로 관심과 애정을 보여준 선후배 작가님들에게, 또 이름 모를 독자분들에게 각별한 감사의 말을 전한다. 작가의 고양이로서 훌륭히 역할을 수행하고 있는 나의 묘조도 빼놓을 수 없을 것 같다. 마지막으로 내게 자신의 빛나는 삶의 하루를 허락해준 열두 명의 크리에이터를 생각한다. 소설을 쓰는 내내 그들의 이름은 내게 신비한 주문과도 같았다. 그들이 내게 눈처럼 내리던 순간을 오래도록 기억할 것이다.